ISSO QUE A GENTE CHAMA DE AMOR

Também de Maurene Goo:

Um lugar só nosso

MAURENE GOO

ISSO QUE A GENTE CHAMA DE AMOR

Tradução
LÍGIA AZEVEDO

O selo jovem da Companhia das Letras

Copyright © 2017 by Maurene Goo
Publicado mediante acordo com Farrar Straus Giroux Books for Young Readers,
um selo do Macmillan Publishing Group, LLC. Todos os direitos reservados.

O selo Seguinte pertence à Editora Schwarcz S.A.

*Grafia atualizada segundo o Acordo Ortográfico da Língua Portuguesa de 1990,
que entrou em vigor no Brasil em 2009.*

TÍTULO ORIGINAL I Believe in a Thing Called Love

CAPA Tamires Cordeiro

ILUSTRAÇÃO DE CAPA Paula Milanez

PREPARAÇÃO Luisa Tieppo

REVISÃO Renata Lopes Del Nero e Luciane H. Gomide

Dados Internacionais de Catalogação na Publicação (CIP)
(Câmara Brasileira do Livro, SP, Brasil)

Goo, Maurene
    Isso que a gente chama de amor / Maurene Goo ; tra-
dução Lígia Azevedo. — 1ª ed. — São Paulo : Seguinte,
2021.

    Título original: I Believe in a Thing Called Love
    ISBN 978-85-5534-132-8

    1. Amor – Ficção 2. Escolas – Ficção 3. Ficção juvenil
4. Namoro (Costumes sociais) – Ficção I. Azevedo, Lígia.
II. Título.

20-52608	CDD-028.5

Índice para catálogo sistemático:
1. Ficção : Literatura juvenil   028.5

Cibele Maria Dias – Bibliotecária – CRB-8/9427

[2021]
Todos os direitos desta edição reservados à
EDITORA SCHWARCZ S.A.
Rua Bandeira Paulista, 702, cj. 32
04532-002 — São Paulo — SP
Telefone: (11) 3707-3500
www.seguinte.com.br
contato@seguinte.com.br

*A todo mundo que se apaixonou
pelo amor através do k-drama*

prólogo

Quando eu tinha sete anos, pensei ter movido uma lapiseira só com a força do pensamento.

Eu tinha ouvido uma história sobre um homem que desenvolvera visão de raio X para poder roubar no carteado. A ideia era: atingindo um estado de concentração e foco completos, ele era capaz de fazer coisas com a mente que as pessoas normais não eram, tipo levitar, andar sobre brasas ou mover objetos. E o cara havia aprendido a fazer tudo isso. A primeira coisa que ele tentara, no entanto, fora ficar encarando um objeto por horas até movê-lo.

Por isso, um fim de tarde, liberei o tampo da escrivaninha e coloquei uma lapiseira cor-de-rosa com coelhinhos desenhados sobre a superfície plana e imaculada.

Fechei a porta do quarto e as cortinas, deixando a escuridão tomar conta conforme o sol se punha. Sentei à escrivaninha e fiquei olhando para a lapiseira, tentando movimentá-la.

Fiquei olhando e olhando. Pelo que pareceram horas. Quando meu pai bateu à porta, gritei "Estou ocupada!", sem tirar os olhos da lapiseira. Ele resmungou do outro lado, mas acabou indo embora.

Na hora do jantar, ele bateu de novo à porta, dizendo que eu precisava comer.

— Hora do intervalo! — gritou.

Eu sentia a boca seca e estava morrendo de fome, mas mantive os olhos fixos nos coelhinhos da lapiseira e disse a meu pai para deixar a comida lá fora.

Ele abriu a porta e enfiou a cabeça dentro do quarto.

— Desi?

— *Appa*, estou tentando fazer algo muito importante aqui — eu disse.

Um pai normal provavelmente exigiria que a filha de sete anos se explicasse. Ficaria se perguntando por que ela estava há tanto tempo recolhida no quarto, apenas encarando uma lapiseira.

Mas aquele era o *meu* pai. E sua filha por acaso era *eu*. Ele só deu de ombros, foi preparar uma bandeja com sopa de carne e rabanete e um prato de peixe e arroz, e a colocou sobre a escrivaninha. Tomando todo o cuidado para não tocar a lapiseira.

O aroma da comida me deu certa fraqueza. Mas eu não ia me permitir tirar os olhos da lapiseira.

— Hum… *Appa*?

Sem dizer nada, meu pai pegou uma colherada de arroz, mergulhou na sopa e levou à minha boca. Comi tudo de uma vez. Depois ele pegou os palitinhos e me ofereceu um pouco de peixe. Mordisquei. Meu pai levou um copo de água até meus lábios, e eu bebi, agradecida.

Quando a maior parte da comida já tinha acabado, meu pai deu alguns tapinhas nas minhas costas e saiu, levando a bandeja. Antes de fechar a porta atrás de si, ele disse:

— Não fica acordada até muito tarde.

Alimentada e com o cérebro mais afiado do que nunca, continuei encarando a lapiseira.

E o que aconteceu? Bom, até hoje juro de pé junto que a lapiseira se mexeu. Foi o mais leve movimento — provavelmente ninguém além de mim perceberia, mas, no instante em que vi a lapiseira cor-de-rosa rolar *um tiquinho* na minha direção e em seguida parar, eu gritei. Pulei da cadeira e puxei os cabelos, sem conseguir acreditar. Fiquei correndo em círculos e até dei uma dançadinha. Então me joguei de cara na cama e dormi.

Tentei repetir o truque com outros objetos — uma borracha com cheirinho de morango, um enfeite de bolo em formato de bailarina, um reles pinhão. Mas não rolou. No entanto, por anos, continuei acreditando que era capaz de mover coisas com a mente. Eu sabia, bem lá no fundo, que fazia parte de um mundo muito especial, no qual coisas mágicas aconteciam, coisas que não aconteciam com gente normal, apenas com um grupo selecionado de pessoas excepcionais.

Essa crença infantil em um cérebro superpoderoso foi perdendo força com o tempo. Não que eu tivesse caído na real ou tomado um balde de água fria e encarado a dura verdade de que a vida era tudo, menos mágica. Só superei aquela fase.

Mas nunca deixei de acreditar que era possível conseguir algo apenas se mantendo firme, inabalável. Tendo foco. E que, dessa maneira, não havia nada que não se pudesse controlar na própria vida.

Era uma ferramenta poderosa demais para se ter à disposição aos sete anos de idade, pouco depois de ter perdido a minha mãe. Minhas lembranças do período logo após a morte dela são confusas, mas sempre envolvem uma versão do meu pai que só existiu naqueles meses. Uma sombra dele mesmo. Alguém que me colocava na cama, fazia o jantar e continuava me dando a mesma atenção, mas que quando achava que eu não estava olhando era capaz de ficar sentado por horas no escuro. Alguém que regava os gerânios da minha mãe às três da manhã, que deixava o alarme dela continuar tocando às seis, embora ele só precisasse acordar uma hora depois. Alguém que ficava olhando para uma tigela vazia por cinco minutos toda manhã — à espera de que minha mãe despejasse nela cereal e leite ao mesmo tempo, como sempre. Ela fazia aquilo em sincronia perfeita, de modo que o cereal e o leite chegavam ao topo da tigela exatamente no mesmo momento.

Então, um dia, entreouvi minha tia sussurrar para meu tio na cozinha:

— O tempo cura todas as feridas.

E decidi acelerar o processo.

Quebrei o despertador e o levei até meu pai, com lágrimas nos olhos. Ele demorou semanas para substituí-lo. Quando o fez, programou o alarme para as sete. Todas as manhãs, eu dava um jeito para que seu cereal estivesse pronto antes que ele sentasse à mesa para ficar olhando a tigela vazia. Enquanto ele comia, eu regava os gerânios.

Então meu antigo pai voltou. Ele colocou a aliança da minha mãe em um pratinho de porcelana e passou a tirar o pó de todas as fotos dela que havia em casa, com todo o carinho. E nós seguimos em frente. Suas olheiras sumiram e os gerânios subiram pela porta da garagem e floresceram.

Que tempo que nada! *Desi Lee* cura todas as feridas.

Só é preciso ter um plano e pôr a mão na massa. Foi assim que convenci meu pai a deixar que eu criasse gansos no quintal, foi assim que impedi a biblioteca da escola em que eu estudava no ensino fundamental de fechar por estar sem verba, foi assim que superei meu medo de altura pulando de bungee-jump no meu aniversário de dezesseis anos (e deixando só um pouquinho de xixi escapar no processo), foi assim que fui a primeira da turma ano após ano. Eu acreditava, e ainda acredito, que é possível construir nossos sonhos tijolo a tijolo. Que se pode conseguir qualquer coisa com persistência.

Inclusive se apaixonar.

capítulo 1

Quando a gente pensa na vida como uma sequência de imagens nostálgicas, em um filme em câmera lenta, as partes entediantes passam batidas. Mas, entre as imagens difusas de velas de aniversário sendo sopradas e primeiros beijos, as pessoas passam um bom tempo sentadas no sofá, assistindo à TV. Ou fazendo lição de casa. Ou aprendendo a usar a chapinha para criar um efeito ondulado perfeito no cabelo.

Ou, no meu caso, supervisionando mais um evento da escola. Como a feira de outono.

Ou, no caso de outras pessoas, vomitando.

Cutuquei Andy Mason pelas costas com cuidado, enquanto ele se curvava sobre a lata de lixo reciclável. Aquela era definitivamente uma das cenas que *não* entraria no filme da minha vida.

— Tudo bem aí? — perguntei ao capitão da equipe de tênis enquanto ele se levantava. Andy, que tinha mais de um metro e noventa de altura, limpou a boca e fez que sim com a cabeça.

— Valeu, Des — ele disse, envergonhado.

— Imagina. Mas talvez seja melhor não ir na montanha-russa três vezes seguidas.

Era uma noite de sábado no fim de novembro, e a feira de outono da Monte Vista estava à toda. A escola era uma maravilha da arquitetura moderna, espalhada por um amplo terreno em um costão de Orange County.

Andy foi embora cambaleando e passou pela minha melhor amiga, Fiona Mendoza. Ela se afastou dele, franzindo o nariz.

— Ele vomitou? — Fiona perguntou. Ela usava calça de moletom larga, camisa social masculina, papete e um cachecol com estampa de raios. Seus olhos cor de mel carregados no delineador piscavam lenta e deliberadamente para mim. Fiona pareceria uma princesa da Disney mexicana se não se vestisse como uma sem-teto com um estoque amplo de maquiagens.

— Esses caras enormes são muito fraquinhos — eu disse.

— *Ui!* — ela disse, e deu uma piscadela.

Dei uma risada irônica.

— Ah, é. Porque você *adora* caras enormes.

Na verdade, Fiona adorava meninas delicadas.

Minha risada irônica acabou se transformando em uma tosse seca tão forte que me dobrei sobre mim mesma. Quando voltei a me endireitar, Fiona me oferecia uma garrafa térmica.

— Seu pai mandou pra você — ela disse.

Havia dois comprimidos para gripe presos à tampa, e eu sorri ao ver o post-it com os garranchos do meu pai. *Toma tudo, mesmo se estiver mal!*, dizia. Havia manchas pretas por toda parte, a marca registrada de um mecânico.

Abri a garrafa térmica e senti um cheirinho de sopa de alga.

— Hum… Obrigada, Fi.

— De nada, mas por que é que você veio? Não está com, tipo, pneumonite? — ela perguntou enquanto íamos sentar em um banco.

— Porque sou responsável pela feira. E pneumonite é só outro nome para pneumonia. Coisa que eu não tenho, aliás.

—Você é responsável por *tudo*. Sem querer ofender, Desi, mas isso aqui é só a porcaria da feira da escola. — Fiona se ajeitou no banco. — Qualquer um do conselho estudantil não podia ter ficado encarregado disso?

— Quem? O inútil do Jordan? — Jordan era o vice-presidente do conselho e devia a maior parte dos votos que o haviam eleito a seu cabelo. — De jeito nenhum. Ele só teria aparecido amanhã. Não passei semanas planejando isso para outra pessoa estragar tudo.

Fiona me encarou, deixando a nerdice do comentário pairar entre nós. Ela só falou depois que eu já havia sido devidamente punida.

— Des, você precisa relaxar. Estamos no último ano. Pega leve.

A linguagem corporal dela dizia o mesmo. Fiona estava sentada com as pernas cruzadas sobre o banco, com o queixo apoiado em um braço, que por sua vez estava sobre o encosto.

Tomei um pouco da sopa antes de responder.

— Já entrei em Stanford?

Fiona se endireitou na hora, me apontando um dedo comprido com esmalte cintilante na unha.

— Não! *Não*. Depois que você se inscrever, não vou admitir que essa palavra seja pronunciada pelo resto do ano. — Ela fez uma pausa dramática. — Na verdade, pelo resto da vida.

— Até parece...

Enfiei os comprimidos na boca e tomei um pouco de água.

Ela voltou a me encarar, de um jeito desconcertante e meio assustador.

— Des, é certeza que você vai entrar. Se uma mistura de madre Teresa nerd e miss Estados Unidos jovem como você não conseguir, então quem vai?

Tossi de novo, e o ronco do catarro preso foi assustador. Fiona se encolheu visivelmente.

Bati no peito antes de falar.

— Sabe quantos alunos são iguaizinhos a mim no papel? Com a minha média escolar, presidentes do conselho estudantil, atletas, com a nota máxima no vestibular e um bilhão de horas de trabalho voluntário?

A expressão de Fiona se desfez um pouco diante daquela argumentação que conhecia.

— Foi por isso que você marcou uma entrevista. — Sua voz beirava o tédio enquanto ela observava um grupo de meninas passando por nós. Fiona era minha melhor amiga desde o segundo ano. Tinha decorado a balada dos sonhos de Desi Lee de estudar em Stanford logo que eu começara a cantá-la, aos dez anos de idade.

—Tá, mas a entrevista é só em fevereiro, um mês depois da data de encerramento das inscrições. Estou mais nervosa agora que o primeiro prazo passou — resmunguei.

— Des, já falamos disso um milhão de vezes. Você *optou* por não se inscrever no primeiro prazo, para aumentar suas chances e tal.

Mexi a sopa.

— É. Eu sei.

— Então relaxa, tá? — Fiona disse, dando alguns tapinhas no meu braço.

Depois que terminei a sopa, ela foi encontrar nosso amigo Wes Mansour. Percorri mais um pouco a feira, só para me certificar de que a equipe júnior de beisebol masculino não estava simplesmente distribuindo os ursinhos de pelúcia de prenda para meninas bonitas, e aproveitei para controlar a revolta nas filas intermináveis para comprar sorvete de casquinha. Eu já estava indo na direção do banheiro quando deparei com alguns alunos do segundo ano que conhecia de vista — um grupo de meninos arrumadinhos com camisetas impecáveis e tênis caros.

— E aí, presidente? Como estão as coisas? — um deles me perguntou, todo olhos brilhantes e charme. Era o tipo de menino que parecia já ter nascido com um chapéu empertigado na cabeça.

Senti seus olhos em mim, e minhas bochechas coraram.

— Hum… bem. Divirtam-se!

Acenei para eles meio sem jeito e fui embora. Pelo amor de Deus. *Divirtam-se!* Quem eu era? A mãe deles? Estava me repreendendo mentalmente quando alguém me agarrou por trás.

— É, e aí, *presidente?*

A fonte da voz provocadora estava a centímetros do meu ouvido. Wes. Com seu cabelo preto e grosso penteado para trás em um topete moderno com a quantidade ideal de gel, sua pele morena e imaculadamente macia, seus olhos sonolentos cujas pálpebras chegavam a envergar sob o peso dos cílios escandalosos. As meninas o amavam. Pois é, meus dois melhores amigos eram pessoas lindas que todo dia me lembravam de como eu era sem graça.

Virei e bati no braço dele.

Wes levou a mão ao braço e fez uma careta.

— Não precisa bater!

Fiona estava logo atrás dele, segurando um saco enorme de algodão-doce cor-de-rosa. Fiz cara feia para os dois, mas, antes que pudesse responder, fui acometida por outro ataque de tosse.

— Credo, Des — Wes disse, cobrindo o nariz com a gola da camiseta. — Tenho um jogo importante na semana que vem. Se ficar doente, mato você.

Como eu, Wes era ao mesmo tempo nerd e atleta. Ele jogava basquete, sua matéria preferida era física e suas nerdices preferidas eram quadrinhos e *Colonizadores de Catan*. Wes passara três meses em primeiro lugar no jogo on-line, até ser ultrapassado por uma brasileira de oito anos de idade.

— Faz bem se expor a germes, sabia? — eu disse, pigarreando com tudo. Tanto Wes quanto Fiona fizeram careta.

— Obrigado pela informação, dra. Desi — Wes resmungou.

— Ah, mas isso não foi nada. Posso começar minha palestra sobre o futuro do transplante de fezes?

Wes fechou os olhos de maneira dramática.

— Seria ótimo passar uma semana sem ter que ouvir sobre a importância das bactérias intestinais.

Dei de ombros.

—Tá. Mas quando eu curar alergia a pólen com transplante de fezes vocês vão me agradecer.

— Eca! — Fiona jogou o resto do algodão-doce no lixo.

Fiquei esperando que Fiona e Wes reclamassem mais um pouco, mas eles ficaram em silêncio. E com uma cara estranha. Olhando para mais atrás de mim.Virei e dei de cara com um peitoral amplo.

— O que é transplante de fezes? — uma voz grave perguntou.

Levantei os olhos. Ai, meu Deus.

Max Peralta. Um metro e oitenta e oito de puro... moleque. Ouvi risadinhas atrás de mim. Quando Fi e Wes tinham descoberto que meu crush da primeira semana de aula estava no nono ano... bom, foi o melhor dia da vida deles.

— Ah, hum, nada. Ei, oi! — eu disse, minha voz já tão aguda que só cachorros poderiam ouvir. *Não fala mais nada até conseguir controlar esse tom, Desi.*

Ele sorriu, os dentes brancos contrastando com a pele morena beijada pelo sol. Como *aquilo* podia ser um aluno do nono ano?

— Ei, você fez um bom trabalho com a feira, Desi.

Fiquei vermelha, e bastante.

—Valeu, Max.

Tudo bem, você dá conta. É só manter a expressão serena, os ombros relaxados e seu entusiasmo natural sob controle!

Ele olhou para os próprios pés por um segundo, então levantou a cabeça, com um sorriso. *Droga.*

— Hum... eu estava pensando... Você vai fazer alguma coisa depois daqui? — Max perguntou.

Minha voz não saiu. Limpei a garganta. *Controla essa voz!*

— Depois… da feira?

— É. Você tem que, sei lá, ficar pra limpar ou coisa do tipo?

Minhas orelhas começaram a queimar, e eu podia sentir os olhos dos meus amigos em mim.

— Não, não preciso. Estou livre.

Espera, eu estava dando bola para ele? Ele com certeza era fofo… Mas ainda estava no nono ano.

Era como se Max tivesse lido minha mente. Com os olhos fixos nos meus, perguntou:

— Sei que você não deve sair com caras do nono ano…

"Sair", hahaha!

Mas Max estava certo. Ele estava no nono ano. Eu estava no terceiro. Tentei pensar em um jeito simpático de dizer não. Em vez disso, senti a tosse vindo. Levei a mão ao peito e fechei bem a boca — não, NÃO era o momento para aquilo.

Mas algumas coisas têm força própria.

Então tossi. Forte.

E o catarro que tinha feito meu peito roncar o dia inteiro aterrissou bem na frente da camisa listrada dele.

capítulo 2

Eu queria me matar, mas isso nem começa a descrever como me sentia.

Senti uma paralisia familiar se instalar e cobri a boca com as duas mãos, olhando para o catarro sobre as listras em vermelho e azul-marinho. Elas ficariam gravadas para sempre na minha memória. Listras grossas em azul-marinho, com listras finas em vermelho entre elas. Era uma camisa bonita, aliás.

— Isso é...? — ouvi Max dizer, embora ainda não tivesse criado coragem para encará-lo. Vi ele esticar a camisa e soltar um gemido enojado.

Finalmente, respondi sem força:

— Desculpa. Estou doente.

— Tudo bem... Hum, tá. Vou só...

Ele fugiu para o meio da multidão.

Cobri a cabeça com o capuz do casaco, virei para Fiona e comecei a gritar em seu ombro.

Ela deu alguns tapinhas na minha cabeça, desconfortável.

— Cara, que crail, até mesmo pra você. Tipo, uau — Fiona disse.

Wes estava ocupado demais chorando de rir para dizer alguma coisa.

Crail. A palavrinha cheia de graça que Wes havia criado para quando eu me dava mal com algum menino. Entendeu? Crush + fail =

crail. Cunhada no nono ano, quando Harry Chen, um menino tímido e fofo a quem eu dera aulas particulares de inglês durante um ano inteiro só porque estava apaixonada, confessou que era louco pelo nosso professor de inglês.

Mas, mesmo antes disso, era só crail. Sempre que eu tentava falar com um menino. Sempre que um menino falava comigo ou dava qualquer sinal de interesse. *Dava tudo errado.* E não fazia sentido. Em todos os outros setores da vida, eu estava no comando. Era a menina que estava destinada a estudar em Stanford. Mas aquilo era a única coisa que eu não conseguia controlar.

Era um grande clichê: bem-sucedida em tudo, menos no amor.

Voltei meus olhos vermelhos para Fiona.

— Valeu. Sempre um consolo. Amiga do peito. Velha amiga. Amigaça. Ami… galhaça.

Ela balançou a cabeça, inflexível. Fiona Mendoza não era a pessoa certa a procurar quando se estava atrás de palavras reconfortantes e um abraço. Ela era mais do tipo tapa-na-cara e cai-na-real.

Fiona deu de ombros.

— Ele ainda está no nono ano.

Aquilo só fez com que eu chorasse ainda mais no ombro dela. Eu tinha deixado meu interesse por Max morrer lentamente quando descobrira que era tão mais novo, mas ele ainda era lindo. E estivera prestes a me chamar para sair.

Apesar de suas boas intenções, meus dois melhores amigos não entendiam por que estar em um relacionamento era algo quase mítico para mim. Os dois tinham saído do útero da mãe com um fã-clube cada.

Wes pegou o celular e tirou uma foto minha.

— *Me dá isso!* — gritei, arrancando-o das mãos dele e apagando a foto na hora.

Wes resmungou:

— Eu só ia acrescentar à pasta de Crails Épicos da Desi.

— *Você quer morrer?*

Eu ameaçava Wes de morte praticamente todos os dias.

Meus crails tinham se tornado tão naturais, tão confiáveis, que eu mesma fizera uma piada a respeito na redação que deveria entregar quando fosse me candidatar a Stanford. Para mostrar que era humana e tinha falhas. Porque até mesmo falhas podiam ser transformadas em algo positivo. Eu torcia para que a combinação certa de humildade e humilhação garantisse minha aprovação. Ou isso ou meu desempenho no vestibular.

Na maior parte do tempo, eu ria daquilo. Estava tão sobrecarregada que provavelmente era melhor que garotos não tomassem meu tempo mesmo, além de todo o resto. Tinha muitas outras coisas em que focar naquele momento.

Fora que a ideia de deixar outra pessoa ver meus poros tão de perto me aterrorizava.

Na semana seguinte, eu estava em campo, jogando contra a Eastridge.

Eu amava futebol — era xadrez e cem metros rasos unidos em uma coisa só. Nos dias bons, era como se eu pudesse prever o futuro: cada passe era parte de um plano maior, que terminaria com a bola no fundo da rede.

E aquele era um dia bom.

Era o fim dos acréscimos e estava um a um. *É agora ou nunca, Des.* Fiz contato visual rápido com outra menina do time, Leah Hill, que me passou a bola. Deixei as duas meninas de trança da defesa de Eastridge para trás e chutei com tudo no canto.

O apito soou, e fui comemorar a vitória enquanto as adversárias caíam em lágrimas e repreendiam umas às outras.

Depois de ter cumprimentado o resto do time, me despedi de todo mundo e fui para o estacionamento.

— Vai descansar, Lee! — a treinadora Singh gritou para mim quando eu já chegava ao carro do meu pai. Fiz um aceno fraco na direção da voz dela, porque continuava lutando contra aquele resfriado idiota. Agora que a adrenalina do jogo havia passado, estava exausta.

Uma obra-prima americana, pesadona e azul-bebê, esperava por mim. Embora meu pai fosse mecânico, o que significava que poderia deixar qualquer carro clássico perfeito, ele tinha um Buick LeSabre 1980 que não só era bem sem graça como do tamanho de um barco. Eu poderia jurar que meu pai ficava mais excêntrico a cada ano que se passava.

E, sim, meu pai *sempre* ia me buscar na escola. No ano anterior eu havia destruído meu presente de aniversário — um Saab conversível restaurado verde-escuro — ao bater em um poste a três metros de casa uns vinte minutos depois de tê-lo ganhado. Um coelho tinha pulado na minha frente e, em vez de brecar, minha reação imediata fora virar o volante com tudo.

Depois daquilo, meu pai passou a achar que eu não devia ter meu próprio carro, mas me deixava dirigir sua barcaça indestrutível se eu não fosse muito longe. Nunca pedi que ele substituísse o Saab. Minha principal meta na vida era não deixar meu pai preocupado.

Ele estava lendo o jornal no banco do motorista quando abri a porta do passageiro.

— Ei! Aí está você! — meu pai disse, com um sorriso amplo, já dobrando o jornal e o jogando sobre o painel. Seu sorriso iluminou seu rosto largo e redondo. Rugas de expressão se formaram no canto de seus olhos. Ele tinha a pele queimada de sol e cabelos pretos, grossos e abundantes, dos quais se orgulhava, embora de resto não fosse vaidoso. Meu pai passava todas as manhãs penteando e afofando tudo aquilo, e então vestia uma blusa suja de graxa e bermuda-cargo.

— Oi, *appa*. — Joguei a mochila e a mala no banco de trás, depois sentei no banco da frente, com um gemido de alívio e todo o corpo doendo.

Senti a palma da mão áspera do meu pai imediatamente na minha testa. Ele fez *tsc-tsc*, em reprovação.

— *Nôssa*. Você está com febre!

O "nôssa" dele sempre me fazia rir. Eu me recostei no banco e fechei os olhos.

— Eu estou bem, só preciso de um pouco de *juk* e de um banho pelando.

Juk é um mingau coreano, e meu pai fazia um incrível, com cogumelo e alga.

— *Ch*, quem acha que engana? É melhor não ir pra escola amanhã. E nada de lição de casa hoje à noite, só diversão — meu pai disse, já dirigindo para casa.

— Não, não quero me divertir! — eu disse, rindo, embora fosse só em parte brincadeira. Eu precisava deixar um pouco das latas de comida que tinham sido arrecadadas pela turma do último ano em uma igreja próxima e terminar um trabalho da turma avançada de literatura inglesa.

— Ei! Se *appa* disse só diversão, então só diversão!

Meu pai sempre se referia a si mesmo na terceira pessoa, e sempre usava *appa*, o termo coreano para "pai". Seria constrangedor, se não fosse muito fofo. O inglês imperfeito dele tinha sempre um toque de comédia, e às vezes eu me perguntava se ele não estava só fazendo graça. Falávamos inglês e coreano em casa, na maior parte das vezes uma mistura capenga do meu coreano imperfeito com o inglês imperfeito dele.

Quando chegamos em casa, tomei um banho rápido, passei hidratante no rosto queimado de sol (*Pele do campo, que nem eu!*, meu pai sempre dizia, com orgulho) e corri escada abaixo, até a despensa.

Eu estava contando as latas de comida quando ouvi o som familiar de pessoas gritando em coreano no outro cômodo.

— *APPA!* Pelo amor, abaixa esse volume! — gritei. Ele abaixou um tiquinho, e eu arrastei a caixa de latas para a sala. Meu pai estava sentado em sua poltrona preferida, assistindo a uma de suas novelas coreanas. Só dava para ver o topo da cabeça dele por cima do tecido desgastado verde-floresta do encosto.

Ele pausou o programa em um momento típico de k-drama: quando o galã cabeça-quente carregava a moça tímida mas muito bêbada nas costas até a casa dela.

—Você já viu essa, não? — provoquei e fiquei esperando...

Meu pai se endireitou e gritou:

— *Essa é outra.* Não é tudo igual!

Dei risada. Adorava tirar sarro da obsessão do meu pai por novelas coreanas. Ele passava as noites vendo uma atrás da outra, independente de qualquer outra coisa. (O único outro amor televisivo dele tinha sido *I Love Lucy*. Pois é, ele tirou meu nome do Desi Arnaz. Vai entender.) Nada ficava entre meu pai e seus k-dramas.

Uma vez, eu chamei o que ele via de *novela* coreana e a fúria dele quase fez meu rosto derreter. "Não é que nem aquele lixo!" E eu tinha que concordar. Para começar, diferentemente das novelas americanas, tinham um formato de minissérie, com um número predeterminado de episódios em vez de décadas e décadas dos mesmos casais lidando com gêmeos do mal e coisas do tipo. Também diferentemente das novelas americanas, eram muito variados em gênero, como filmes — havia k-dramas românticos, de comédia, fantasia e suspense, além do clássico melodrama romântico. E meu pai amava cada um deles. De vez em quando eu via uns pedaços com ele, mas não era o tipo de coisa que eu curtia.

Apontei para a tela.

—Vou adivinhar. A moça bêbada é órfã.

Meu pai pausou a imagem e empinou o nariz com altivez.

— Não é órfã. É muito pobre.

— E aquele cara é o filho do CEO de uma rede de lojas de departamento.

— *Ya!*

— *Ya* você. Divirta-se. Posso pegar seu carro emprestado para levar essas latas?

Ele me olhou com preocupação.

— Não quer que *appa* leve? Você está doente.

— Estou bem, e a igreja fica a cinco minutos daqui. Mas obrigada.

Ele levantou e me acompanhou até a porta, onde entregou a chave do carro.

— Tá, mas volta rápido. O *juk* logo vai ficar pronto e você precisa descansar.

— Tá bom, *appa*. Até daqui a pouco.

Calcei os sapatos e já estava colocando a caixa de latas no carro quando ouvi meu pai gritar da porta:

— *Ya!* Desi! Coloca meia! Você sempre fica doente quando não coloca!

Ai, meu Deus. Meu pai e as meias dele. Sério. Gritei de volta:

— É um erro comum achar que a friagem deixa as pessoas doentes! *Agora volta pro seu k-drama!*

Mesmo assim, corri para dentro de casa e peguei um par de meias, e só então voltei a sair.

capítulo 3

— Discutam a crítica social que Geoffrey Chaucer faz à sua época em *Os contos da Cantuária*. E não me amolem com piadas de peido! Todo mundo sabe que ele era um velho indecente.

Pobre da sra. Lyman, uma professora de inglês inglesa de verdade que era obrigada a ensinar Chaucer a um bando de garotos mal-educados da Califórnia. Era sexta-feira, e começamos a arrastar nossas carteiras para formar grupos de discussão. O meu era composto pelos nerds de sempre: Shelly Wang, Michael Diaz e Wes.

— Tá... Talvez a gente possa começar discutindo os problemas que afligiam a sociedade na época do Chaucer — Michael disse, já escrevendo furiosamente no caderno. Ele precisava sempre ser o primeiro.

Sem querer ficar para trás, Shelly sugeriu:

— Bom, pra começar, tem a opressão da Igreja católica.

Wes assentiu em concordância.

— É, o cara estava à frente de seu tempo nesse sentido.

Franzi a testa e vasculhei o cérebro em busca de males sociais da Inglaterra do século XIV. Perdida em pensamentos, eu rabiscava sem pensar nas margens do caderno. Estava desenhando um vestido que vinha namorando nas últimas semanas pela internet — curto, tomara que caia e cinza-claro, com decote coração e flores bordadas na parte de baixo. Talvez para a formatura, que parecia estar a um milhão de anos de distância.

— Puta merda.

Olhei para Shelly, chocada. A srta. Cardigã e Caneta Brilhante nunca falava palavrão. Então segui o olhar dela. O olhar de metade da turma, na verdade.

Tinha um cara de pé à porta. Melhor dizendo: tinha um ser humano insanamente perfeito de pé à porta.

Alto, mas não magrelo, com o cabelo preto bagunçado parcialmente escondido dentro de um gorro cinza, usando jeans escuro e camiseta de manga comprida por baixo de um colete acolchoado. E, minha nossa, o rosto dele. A pele morena, o maxilar perfeito, os olhos emoldurados por um par de sobrancelhas sérias, a boca larga em um sorriso hesitante enquanto ele olhava para a sala.

O lápis escapou da minha mão e caiu no chão.

— E você é...? — perguntou a professora.

— Luca Drakos. Sou novo.

Luca. Eu adorava esse nome, mas nunca conhecera alguém chamado assim. O som de sua voz grave e baixa dera início a um burburinho audível por parte das meninas da turma.

— Bom, Luca, estamos no meio de uma discussão sobre *Os contos da Cantuária*. Por que não se junta àquele grupo ali? — a professora disse, apontando para nós. — Pessoal, expliquem tudo para o Luca, por favor.

Me atrapalhei ao pegar o lápis do chão. Quando levantei o rosto, tudo se movia em câmera lenta conforme Luca abria caminho até nós. Eu poderia jurar que uma brisa começara a bater só para tirar os fios grossos da frente de seus olhos de modo que ele pudesse olhar diretamente nos meus. Ai, meu Deeeeeus!

— Oi — ele disse, quando finalmente chegou.

Percebi que Shelly se alvoroçava ao meu lado.

— Oi! — ela respondeu, meio gritando, então levantou depressa para puxar uma carteira vazia. — Senta aqui!

Ele sorriu para ela.

—Valeu.

Luca sentou a menos de um metro de mim. Perdi a capacidade de falar, enquanto os outros se apresentavam educadamente. Ele afinal olhou para mim, em expectativa.

— Meu nome é Desi — eu disse, mas minha voz saiu rouca e baixa. Pigarreei. — Desi — repeti, como uma idiota. Por que eu havia escolhido justamente aquele dia para usar minha calça de moletom "fashion", meu Deus do céu?

— Oi — ele disse, com a voz que era pura beleza. Até a voz dele era bonita.

— De onde você é? — Shelly perguntou.

— Ojai — Luca respondeu. — Mais ou menos uma hora de Santa Barbara.

Shelly assentiu com vigor.

— Ah, eu sei onde é. Minha mãe vai nuns retiros de ioga lá. Bom, hum, estamos discutindo a crítica social dos *Contos da Cantuária* — ela disse, mostrando o livro. —Você já leu?

Luca balançou a cabeça.

— Não.

A falta de interesse dele era notável.

Franzi a testa. *Que ótima primeira impressão você quer passar, aluno novo.* Shelly, no entanto, não pareceu se incomodar. Ela piscava muito e o encarava abertamente. Revirei os olhos. Boa sorte, Shelly. Continuei rabiscando no caderno, com a consciência de que era melhor me manter o mais longe possível de alguém tão ridiculamente bonito. Não queria repetir a *catarróstrofe*. A ferida ainda era recente.

Mas dei uma olhadinha nele mesmo assim.

Alguém chutou minha cadeira. Levantei os olhos e vi Wes balançando a cabeça. Eu o encarei e fiz com a boca, sem produzir som: *Vou te matar.* Ele riu e movimentou as sobrancelhas sugestivamente na direção de Luca. Chutei sua cadeira de volta, e ele abaixou a cabeça, para esconder que estava rindo.

Então, de repente, enquanto todo mundo estava envolvido numa discussão sobre o desdém de Chaucer pelo cavalheirismo, Luca puxou a carteira para mais perto de mim. Congelei. Por que ele estava fazendo aquilo? *Nããããão.*

Uma lista mental de tudo de nojento em mim surgiu do nada, como um holograma em um filme do Tom Cruise. Lábios secos e rachados. Confere. Aquele pelo comprido bizarro na sobrancelha que eu sempre esquecia de aparar. Confere. Possível remela que não tirei depois de acordar. Confere. A maravilha dos meus recentes pelos no buço. Confere. Espinhas pequenas mas incômodas na minha testa. Confere. Sem mencionar a *calça de moletom.* Não, não era o dia certo para conversar com o aluno novo e lindo.

Olhei para Wes, em pânico. Ele pressionou os lábios um contra o outro, pesaroso, com a consciência de que eu seguia em direção a outro crail.

A centímetros de distância, Luca deu uma olhada no meu caderno.

— Desenho legal.

Ele manteve os olhos voltados para a frente, a voz tão baixa que eu me perguntei se realmente havia dito aquilo.

Meus olhos foram depressa para o vestido.

— Hum, valeu, mas... eu só estava rabiscando.

Coloquei o braço em cima do desenho, casualmente.

— Você está na turma avançada de arte também?

Prendi a respiração inconscientemente, ficando vermelha na hora. *Se controla.*

— Hum, não — finalmente consegui dizer. —Você está?

Ele assentiu, depois sussurrou:

— Então... Me diz a verdade. De alguma maneira vim parar em um subgrupo de nerds e vocês são os alfas, é isso?

Resisti à vontade de rir, para não acabar perdendo o fôlego. Em vez disso, sorri de leve.

— O que entregou a gente? Nossa paixão pelo inglês da Idade Média?

Então *ele* riu. Uau, eu tinha acabado de fazer um cara lindo rir. Era melhor parar enquanto estivesse ganhando. Mas...

— Piadas de peido do século XIV são nossa especialidade — eu disse, antes que pudesse me impedir. Ai, meudeusdocéu, por quê???

Mas Luca riu de novo. E isso me fez rir também — de um jeito normal.

Eu podia sentir os olhos de Wes em mim. Ele me mandava mensagens telepáticas urgentes para que eu encerrasse a conversa.

Eu estava prestes a me inclinar e fazer uma piada sobre a preferência de Chaucer por moças lascivas indo ordenhar vacas quando notei a mão de Luca casualmente abrindo caminho até minha carteira. Chegando cada vez mais perto. Mas o que...?

Todos os alarmes dentro de mim dispararam — luzes vermelhas, buzinas, sirenes. Achei que estivesse morrendo. Meu coração pulou para fora do peito com um ¡Adiós, muchachos! triunfante ao final.

Mas não morri. Em vez disso, fiquei vendo Luca pegar meu lápis com toda a delicadeza. Fiquei tão surpresa que minha mão permaneceu na mesma posição desajeitada, envolvendo o vazio. Então Luca inclinou meu caderno ligeiramente para si e o puxou de modo que ficasse a seu alcance.

Sem olhar para mim, ele começou a desenhar por cima dos meus rabiscos. Seus traços eram rápidos e seguros. Se sobrepunham, cobriam e envolviam os meus. Até que o vestido deixou de ser um contorno com traços infantis para transformar-se em camadas e mais camadas de renda preta. Vestindo perfeitamente um corpo ao mesmo tempo magro e cheio de curvas. Era curto na frente, mas rodado e comprido atrás, com uma cascata de penas que se acumulavam na barra. Então Luca deu à menina imaginária um par de sapatos de tira incríveis, com saltos bem altos. Ela usava luvas curtas de renda e seu cabelo era uma longa massa emaranhada puxada para um lado. Do outro lado se via uma orelha delicada cheia de piercings geométricos, correntinhas e brincos que passavam da altura dos ombros.

As discussões a respeito de Chaucer se transformaram em ruído de fundo enquanto eu via o desenho ganhar vida. Quando Luca parou por um momento, olhei para ele, impaciente, querendo ver o que viria a seguir. Seu rosto estava bem próximo do papel e suas sobrancelhas se franziam em concentração, mas eu podia jurar que ele sorria.

Ele desenhou o rosto. Sobrancelhas grossas e retas. Olhos grandes e escuros, com cílios longos. Maçãs do rosto pronunciadas e uma boquinha, o lábio superior maior que o inferior. Uma leve sugestão de dentes pronunciados.

Eu.

Fiquei olhando para aquilo, fisicamente incapaz de olhar para Luca. Minhas bochechas queimavam e meu coração batia nos ouvidos — tão alto que seria de imaginar que todos os habitantes do planeta Terra ouviam. Quando por fim levantei o rosto, olhei diretamente nos olhos dele, e senti uma faísca entre nós.

Antes que eu pudesse reagir, antes que pudesse dizer qualquer coisa, o sinal tocou.

As carteiras foram colocadas de volta em seus lugares, e ouvi o metal arrastando no chão. Luca deixou o caderno e o lápis na minha carteira antes de arrumar a dele, recolhendo suas coisas sem me dizer nada.

Abri a boca e a fechei de novo. Peguei o lápis com todo o cuidado. Ainda podia sentir o calor do toque dele.

— Se precisar de ajuda para descobrir onde são suas aulas e tal, posso ir com você — ouvi Shelly ronronar para Luca.

Um sorrisinho se insinuou nos lábios dele.

— Ah, valeu, mas não precisa.

Ele passou a mochila das costas à frente do corpo e pareceu *fingir* procurar algo nela.

Wes bateu no meu braço com a própria mochila.

— Vamos?

Pisquei.

— Ah. Aham, vamos.

Saímos da sala juntos, mas virei para olhar para Luca uma última vez. Ele ia dizer alguma coisa? Aparentemente não, de tão envolvido que estava em vasculhar sua mochila.

— E aí, do que você e o bonitão estavam dando risadinhas? — Wes perguntou quando já estávamos no corredor.

— Engraçadinho. Não estávamos *dando risadinhas* — eu disse, dando uma risadinha.

Wes ergueu as sobrancelhas para mim.

— Xiiiiii…

— Cala a boca — eu disse, com outra risadinha involuntária. Quando virei, Luca estava vindo na minha direção, com a mochila de volta às costas. Congelei. Aparentemente, sempre que Luca vinha na minha direção o mundo se movia em câmera lenta. Ele subiu o gorro que caía sobre os olhos em uma velocidade glacial. Quando finalmente me alcançou, já tínhamos começado a namorar, nos casado e mandado nossas duas filhas para a faculdade, com lágrimas nos olhos. As risadinhas se espalharam imediatamente.

— Então, sei que você disse que não está na turma avançada de arte, mas você participa do clube de artes? — ele perguntou. A atmosfera de interesse de antes havia desaparecido, mas talvez fosse porque Wes estava comigo. De qualquer modo, Luca estava sendo simpático, então...

Tentei manter o controle.

— Haha, de jeito nenhum.

Ele riu — de um jeito que parecia um grasnido e que me fez abrir um sorriso enorme. Era uma risada muito indigna para alguém tão maravilhoso. *Ah, meu Deus, sossega o facho! Você sabe pra onde isso vai te levar, Desi. Chega!* Mas eu nunca fazia os garotos rirem. Àquela altura das minhas interações com garotos em geral, eu costumava já ter feito algo espetacularmente idiota. Pela primeira vez na vida, senti uma gota de esperança.

Wes andava ligeiramente a nossa frente.

— Que pena — Luca disse, com uma expressão impenetrável. Meu coração acelerou.

Então eu senti. A familiar perda de controle, minhas habilidades sendo substituídas por uma insegurança nervosa. *Não, não, não.*

— Que pena que não estou no clube de artes? — perguntei, com a voz já estranhamente desafinada.

— É.

Balancei a cabeça.

— Eu nunca desperdiçaria meu tempo com algo em que sou no máximo medíocre.

Ai, meu Deus do céu, eu estava bancando a sabe-tudo, e por algum motivo falava como se estivesse no período colonial. *Para, para já, só seja indiferente e tranquilona. INDIFERENTE E TRANQUI-LONA. E endireita essa postura.*

Vi o sorriso dele se desfazer. Seus olhos perderem o brilho. *Tá, ser indiferente e tranquilona não é mais uma opção.* Eu sabia que devia parar, mas talvez ainda desse para me recuperar. Fui tomada por uma onda de coragem. *Se explica. Comunicação é a chave.*

— É que eu ando muito ocupada. — O rosto dele congelou, ficou paralisado. Segui em frente. — Já tem bastante coisa rolando... Sou presidente do conselho estudantil, jogo futebol e tênis, participo de cinco clubes diferentes e meio que já está definido que vou ser a oradora da turma.

Uma expressão educada que na verdade disfarçava pânico e que me era muito familiar tomou conta do rosto de Luca.

— Nossa. Você é bem ocupada. Bom, a gente se vê por aí então.

Pisquei e balancei a cabeça, sentindo que recuperava a calma conforme ele se afastava.

— Espera, Luca!

Ele virou, relutante, assumindo que se pode presumir relutância a partir de um arrastar de pés.

E agora? Por que foi que eu chamei ele?

Puxei os cordões da calça de moletom, nervosa.

— Hum... quando o clube de artes se reúne?

Nem tudo está perdido. Só tenta paquerar. Seja fofa. FINJA QUE VOCÊ É FOFA. Mordi o lábio inferior, para contribuir para esse efeito.

Luca olhou em volta, como se procurasse uma maneira de escapar.

— Hum... não sei direito. Acho que tem no site...

A voz dele morreu.

E então.

Minha calça de moletom descolada caiu. Formando um monte aos meus pés.

Olhei para baixo. Luca olhou para baixo. Olhei para cima. Luca continuou olhando para baixo.

Então ouvi Wes gritar:

— *É sério isso?*

Puxei a calça e corri. Como o vento.

capítulo 4

Meu celular ficou vibrando a noite toda — Wes e Fiona estavam tentando me animar depois do incidente da calça de moletom, mas só ignorei. Minha última mensagem para eles tinha sido: Morri. Tchau.

Quando meu pai chegou em casa do trabalho, me encontrou no modo máximo coitadinha-de-mim: de pijama, assistindo a um reality show de mulheres competindo para ter sua própria loja de cupcakes e mergulhando em um pote do meu petisco preferido: picles. *Tsc-tsc*, meu pai fez para mim da porta.

— Tudo isso de picles? A essa hora? *Appa* não vai fazer comida pra você.

Ele resmungou durante todo o trajeto até a cozinha, onde guardou as compras. Em geral era eu quem fazia aquilo, mas me dei ao luxo de não o fazer, dado meu péssimo humor. Com meu longo histórico de crails, seria de imaginar que o último seria só mais um. No passado, depois de algumas horas, eu me distraía com a próxima coisa urgente da minha lista — feira de ciências, jogo de futebol etc. Mas naquele dia eu não conseguia deixar para lá. Algo no fato do que havia acontecido com Luca tinha me lançado em uma espiral de flashbacks de momentos *muito* constrangedores.

Jefferson Mahoney. Primeiro ano. Dei um chute no saco do primeiro menino de quem gostei durante a aula de tae kwon do, e ele teve que ser levado para o hospital.

Enfiei a mão no vidro de picles para pegar mais um. Meu pai entrou na sala e balançou a cabeça para mim.

— Tá. Qual é o *pobema*?

Normalmente, *pobema* arrancaria uma risadinha de mim. Sorri, meio sem vontade.

— Nada.

Diego Valdez. Quarto ano. Diego me perguntou se eu queria dar uma olhada em uns livros "muito especiais" que ele tinha, e eu disse que não me deixavam ver pornografia. Na verdade, eram quadrinhos, e ele nem sabia de onde vinham os bebês. Virei a tarada da sala.

— Comprei esse picles no mercado persa. É o preferido do *appa*, dá aqui.

Abracei o vidro e virei de costas para ele.

— Não!

Oliver Sprague. Sétimo ano. Era a festa de Dia das Bruxas e ele se apro-ximou para me dar meu primeiro beijo, mas comecei a rir e depois a chorar.

Meu pai franziu os lábios.

— Chega. Não tem mais graça. *Appa* quer ver o programa dele e você está sendo chata.

— Nossa.

Meu pai sentou ao meu lado com tudo, derrubando um pou-co da conserva do picles em mim. Depois ele arrancou o pote das minhas mãos.

— Ninguém vai jantar hoje então.

Ele deu·uma mordida antes de pegar o controle remoto.

—Vamos ver outra coisa.

Eu nunca tinha conseguido assistir a uma novela coreana inteira, e estava com vontade de algo mais sinistro e baixo-astral.

Meu pai me ignorou enquanto, com toda a facilidade, acessava a internet pela smart-TV e entrava no site de streaming de k-drama. Ele mal conseguia mandar um e-mail, mas poderia entrar no site de olhos fechados. Tentei roubar o controle, mas meu pai bateu de brincadeira na minha cabeça com ele.

— Por que isso? Trabalhei o dia inteiro, e você, monstro do picles, o que fez? Não, você vai assistir ao que *appa* assistir.

Esfreguei a cabeça e olhei para ele.

— Mas eu não quero.

Nyma Amiri. Primeiro ano do ensino médio. Passei semanas mandando bilhetinhos secretos para ele, então descobri que ele sempre soubera que vinham de mim. Porque eu tinha assinado o primeiro, sem perceber.

Tomei outra na cabeça.

— *Ya*, para de reclamar. E é o *último* capítulo, temos que ver. *Appa* está *tãããão* empolgado.

Enquanto os créditos iniciais passavam ao som da música-tema que eu havia ouvido de fundo a semana toda, perdi a paciência.

— Como você pode ficar empolgado com isso? *O final é sempre igual*. Olha essas pessoas… — Apontei para a tela, para a ninfa de olhos arregalados e o cara grosseirão com cabelo igual ao do Justin Bieber. — De jeito nenhum que elas iam acabar juntas. Mas, por puro milagre, eles vivem felizes para sempre. É muita merda.

Max Peralta: jato de catarro.

Luca Drakos: calça no chão.

Meu pai empurrou minha cabeça.

— Olha a boca, miss Boca-Suja. Você não sabe que as coisas podem até começar mal, mas terminam bem quando o amor é verdadeiro?

Amor verdadeiro. Eu queria rir daquilo, mas o calor no meu peito quando eu vira Luca desenhando era algo que nunca havia sentido. A leve tontura que sentira com sua proximidade também. Eu tinha gostado bastante de alguns meninos no passado, mas tinha uma sensação incômoda de que aquilo era diferente.

Me recostei no sofá por pura preguiça e assisti ao começo do episódio. Meu pai acionou as legendas em inglês, para que eu conseguisse acompanhar a história apesar do meu coreano capenga.

Começava em um cruzamento de uma cidade grande — os dois protagonistas estavam de lados opostos da rua, olhando um para o outro na chuva. A música aumentava enquanto carros passavam por entre eles.

Meu pai bateu palmas, animado.

— Ah, *finalmente*! — ele disse. — *Finalmente* os dois se veem depois de tanta coisa ruim acontecer! Eles vão se beijar! — Ele olhou para mim. — Talvez não seja pra sua idade.

Dei risada.

— Está falando sério? Vimos *O segredo de Brokeback Mountain* juntos.

Quando o semáforo estava prestes a abrir para que os dois apaixonados pudessem se encontrar, entrou um flashback: a moça estava sentada dentro de um depósito de material de escritório, com a saia levantada, enquanto passava um pouco de base de esmalte no desfiado da meia-calça. Então o cara abria a porta e ela se assustava e jogava os braços para o alto — atirando o vidrinho sem querer no olho dele. Ele gritava no mesmo segundo, então ela tentava ajudá-lo, mas era afastada com rispidez. O humor da moça mudava na hora, ela lhe dava um chute e ele caía de cara em um balde.

Soltei uma risadinha irônica.

— Ah, é. Acredito total que eles passaram disso a beijos apaixonados na chuva.

Meu pai me empurrou de novo.

— Quieta, Desi. Assiste. Eles vão mostrar *tudo* o que aconteceu entre eles nos outros episódios.

No próximo flashback, a moça entra em um chalé em meio a uma tempestade de neve. O cara corre até ela, gritando. Está furioso por causa do risco que ela correu. Então ele nota que a moça está mancando, machucada. Ele a faz sentar em um banquinho e enfaixa seu tornozelo com cuidado. Seus olhos vão do tornozelo exposto para o rosto dela, e eles se encaram, com certo desconforto. Então ele a solta e ela cai do banquinho.

Sorri. Tá, aquilo era bem fofo, apesar de um pouco violento demais.

Próximo flashback: a moça está jantando com um cara de aparência normal, então o protagonista entra com tudo no restaurante chique, avançando a longas passadas e parecendo bravo. Ele pega o pulso da moça e a puxa. Ela grita com ele, então bate em seu peito com os punhos diminutos, furiosa. O cara a beija com vontade, e ela se derrete contra ele.

Hum... aquilo era bem... interessante. Eu me endireitei no sofá e me inclinei para a frente. Último flashback: os dois estão no trabalho, e o chefe da moça grita com ela. Chega a jogar uma pasta nela, e voa papel pra todo lado. O protagonista só observa, suas emoções fazendo seu rosto se contorcer. Ela faz contato visual com ele e depois sai da sala, com a cabeça erguida.

Meu pai me deu uma cotovelada.

— Isso foi quando ela assumiu a culpa por um erro dele.

De volta ao presente, os dois se olhavam cheios de desejo, depois de tantos mal-entendidos e sofrimentos. O semáforo abria e os dois andavam um na direção do outro, em câmera lenta. Quando estavam prestes a se encontrar, no meio da rua, peguei o controle e apertei o pause.

— *Desi!* — meu pai gritou.

Olhei para ele, e embora em geral a pessoa não *sinta* os próprios olhos brilhando, senti os meus fazendo isso. Eu sempre havia achado que relacionamentos terminavam mal e pronto. Mas a premissa básica dos k-dramas era de que *sempre terminavam bem*. E, olhando de perto, havia uma *fórmula* para fazer um cara se apaixonar por você.

A qual muitas vezes começava com uma bela dose de humilhação por parte da moça. Então por que meus muitos crails e humilhações não haviam dado em nada? Porque eu nunca tinha um *plano*. Nunca tivera *passos* a seguir.

Mas os passos tinham estado diante dos meus olhos o tempo todo. Só ligeiramente bloqueados pela cabeçorra do meu pai. Levantei do sofá.

— É como uma equação! Como não vi antes? — gritei. — Vamos começar do primeiro episódio!

O queixo do meu pai caiu. Ele esticou os braços na direção da tela, impotente, onde os protagonistas estavam a ponto de se beijar, de olhos fechados, inclinados um para o outro. Devia haver mais meio minuto excruciante dos dois daquele jeito, aproximando-se um milímetro por segundo.

Como *todo o resto*, Luca podia ser conquistado com o bom e velho planejamento. Aquela confiança renovada no poder do método me motivou a ir ao andar de cima buscar um caderno. Eu podia ser um fracasso no amor, mas era a melhor quando se tratava de estudar. E, até conhecer o Luca, nunca havia tido motivação suficiente para estudar e planejar minha saída do fundo do poço amoroso.

Dois dias depois, numa segunda-feira de manhã, estava pronto.

Desliguei a TV e me recostei no velho sofá de couro. Minha boca estava seca. Minhas lentes de contato estavam grudadas nos olhos. Olhei para meu pai, que, nos horários em que não estava no trabalho, havia se juntado a mim na maratona durante o fim de semana. Na noite anterior, ele havia pegado no sono ao meu lado, enquanto eu me mantivera acordada a noite toda. Meu pai dormia de boca aberta, com os pés com meias brancas enfiados debaixo do edredom xadrez que eu havia comprado para ele.

Baixei os olhos para o caderno. Eu tinha conseguido — tinha assistido a três novelas coreanas inteiras ao longo do fim de semana, incluindo a que havíamos começado na sexta à noite. Quando meu pai perguntou por que aquela maratona súbita de k-drama, eu disse que estava fazendo uma pesquisa para a escola. E não era totalmente mentira.

Todas as novelas a que eu assisti eram românticas, porque estava claro que aquele era o gênero que melhor se adaptava a minha situação de vida. Durante todo aquele tempo, eu não tinha saído de casa, tomado banho ou visto outro ser humano que não fosse meu pai. Tinha inclusive ignorado as mensagens de Fiona e Wes.

Era engraçado, porque k-dramas sempre haviam sido o ruído de fundo da minha vida. Sempre passavam enquanto eu lavava louça, fazia lição de casa ou matava o tempo com meus amigos, no meu quarto no andar de cima. Mas eu nunca ficara ali, sentada com meu pai, com toda a minha atenção voltada para aquele vício.

Ao longo do fim de semana, eu havia sido convertida. E tinha me formado na Escola de Comédia Romântica do K-Drama.

Eu havia rido e chorado, passado por todo o espectro emocional das novelas coreanas. Demorou um tempo depois de começar o primeiro episódio para que eu conseguisse levar a sério a estética geral dos programas. A princípio, os cabelos dos personagens masculinos desviavam a minha atenção, de tão exagerados. Mas depois, de alguma forma, passavam de absurdos a bonitinhos e incríveis! E, embora os cenários refinados do núcleo dos ricaços me fizesse revirar os olhos loucamente, eles eram compensados por imagens românticas e acolhedoras de Seul — *pojangmachas* (barraquinhas de rua) em que os personagens comiam e bebiam no meio da noite, cafés encantadores tocando as músicas mais ouvidas nos Estados Unidos, avenidas margeadas por cerejeiras floridas e o icônico rio Han durante a noite. Seul parecia tão *agradável* e *viva*.

Embora eu fosse descendente de coreanos, tinha havido certo choque cultural. Tipo, como um abraço poderia ser um marco tão importante de um relacionamento (nas séries americanas, os protagonistas mal piscam duas vezes antes de ir para a cama)? E como a diferença de classe podia ser um obstáculo *tão* grande, a ponto de parecer normal que uma mãe rica agredisse uma mulher adulta por ousar namorar seu filho sendo pobre? E como a mulher adulta podia simplesmente aguentar aquilo, porque a mãe rica era mais velha que ela?

E havia a questão das *emoções*. Meu Deus, eu nunca havia testemunhado aquele nível de emoção vindo de seres humanos, na tela ou fora dela. Era uma infinidade de lágrimas. E uma gritaria. Agora eu entendia por que meu pai falava alto, por que sempre parecia incrédulo. Sem mencionar os abraços ardentes, as travessias rápidas de cômodos para agarrar moças, os closes de queixos tremendo ou mandíbulas cerradas. Um recado para os diretores de Hollywood que dizem que não há muitos atores asiáticos com potencial para virar estrelas: vão para a Coreia.

Sim, as histórias podiam seguir sempre a mesma fórmula e às vezes ser um grande clichê, mas, por causa dos personagens fortes, aquilo funcionava. Personagens pelos quais você torcia ou se apaixonava loucamente, personagens que você odiava com a intensidade de mil sóis, invejava, com que se preocupava. Eles eram mais reais que qualquer coisa que o Oscar premiasse.

K-dramas transformavam a ideia de amor verdadeiro de fazer perder o chão em doses viciantes de dez a vinte horas. Minhas reações a primeiros beijos castos pareciam ataques do coração. Eu me entregava ao choro quando casais precisavam se separar, quando um ou outro sofria. Suspirava contente, com os olhos vidrados, quando os personagens finalmente tinham seu final feliz.

E agora tinha que ir para a chatice que era a escola. Nos Estados Unidos. Mas estava armada de algo que eu realmente acreditava que ia funcionar.

— *Appa... appa!* Acorda!

Eu o sacudi até que ele se mexeu. Era como acordar uma criança gigantesca de quatro anos, mas consegui fazer com que fosse tomar um banho no andar de cima. Depois que ele fechou a porta do banheiro, conferi o horário no celular. Tinha vinte minutos antes que Fiona aparecesse.

~~capítulo~~ passo 5
ter um sonho secreto que aproxime vocês dois

Fiona estava atrasada, e fazia frio. Enquanto esperava à porta de casa, abracei minha garrafa térmica com café, minha única salvação depois de ter virado a noite. Uma olhada rápida na previsão do tempo do celular revelou que fazia onze graus. Congelante para os padrões de Orange County, mesmo para dezembro. Eu estava prestes a mandar uma mensagem furiosa para Fiona quando ouvi um alarido alto pouco antes que a morte sobre rodas, que era o carro cor de cobre dela, carinhosamente apelidado de Penny, virasse a esquina. Eu podia imaginar meus vizinhos tensos entreabrindo a persiana para condenar o veículo barulhento e desordeiro que se aproximava.

Fiona chegava com a música bombando, mas, com o escândalo que o carro fazia, só notei isso quando ela estacionou bem à minha frente. Entrei e imediatamente abaixei o volume do reggae sueco que tocava.

— Meu Deus, você vai ficar surda. Ou por causa dessa música horrível ou por causa do barulho dessa lata-velha. Você sabe que o escapamento da Penny está furado, né?

Era filha de um mecânico, o que me tornara capaz de identificar um carro apenas pelo som do escapamento.

— Passei por cima do skate do vizinho outro dia, talvez seja isso. — Fiona pensou por um segundo antes de me lançar um olhar penetrante. —Você passou o fim de semana em hibernação por causa do crail?

— Também.

Ela bateu as compridas unhas pintadas de lilás no volante.

— Bom, fico feliz em te ver viva. Eu já ia ligar para a polícia quando vi aquela sua postagem misteriosa no Instagram ontem à noite.

— Eu sei, desculpa. É que fiquei superocupada no fim de semana.

Ela voltou a olhar para mim.

— Olha só pra você. Toda arrumada.

Eu estava de jeans escuro, sapatilha preta e um casaco preto de botões por cima de uma malha com estampa de coraçõezinhos.

— Fi. Só estou usando uma roupa normal.

Ela, por outro lado, estava com uma jardineira de shortinho por cima da meia-calça grossa, uma blusa de manga comprida e um casaco masculino gigante de tweed por cima. Seu batom era vermelho e seu cabelo tingido de ruivo estava preso em um coque alto e bagunçado. Era de tirar o chapéu.

Dei uma olhadinha em mim mesma pelo retrovisor, nervosa. Meu cabelo estava do jeito que eu mais gostava: solto e com ondas leves emoldurando meu rosto. Vi um lampejo do desenho que Luca havia feito de mim, com o cabelo comprido puxado para o lado.

— Preciso te contar uma coisa.

Um momento de silêncio.

— Estou ouvindo.

— Bom, sempre foi meio ridículo como não consigo arranjar um namorado, apesar de me dar bem em um monte de coisa. Com todos os crails e tal. Claramente tinha alguma coisa faltando, aquilo que todos vocês, mestres do amor, parecem ter.

— Valeu.

— Imagina. Então… Você sabe que meu pai está sempre vendo aquelas novelas coreanas, né?

— Sei, acho fofo.

Meu pai fazia até os corações mais gelados derreterem.

— Bom — continuei explicando —, depois que um garoto lindo viu minha calcinha de listrinhas verdes na sexta, vi um monte de k-dramas. Tipo, uns três.

— Três episódios?

— Não. Tipo, três novelas inteiras.

Fiona entrou na via principal, depois olhou para mim, incrédula.

— Você viu *três* novelas em *um fim de semana*?! Não tem, tipo, cem episódios cada?

— Não! O número varia, mas costuma ter entre uns dez e vinte.

— *Quê?* Você estava muito louca?

— Não, mas tinha passado por um crail épico, Fi. E, pode me chamar de louca, mas acho que rolou um clima entre a gente.

— Antes da sua calça cair, você diz?

— *Fi!*

Chegamos à escola. Ela desligou o carro e ficou olhando para mim.

— Tá, falando sério. Um clima? Você não conheceu o cara fazia só uma meia hora quando… você sabe?

Tive um flashback de Luca olhando para a calça de moletom caída aos meus pés. Sacudi a cabeça para apagar aquilo, como numa lousa mágica.

— É, mas… não posso explicar.

— Eu posso. Ele é lindo.

Fiona balançou a cabeça.

— Não é só isso! Tipo, claro, ele é lindo. Mas também… — Desviei os olhos dos dela e os pousei em minhas mãos, se retorcendo nervosamente sobre as pernas, constrangida de ter que entrar em detalhes. — Teve um lance que... ele pegou meu lápis e *me desenhou*. Foi tão... tão *romântico*. A coisa mais especial que um cara já fez por mim.

Fiona ficou em silêncio por um minuto.

— Você é muito nerd.

Dei um tapa no braço dela.

— Não faz graça, estou falando sério! Desculpa se não sou o tipo de mulher sedutora e experiente que, tipo, faz os homens tomarem champanhe em seus sapatos de salto alto.

— *Oi?* É esse tipo de coisa que me deixa preocupada com você, Des. Sua ideia de romance é essa baboseira clichê. Tirada de propagandas de bebida dos anos oitenta.

Ficamos ali no carro, sentindo o ar esfriar, já que o aquecedor estava desligado.

— Bom, esse é o ponto, né? Claramente tem algo de errado comigo. Sou devagar, ou só... me falta alguma coisa quando se trata de relacionamentos. Isso não vem naturalmente para mim. Mas... em que é que eu sou boa?

Fiona jogou as mãos para o alto.

— Sei lá, você é boa em quase tudo.

— Exatamente! E sabe por quê? Porque dá pra ser bom na maior parte das coisas seguindo *regras*, passos ou métodos.

Fiona me olhou com firmeza.

— Aonde você está querendo chegar?

Peguei meu caderno e o mostrei, com um sorriso largo no rosto.

— Descobri como deixar o crail para trás.

Passei o caderno a Fiona. O rosto dela permaneceu impassível enquanto lia.

PASSOS DO K-DRAMA PARA O AMOR VERDADEIRO

1. Ser a personificação viva de tudo o que é bom e puro

2. Ter uma história familiar deprimente e estar na pior

3. Conhecer o cara mais inatingível do mundo

4. Deixar que o cara mexa com você, seja te irritando ou te deixando obcecada

5. Ter um sonho secreto que aproxime vocês dois

6. Perseguir seu sonho com determinação, independente do custo para seu bem-estar

7. Descobrir mais informações sobre o mistério que envolve o cara

8. Entrar em um triângulo amoroso claramente desequilibrado

9. Se meter em um apuro que force vocês dois a ter um momento de intimidade e conexão

10. Descobrir o grande segredo que ele esconde, preferencialmente através de flashbacks repetidos à exaustão

11. Provar que você é diferente de TODAS as outras mulheres do mundo

12. Ter sua vida colocada em risco para que ele ou você perceba que o amor dos dois é verdadeiro

13. Revelar suas vulnerabilidades de um jeito de partir o coração

14. Conquistar o cara de uma vez por todas com um beijo, finalmente!

15. Mergulhar de cabeça em um amor meloso e constrangedor

16. Escolher uma música romântica pra vocês e deixar tocando sem parar, no volume máximo!

17. Esperar os mundos de vocês entrarem em choque como alívio cômico

18. Conhecer e conquistar a família dele

19. Fazer um sacrifício definitivo como prova de seu amor

20. Não ser feliz até o último minuto possível

21. Hora da traição: um de vocês meio que trai o outro, mas não trai

22. Estar no fundo do poço e ver a vida como uma série de montagens de flashback dos bons tempos

23. Tomar medidas drásticas para encontrar seu final feliz

24. Ser feliz para sempre

Os olhos de Fiona finalmente pararam de se mover, e fiquei esperando por um comentário dela, ansiosa.

Seus olhos delineados com lápis azul encontraram os meus.

—Você... ficou completamente maluca?

Soltei o ar, em suplício.

— Só me ouve...

— Não, Des. Nunca vi nada tão sem noção, mesmo vindo de você. Algumas dessas coisas... tipo, quem é que...

— Fi, não vou levar tudo isso no sentido *literal*. Algumas das coisas sem noção que você leu são parte da fórmula, mas não precisam ser literalmente seguidas. É um rascunho... uma inspiração para um plano, se preferir. O importante é que descreve, passo a passo, todas as formas de fazer com que Luca se apegue a mim, de modo que a gente fique cada vez mais próximo.

— Ai, meu Deus, você tá com aquela cara irritante.

Assenti.

—A cara de quem sempre consegue as coisas. — Folheei as páginas em branco mais para a frente no caderno. —Vou anotar aqui comentários sobre meu progresso e as táticas que usei.

Fiona ainda parece em dúvida, mas as rugas em sua testa pareceram se aliviar ligeiramente.

— Bom, qual é o primeiro passo mesmo? — Ela pegou o caderno e voltou para o começo da lista. — "Ser a personificação viva de tudo o que é bom e puro." — Fiona olhou para mim e começou a rir.

Cruzei os braços.

— Esse passo... bom, vou ter que dar uma simplificada em alguns.

— Por favor. Desi, você arrecada comida para quem precisa, abraça árvores e ajuda idiotas a estudar. A parte de ser santa já está resolvida.

Nem sempre o limite entre o elogio e o insulto era algo muito claro.

—Valeu. Continuando… olha o segundo passo, da história familiar triste. Resolvido.

Fiona me olhou de relance e com cautela.

— Bom, acho que isso meio que se aplica a você…

Dei de ombros.

— Estou bem. Mas, superficialmente, para um desconhecido, a coisa de não ter mãe é sempre, tipo, *impactante*. Uma tragédia típica de princesa de conto de fadas.

Fiona assentiu.

— Tá bom. Número 3. "Conhecer o cara mais inatingível do mundo." Hum. Não sei se ele é o *mais* inatingível *do mundo*, mas beleza, você conheceu o Luca. Passo número 4: "Deixar que o cara mexa com você, seja te irritando ou te deixando obcecada".

Ficamos ambas em silêncio por um segundo, então Fiona bateu na minha cabeça com o caderno.

—Você está mais do que obcecada.

— Ai! — eu disse, esfregando a testa. — Bom, nível de obsessão necessário atingido. E onde isso nos deixa? No passo 5.

Fiona voltou a olhar para o caderno.

— "Ter um sonho secreto que aproxime vocês dois." E qual é o seu sonho secreto? Você tem um?

— Bom, meu sonho de verdade não é nem um pouco secreto: entrar em Stanford e me formar em medicina. Mas, nesse caso, tem que ser um sonho secreto que me aproxime de Luca.

Fiona abaixou o vidro do motorista, deixando o ar frio entrar no carro, e inspirou fundo.

— Esse plano está fazendo cada pelinho feminista meu se eriçar.

— Para com isso, Fi. Feminismo não é uma coisa fechada. Assumir o controle da minha vida amorosa é totalmente feminista.

— Se você diz… E já pensou no seu sonho secreto?

Levantei a gola do casaco e enterrei o rosto dentro dele, para me proteger do ar gelado.

— Já. — Minha voz soou abafada.

— Tenho medo de perguntar o que é.

— Arte.

Ela engasgou, e eu bati em suas costas.

passo 6
perseguir seu sonho com determinação, independente do custo para seu bem-estar

Foi um desperdício ter vestido aquela roupa pela manhã, porque não vi Luca o dia todo. Assim que o sinal tocou, marcando o início da aula de inglês avançado, Shelly soltou:

— Cadê o Luca?

A sra. Lyman ouviu de sua mesa e revirou os olhos.

— Houve um erro. Sinto muito, meninas. Ele não deveria estar na turma avançada de inglês.

Eu sabia que era bom demais para ser verdade. Entre as aulas, procurei pelos corredores, mas não o encontrei em nenhum lugar. Fiquei ligeiramente decepcionada, mas também um pouco aliviada. Agora tinha um pouco mais de tempo para descobrir como recuperar meu orgulho quando voltasse a vê-lo, depois do incidente da calça de moletom. Que seria na primeira reunião do clube de artes de que eu participaria, no dia seguinte.

Aquela noite, virei algumas xícaras de café para não pegar no sono antes do jantar. Também precisava estar afiada para as artimanhas de k-drama que teria à frente, então comecei a ver uma novela nova com meu pai enquanto cozinhava.

— *Appa*, como os personagens desses programas se recuperam depois de fazer algo muito constrangedor — perguntei enquanto mexia a enorme quantidade de molho de macarrão que estava fazendo. Nossa cozinha era aberta, então eu podia assistir a *Flower Boy Ramen Shop*, que passava na TV da sala, enquanto cozinhava. E o uso do termo "cozinhar" aqui é generoso: espaguete era uma das três comidas que eu podia fazer com a segurança de que meu pai não apareceria com acompanhamentos coreanos para compensar.

Da poltrona, meu pai tomou um gole de cerveja enquanto pensava, então respondeu:

— Bom, acho que em geral eles só precisam ser corajosos e não se deixar abater muito. Muitas moças nos programas são destemidas, e é por isso que os rapazes gostam delas, mesmo que não sejam as mais bonitas.

Aquilo era reconfortante. Acrescentei um pouco de alho em pó ao molho marinara borbulhante.

— Então elas meio que só lidam com o que aconteceu?

— *Ya*. Elas lidam com o que aconteceu.

Mais tarde, ainda ligada por conta de toda a cafeína, procurei no Google os k-dramas a que havia assistido e li todo tipo de curiosidade sobre os elencos. Então descobri o maravilhoso mundo dos blogs e gifs de Tumblr relacionados ao k-drama. As novelas que eu havia visto tinham uma quantidade *enorme* de fãs.

Peguei no sono com o celular a centímetros do rosto, assistindo a *Flower Boy Ramen Shop*.

No dia seguinte, de acordo com o passo 6, perseguir meu sonho com determinação, fui para a minha primeira reunião do clube de artes. Eu tinha falado no dia anterior com o sr. Rosso, que supervisionava o clube, e ele dissera que eu só precisaria de um caderno de desenho e lápis, porque aquela reunião em específico envolveria uma visita ao zoológico. Como se estivéssemos no primeiro ano. Meu caderno com os passos do k-drama estava na mochila, assim como meus materiais de arte novinhos em folha, para me manter resoluta.

Mas, no segundo em que entrei no ônibus escolar, quis dar meia-volta e sair correndo dali, como o Papa-Léguas. *Bip-bip!* Que se danasse aquela história de heroína corajosa de k-drama. Eu conhecia a maior parte dos alunos do conselho estudantil, mas aqueles eram os metidos a artista — um grupo de hipsters que faziam eu me sentir uma criança por gostar de Taylor Swift e ler *Crepúsculo*. Não que eu já tivesse feito aquelas coisas. Ao mesmo tempo.

E eu tinha consciência de que entrar para o clube era meio ridículo, porque Luca saberia que eu era nova ali e desconfiaria de que só fizera aquilo por causa dele.

— Desi? — uma menina de cabelo curtinho descolorido me chamou, meio em dúvida. Era Cassidy, do time de futebol. Fui até ela, aliviada por ver um rosto familiar.

— Oi — eu disse, sentando ao lado dela e tentando sorrir, como se aquilo tudo fosse muito normal.

Ela sorriu de volta, parecendo achar graça.

— O que está fazendo aqui?

Olhei em volta do ônibus, procurando por Luca, mas não havia sinal dele.

— Hum... acho que entrei para o clube de artes.

— Nossa, sério? Eu nunca teria imaginado...

A voz de Cassidy morreu no ar. Antes que eu pudesse dar alguma desculpa esfarrapada para justificar minha presença ali, olhei pela janela e vi Luca se aproximando do ônibus com uma garota — toda pernas compridas e coturnos. Seus óculos Ray-Ban espelhados refletiam o sol, e ela jogou o cabelo preto com as pontas roxas por cima do ombro. Os dois abaixaram a cabeça juntos e riram ao entrar no ônibus.

Que palhaçada era aquela? Ele *já* tinha uma namorada? Depois de três dias na escola?

Luca parou para cumprimentar alguém sentado na frente, e eu virei de costas para o corredor, de modo que ele não pudesse me ver. Tinha sido o pior plano da história. No que eu estivera pensando?

— Desi Lee? Nossa, eu sabia que você era cheia de atividades extracurriculares, mas desceu tão baixo a ponto de entrar para o *clube de artes*?

A pergunta foi feita para as minhas costas, então tudo o que vi foi a reação de Cassidy. O queixo dela caiu e seus olhos verdes se arregalaram.

— *Violet!* — ela exclamou.

Eu me virei e olhei para a tal Violet. Seu cabelo ia até a cintura, e ela usava jeans preto rasgado e uma camiseta branca e velha de gola V — e uma pochete, mas de maneira irônica.

— Desculpa, mas eu te conheço?

— Não acredito que você não me conhece, juro. Já que sou uma eleitora sua e tudo o mais. Meu nome é Violet. Violet Choi — ela falou bem devagar.

Choi. Coreana. Hum, eu não lembrava quem ela era e estava totalmente despreparada para aquela animosidade declarada e repentina.

— E qual é o problema? — soltei.

— O *problema* — Violet disse com a voz mais aguda, como se para me imitar — é que, como a nerd mais irritante de Monte Vista, você está em *toda parte*. E o clube de artes é o único lugar em que eu conseguia me manter longe, porque você não é uma artista.

Fiquei tão chocada que nem mesmo registrei que Luca devia estar testemunhando tudo aquilo. Nunca haviam falado comigo daquele jeito. Eu podia ser a definição de popularidade no ensino médio, mas não fazia inimigos por conta daquilo. Eu achava que as pessoas gostavam de mim porque eu era *simpática*. Não estávamos em uma escola clichê, com meninas populares malvadas e uns coitados que sofriam bullying. Ou era o que eu pensava. Não sabia o que responder a ela.

O que uma heroína de k-drama faz quando depara com alguém tão desagradável? De repente me lembrei da vilã principal de *Proteja o chefe* sujando a bunda do vestido de Eun-Sol com um sorvete de casquinha. A reação dela foi manter a calma e continuar simpática mesmo em meio à animosidade gritante.

Luca agora estava perto de Violet, no meio do corredor. Ainda que meus olhos ardessem — daquele jeito aterrorizante de pouco antes de se encherem de lágrimas —, mantive a boca fechada. Ele franziu a sobrancelha na fração de segundo em que fizemos contato visual.

Aquele leve sinal de preocupação fez meu coração desfalecer. Imediatamente, esqueci que era a primeira vez que ele falava comigo depois do desastre da calça de moletom.

Luca olhou para Violet e disse:

— Vocês se conhecem?

Seus olhos mantiveram a tranquilidade enquanto ele olhava de uma para a outra. Fiquei em silêncio, tentando desemaranhar a estranha mistura de raiva, humilhação e friozinho na barriga que tomava conta de mim.

Foi Cassidy quem falou, muito embora a pergunta não tivesse sido dirigida a ela.

— Hum, Desi e eu jogamos futebol juntas. *Vocês* se conhecem? — ela perguntou, com as sobrancelhas erguidas.

Olhei para Luca, que deu de ombros e respondeu:

— Mais ou menos. Sei que ela prefere usar calcinha larga a fio dental.

Ele me encarou, com um sorriso enorme no rosto.

Aimeudeus.

A boca de Cassidy se abriu ligeiramente, e a cabeça de Violet virou para mim numa velocidade demoníaca. Antes que eu pudesse reagir, o sr. Rosso entrou no ônibus e gritou:

— Muito bem, meus pequenos Renoirs, vamos sentando! — Ele bateu na própria barriga com gosto, sua camisa havaiana levantando um pouco na barra. — Todos prontos para ir ao zoológico?

O silêncio em resposta foi deliberado. O sr. Rosso aproveitou o momento para olhar para nós e dizer:

— Ah, sim, primeiro os anúncios. Deem boas-vindas calorosas a Desi Lee e Luca Drakos.

Alguém começou a bater palmas devagar e deliberadamente no fundo do ônibus, e as risadas tomaram conta.

O sr. Rosso olhou feio para o engraçadinho.

— Bom, Desi e Luca, passamos as últimas semanas trabalhando em obras para uma exposição beneficente. Todos os lucros serão doados para a Associação de Parques Estaduais da Califórnia. Mas hoje vamos tirar uma folguinha e fazer alguns desenhos no zoológico.

Assenti — sorrindo por fora, mas chorando por dentro.

— Parece legal — falei depressa demais, com a voz esganiçada.

Mais risadas. Ouvi Violet comentar:

— Ah, é. Legal mesmo.

O sr. Rosso sentou, dando uma última olhada para trás.

— O resto de vocês: se comportem! Vamos chegar em vinte minutos.

Violet sentou ao lado de Luca, algumas fileiras à frente de Cassidy e eu. *Humpf.*

Cassidy me lançou um olhar questionador.

— Então... Luca sabe que tipo de calcinha...

Eu a cortei com um gesto.

— Não é o que você pensa. Ele só estava brincando.

Cassidy pareceu querer continuar falando sobre aquilo, mas pressionou os lábios um contra o outro. Depois de alguns segundos, disse:

— Esquece a Violet. Ela não costuma ser tão...

Sua voz sussurrada morreu no ar.

— Receptiva? Calorosa? — completei, seca.

Ela riu.

— Exatamente. Não sei, ela só é muito envolvida com arte, e tem uma opinião forte sobre pessoas que considera... posers.

Cassidy pareceu um pouco encabulada ao falar.

Funguei, indignada, apesar de tecnicamente ser mesmo uma poser. Olhei para Violet e Luca.

— Então, hum, os dois estão juntos ou algo assim?

Torci para que minha jogada de cabelo fizesse a pergunta parecer casual.

Cassidy franziu a testa.

— Quem? Luca e Violet?

Ela precisava mesmo gritar?

Sorri, com os dentes cerrados.

— Isso.

— Não, imagina. Não faz nem uma semana que ele entrou na escola, ela teria que ser *muito* rápida. — Cassidy abriu um sorriso travesso. — Não que Violet não queira, claro. Ela está de olho nele desde a aula de arte de sexta.

Só por cima do meu cadáver.

— Hum — respondi apenas.

Cassidy se inclinou para mais perto.

— Mas acho que ele é um caso perdido. — Tive um flashback de Harry Chen na hora. Era possível que Luca... não gostasse de meninas? Mas Cassidy prosseguiu: — Uma menina o chamou para sair, no *primeiro dia* dele, mas eu o ouvi dizer que não estava interessado em namorar.

Foi minha vez de franzir a testa.

— Por que não?

Ela deu de ombros.

—Vai saber. Talvez porque ele leva a coisa da arte realmente a sério. Sei que vai tentar uma bolsa importante para ajudar a pagar a RISD caso entre. — Ela olhou para mim. — É a Escola de Design...

— De Rhode Island. Sei o nome de todas as faculdades da América do Norte — eu disse, e me arrependi no mesmo instante. Depois sorri, como quem pedia desculpas. — Desculpa. Sou meio bizarra.

Cassidy riu.

— Então tá.

Olhei para ela, curiosa.

— Como você sabe tudo isso a respeito dele?

Cassidy ficou vermelha.

— Ele estava falando sobre a RISD na aula e... bom, você sabe. As notícias correm. — Alguns segundos se passaram antes que os ombros dela caíssem. — E eu procurei o cara na internet.

Não dava para julgar a garota.

Eu me afundei no banco e fiquei olhando para a parte de trás do gorro na cabeça de Luca. Fiquei aliviada porque ele e aquele ser humano terrível não estavam juntos, mas aquela história misterio-sa de não querer namorar era um obstáculo importante que eu não havia antecipado.

O bom era que nada me motivava mais do que ouvir que algo não era possível.

Bom, o veredito havia saído: eu não sabia desenhar. Comecei a apagar minha girafa acidentalmente cubista com toda a fúria.

Cassidy olhou para o meu caderno e tentou manter o rosto sério.

— Olha, se ainda por cima você fosse boa nisso, eu também ia querer te matar.

Fiquei maluca ao ouvir aquilo, embora na verdade fosse muito lisonjeiro. Encarei minha girafa lixo, revoltada.

Estávamos sentadas em um banco diante das girafas. Todo mundo tinha formado duplas assim que chegáramos, e Violet havia enlaçado o braço de Luca com o seu e o levado para longe, antes que eu pudesse me arriscar a falar com ele. Aparentemente eu não era a única descarada.

Então ali estava eu, com Cassidy, tentando desenhar os animais. As coisas não estavam indo de acordo com o plano.

— Ei, você viu o Luca?

Virei a cabeça e dei de cara com uma Violet furiosa, que se aproximava de Cassidy com determinação.

— Não. Ele te largou? — Cassidy brincou.

Violet fez cara feia, levando as mãos à cintura magra.

— Isso não tem a menor graça.

Ela era mesmo ótima.

— Faz vinte minutos que estou procurando por ele — Violet continuou. Ele disse que ia ao banheiro, então simplesmente desapareceu.

— Talvez você devesse passar no Achados e Perdidos — murmurei.

Ela olhou para mim, com o lábio superior franzido.

— Desculpa, mas eu estava falando com você?

Quer saber? Em *Proteja o chefe*, Eun-Sol acaba sujando a bunda da vilã de sorvete também. *Cria coragem, pra variar.*

Ergui o queixo, olhei para Violet e disse:

— Desculpa, mas eu pedi para você bloquear a minha visão dessas criaturas magníficas?

Sem o Ray-Ban, Violet podia me fitar diretamente com seus olhos gelados.

— Para de fingir que você sabe desenhar.

Cassidy jogou os braços para cima.

— Chega, Violet! Quer saber? Vamos procurar o cara. — Ela olhou para mim, como quem pedia desculpas. — Você se importa, Desi?

Eu não me importava. Nem um pouco. Sorri e as dispensei.

— Vão lá. Boa sorte!

Violet fez uma cara feia, então ajudou Cassidy a levantar, sem muita delicadeza.

Quando elas sumiram do meu campo de visão, eu levantei para recolher minhas coisas. Era minha chance. Luca estava sozinho em algum lugar.

Vi o pessoal da turma desenhando em várias partes do zoológico: no tanque do leão-marinho, na seção dos ursos, na vitrine dos répteis. Mas nenhum sinal do gorro cinza. Peguei o caminho que levava à entrada do zoológico, e ainda assim nada. Estava prestes a voltar para as girafas quando algo chamou minha atenção. Escondida atrás dos ramos de eucalipto, havia uma placa de latão à moda antiga, presa a um portão. Parecia tão deslocada naquele zoológico bem cuidado que fui até ela para ver o que dizia.

Este belo parque é patrimônio histórico do sul de Orange County. Construído originalmente em 1932, foi aclamado como um dos primeiros zoológicos modernos dos Estados Unidos. Após um incêndio em 1994, foi totalmente reconstruído e remodelado em 2001. O que restou da construção original fica perto da saída sul, ao longo da trilha marcada por um grandioso eucalipto arco-íris. Por favor, tome cuidado para não perturbar as frágeis estruturas e a vida vegetal circundante.

Humpf. Se eu fosse metida a artista e estivesse em busca de algo mais interessante do que os animais sedentários e entediados que todos os outros estavam desenhando, para onde eu iria?

Dei uma olhada no mapa do zoológico e segui em direção à saída sul. Verifiquei o horário no celular e me dei conta de que tinha só uma hora antes que o ônibus saísse. Coloquei um alarme, só para garantir. *É melhor você estar lá, sr. artista.*

Era impossível não ver a árvore — tinha uns vinte metros de altura e um tronco lindo, multicolorido. Era a única espécie de eucalipto encontrada naturalmente no hemisfério norte. (Sim, eu era a tesoureira dos Amigos das Árvores de Monte Vista.) Identifiquei uma trilha começando bem ali.

Segui por entre bosques de carvalho e plátanos, as folhas secas caídas ressoando sob meus pés. Era lindo ali, mas não vi o bonitão. Então identifiquei à distância o que pareciam ser ruínas, e apertei o passo.

— Nossa — soltei com o ar.

À minha volta, em uma grande clareira, havia cavernas de pedra e jaulas enferrujadas, cobertas de um musgo denso e pegajoso. As plantas pareciam crescer fora de controle, lembrando uma selva, e a luz do sol só conseguia passar por certos trechos. Havia um caminho pavimentado que contornava tudo aquilo.

Afastei os galhos e subi em uma das jaulas abertas. Por dentro, estava enferrujada e cheia de musgo como todo o resto, mas também coberta de grafites. Franzi o nariz. Estava chegando a uma das cavernas quando ouvi uma espécie de silvo. Congelei. Merda, era uma cobra? Havia animais selvagens vagando por aquela porção pós-apocalíptica do zoológico? O silvo parou, então recomeçou. Inclinei a cabeça. Não parecia o som de um animal.

— Oi? — arrisquei dizer.

O barulho parou na hora. Então ouvi o som de folhas sendo esmagadas. Tinha alguém ou *alguma coisa* se movimentando entre as árvores. Por que eu havia decidido fazer aquilo? Aquele passo a passo idiota de k-drama!

— Desi?

Uma voz familiar, muito baixa e muito masculina, soou.

Luca saiu do meio de uma construção de estilo colonial em estado bastante precário.

— O que está fazendo aqui? — ele perguntou.

Levei a mão ao peito, esperando que meu coração se acalmasse.

—Vi uma placa falando das ruínas do antigo zoológico e fiquei curiosa. — Hum, que bela licença poética, Des. — E… fiquei meio constrangida de desenhar perto dos outros. Achei que era melhor tentar com construções em vez de animais. —Vi uma pitada de pena genuína na expressão de Luca. Então ele havia acreditado. — E o que *você* está fazendo aqui?

Ele ajeitou a mochila nas costas.

— Fiquei entediado e pensei em dar uma olhada.

Ficamos nos encarando por um segundo.

— Bom… — comecei.

— Por que ficou com vergonha de desenhar? Você não é tão ruim.

— Pff. Não sou tão ruim para uma criança de jardim da infância.

Ele se aproximou de mim e esticou a mão.

— Me deixa ver.

— O quê?

— Seus desenhos.

Meu primeiro instinto foi responder "de jeito nenhum", mas eu sabia que aquilo acabaria com o que quer que eu estivesse conseguindo ali. Então tirei relutantemente o caderno da mochila e passei a ele.

Luca deu uma folheada, e os segundos me pareceram anos. Quando achei que não fosse aguentar mais, Luca finalmente parou em um dos meus terríveis desenhos das girafas.

— Esse daqui não é tão ruim. Mas posso te ensinar um truque?

O tom paciente e atencioso de sua voz fez qualquer constrangimento meu se derreter em uma poça a seus pés. (Como minha calça de moletom no outro dia.)

— Aham, claro — eu disse, com a voz aguda.

Luca apoiou a mochila no chão e se sentou de pernas cruzadas em uma parte com a grama alta e arbustos de sálvia floridos, então deu uma batidinha no chão ao seu lado. Eu me sentei, aproximando minha bunda cuidadosamente dele, um centímetro por vez, até que parecesse que eu estava a uma distância aceitável.

—Você está se concentrando demais nos detalhes, que são difíceis para todo mundo, sabe?

Luca apontou para todos os pontos que eu havia esboçado meticulosamente e acabara por deixar de lado, criando uma confusão de rabiscos.

— Quando você olha para alguma coisa, qualquer que seja ela, o que você precisa observar antes de tudo são as formas — Luca disse, gesticulando. Ele tinha mãos bonitas. Dedos compridos, unhas curtas e limpas, a quantidade certa de veias e ossos.

Luca olhava para mim, em expectativa.

— Entendeu? — ele perguntou.

Hum... o quê?

Minha confusão ficou óbvia, então ele foi para uma página em branco do caderno e me entregou o lápis que tinha atrás da orelha.

— Tá, olha para aquele pinheiro ali — Luca disse, apontando para a árvore.

— Hum, na verdade, é um cedro-do-himalaia, que as pessoas sempre confundem com pinheiros.

Luca piscou.

— Como você sabe disso?

Eu tinha deixado uma nerdice escapar. Dei de ombros, toda casual.

— Ah, é que... sou membro dos Amigos das Árvores.

Não havia necessidade de mencionar que era a tesoureira deles. Mesmo assim, me preparei para ser escarnecida ou provocada.

No entanto, ele só olhou nos meus olhos por um instante a mais que o necessário.

— Claro que é.

Meu coração acelerou. Aquilo era bom ou ruim? Ele sorriu e balançou a cabeça de leve. *Era bom.*

Então Luca voltou a olhar para a árvore.

—Tudo bem. Dá uma olhada naquele cedro-do-himalaia e desenha as formas básicas que o compõem.

Tentei não ficar empolgada demais com o fato de que aquele lápis tinha tocado sua preciosa pele e apertei os olhos para as árvores. *Muito bem.* Comecei a desenhar a árvore a partir do topo, cada linhazinha representando uma agulha. Quando terminei, parecia um borrão peludo.

— Hum… vamos tentar assim.

Luca esticou o braço e colocou a mão sobre a minha, que começou a suar imediatamente. Ele desenhou um triângulo grande e simples, depois um retângulo pequeno embaixo, conduzindo minha mão.

— Parece uma árvore de desenho animado — eu disse.

O rosto dele estava tão próximo que senti seu hálito quente na minha bochecha quando ele suspirou, exasperado.

—Você é bem literal, né? Consegue esperar um pouquinho antes de tirar conclusões?

Me segurei para não dizer que ele que era muito abstrato.

— Não gostou da sensação de fazer uma primeira forma mais solta? Vai aquecendo a mão.

Minha mão estava mesmo mais aquecida. Até quente, eu diria.

Luca continuou a desenhar segurando minha mão, e fez triângulos menores dentro da árvore.

— Agora você pode se concentrar em uma área por vez, e ir registrando mais detalhes conforme avança.

Ele soltou minha mão ao terminar. Havia uma árvore no papel. Era apenas um monte de formas soltas, mas qualquer um veria uma árvore ali. O que eu não podia dizer da minha, com todas as suas folhinhas.

— Que legal!

Sorri e olhei para Luca, que sorria de volta para mim.

Zap. Outra onda daquilo que eu havia sentido antes varreu meu corpo.

Então o alarme do celular soou, estridente e irritante.

— Ah, droga, o ônibus sai em dez minutos!

Recolhemos nossas coisas depressa e corremos pela trilha. Havia uma subidinha antes de chegar ao caminho de concreto que levava à parte mais nova do zoológico. Quando chegamos ao eucalipto, virei para trás e vi que Luca estava com dificuldade de me acompanhar.

— Espera… só… um segundo…

Olhei para ele, surpresa.

— A gente correu só, tipo, meio campo de futebol.

Ele dispensou meu comentário com um gesto enquanto recuperava o fôlego.

— Não tenho ideia de quanto mede um campo de futebol. E não sabia que você era toda esportista.

Eu ri.

— Bom, definitivamente qualquer um que não morre do coração quando corre por trinta segundos é atleta.

Luca finalmente voltou a respirar normalmente e se endireitou, ficando *muito* perto de mim. Ele inclinou a cabeça de lado, me investigando.

— O que uma atleta como você está fazendo no clube de artes? Achei que não fosse o seu lance.

Identifiquei uma leve provocação em sua voz. Ele estava quase me desafiando a ser sincera e dizer que só estava lá por causa dele. Mordi o lábio. Era o momento de uma atuação digna de Oscar.

— Bom... — comecei a falar, tentando soar ávida. — Quando você notou meu desenho, eu... me dei conta de que estou sempre rabiscando. — *Como todo mundo.* — E, hum, na verdade é algo que sempre quis fazer. Desenhar.

Uma mentira descarada.

Luca olhou para mim por tanto tempo que tive certeza de que ele não estava comprando a história. Era muito besta! Mas então a expressão dele mudou. Os cantos dos lábios se ergueram devagar, até que um sorriso enorme, deslumbrante, tomou conta daquele rosto de matar.

— Legal. Que bom que você veio então. Me fala se precisar de alguma ajuda.

Sabe aquela sensação de quando o tempo ficou nublado o dia todo e de repente você sente o sol brilhando bem no seu rosto? O sorriso de Luca era assim. Como se viesse do espaço sideral para lançar sua luz diretamente sobre mim.

Virei o rosto, para que ele não me visse corar.

—Valeu.

Quando senti as bochechas esfriarem, voltei a olhar para Luca, com o corpo todo aprumado e parecendo muito à vontade. (E por que não estaria?)

— Ei, você não está mais na minha turma de inglês? — perguntei.

— Ah, é. Com as minhas notas, não tinha como eu estar na turma avançada.

Franzi a testa.

— E por que não disse nada?

Aquele sorriso voltou. *Zap.*

— Foi divertido ver o que vocês, nerds, fazem.

Com o ego inflado, decidi dar um pouquinho em cima dele. *Ai, ai... lá vou eu.* Bati de leve meu quadril contra o dele. Luca olhou para mim na mesma hora, surpreso. Sorri.

— Posso ser nerd, mas claramente corro mais rápido que você. Consegue andar até o ônibus ou precisa que eu te carregue?

Ele ergueu uma única sobrancelha, o que me fez corar — teria ido longe demais? Teria ofendido sua masculinidade? Então ele inclinou a cabeça para trás e riu — uma risada de verdade, com aquele grasnido que era típico seu. Então sorriu e respondeu:

— Eu ia mesmo te pedir isso!

Abri um sorriso enorme também, sem nem me preocupar se tinha comida nos dentes ou se meu rosto estava em um bom ângulo, que não deixasse minhas bochechas parecendo enormes.

Foi só quando chegamos ao ônibus que percebi que eu não havia perguntado se ele tinha desenhado alguma coisa da parte abandonada do zoológico. Antes que eu pudesse fazê-lo, Violet e Cassidy nos encontraram.

— Onde vocês estavam? — Violet quis saber, passando a mão pelo cabelo, agitada. Sutil como sempre.

Luca me olhou de um jeito ao mesmo tempo breve e íntimo.

— Acabamos de nos encontrar, relaxa — eu disse, já passando por ela.

Eu não queria que Violet soubesse. A parte antiga do zoológico parecia um lugar secreto, especial para nós dois.

Senti que ela ficou me olhando enquanto eu entrava no ônibus.

Violet era uma vilã clássica de k-drama. E se havia algo garantido naquelas novelas era que a mocinha sempre vencia no final.

passo 7
descobrir mais informações sobre o mistério que envolve o cara

No dia seguinte, estávamos a caminho da casa de Fiona, para estudar para a prova de cálculo. Embora Wes tivesse uma SUV na qual caberiam duas famílias inteiras, nossa primeira opção era sempre Penny. Talvez porque secretamente curtíssemos a emoção da proximidade com a morte toda vez que andávamos no carro de Fiona.

Wes se inclinou para a frente no banco de trás, de modo que sua cabeça ficou a cinco centímetros da minha, no banco do passageiro.

— Admiro seu esforço, Des. E concordo que é uma boa já ter feito sexo antes de entrar na faculdade.

— *Ai, meu Deus!* — gritei, e Fiona também. Ele apanhou de nós duas. Fiona esticou o braço direito para trás e deu-lhe um tapa na cara.

— Ei, só estou sendo sincero. — Wes voltou a se recostar no banco de trás. — Mas você não tem medo de ser desmascarada? Se ele descobrir que está sendo usado em uma espécie de experimento...

— Como assim, Wes? Não é um experimento!

Olhei para ele e com ainda mais seriedade para Fiona, que de repente pareceu muito focada na direção.

— Hum, Fi, você não explicou pro Wes por que estou fazendo isso?

— É que eu... eu não sabia se tinha sido uma conversa só nossa ou não.

— Bom, você deve ter achado que não, já que contou do plano pra ele.

Fiona só deu de ombros.

— Espera aí. Por que você está fazendo isso? — Wes perguntou. Me afundei no banco do carro.

— Como assim? Porque eu gosto dele! — Fiz uma pausa. — Tipo, parece mais do que só achar Luca lindo. Tem algo na calma dele, em como se sente seguro em relação à arte... em como foi paciente e bonzinho quando me ajudou no zoológico...

Wes riu.

— Ah, sim, é sempre difícil ficar se exibindo pras meninas.

— Não foi nada disso! Luca queria me ajudar de verdade. Foi muito legal da parte dele. — Olhei para Wes e Fiona, nervosa. — Quero que ele seja meu primeiro namorado.

Fiona pigarreou.

— Des, uma coisa é estar interessada e outra é querer namorar... Talvez você devesse ir mais deva...

Wes a interrompeu abruptamente.

— Ah, não, não quero ver sofrimento. Achei que você só quisesse fechar com chave de ouro seus anos de ensino médio, com uma boa e velha desvirginada.

— Afe... E você acha que sou um robô sem emoções? — O silêncio dentro do carro era quase palpável. Bufei. — Na verdade, isso tudo é ótimo. Vai ser a minha saída da sequência de crails. Sabendo que tenho um plano, consigo agir normalmente. Ontem mesmo interagi com o cara sem nada de anormal acontecer! Na verdade, acho que rolou até um clima.

Fiona olhou para mim.

— Não teve nenhum momento crail?

— Não! Como eu falei, se eu tenho um plano, não tem erro.

Balancei a cabeça, impressionada com a ideia de que meus fracassos anteriores poderiam ter sido evitados.

Wes chutou as costas do meu banco.

— Bom, só não deixa o cara descobrir. É meio assustador.

— Sua cara é que é meio assustadora! — retruquei.

Fiona riu.

— Não está feliz por ter perdido aquele show em Phoenix pra ajudar a gente a estudar cálculo?

— Nossa, estou *muito* feliz com a minha decisão! — Virei para trás e cerrei o punho de maneira ameaçadora para Wes.

Estacionamos em frente à casa de Fiona, que ficava em uma rua sem saída bastante parecida com a minha. Na verdade, as casas em si também eram bem parecidas. A arquitetura de Monte Vista não era muito ousada.

— Lita! Chegamos — Fiona disse assim que entramos. Senti o cheiro. Oba. Como uma recompensa porque íamos ficar estudando, a avó de Fiona, que morava com ela, estava fazendo tacos de carne de porco com *mole poblano*. Ou seja, taco com um molho à base de chocolate. Servido com cebola em conserva em tortilhas de milho caseiras e fresquinhas. Motivo pelo qual eu preferia mil vezes ir estudar na casa de Fiona a ir a um show.

A representação da elegância senhoril chegou da cozinha — calça de tecido de lã, blusa de seda rosê, cabelo branco e liso na altura do queixo, pérolas impecáveis. Nada de xale de tricô para aquela vovó. Lita (diminutivo de *abuelita*) parecia CEO de uma multinacional de cosméticos.

Ela trazia uma bandeja com chá gelado e ofereceu a bochecha para que Fiona lhe desse um beijo, depois recuou um passo para avaliar o conjunto de short e camisa de estampa tropical da neta, com um casaco de crochê que ia quase até o chão. Lita parecia uma das *Supergatas*. Suas sobrancelhas delicadas se ergueram enquanto passava a bandeja a Fiona. Então, com um sorriso, ela se virou para Wes e para mim.

— Oi, meninos. Estão prontos para estudar até fundir a cuca?

Ela esticou o braço e bagunçou o cabelo de Wes, algo que *ninguém mais* tinha permissão de fazer.

— Sim — respondemos os dois, obedientemente. A mera presença de Lita fazia com que os outros endireitassem a postura e pronunciassem bem cada palavra.

— Os tacos ainda vão levar umas três horas para ficar prontos, então deem duro até lá.

Com um beijo no ar, ela voltou à cozinha.

Nos acomodamos na sala, com as bebidas, abrindo espaço em meio às pilhas de brinquedos e livrinhos. Os gêmeos Teddy e Nicky, irmãos mais novos de Fiona, eram os donos da casa. Por sorte, eles tinham ido brincar na casa de um amiguinho, então conseguiríamos estudar sem que nos perguntassem quem era nosso personagem preferido dos Vingadores. Wes se jogou no sofá e Fiona se sentou aos pés dele, com as costas apoiadas. Deitei de barriga no tapete, com o livro de cálculo aberto. Depois de alguns minutos olhando para a mesma equação, eu o fechei.

— Sabe o que eu acho, Wes? Que você está sendo machista. Quando um cara tem que enfrentar obstáculos para ficar com uma menina, é "romântico". Tipo esses caras que sobem até a janela do quarto pra ficar vendo a menina dormir sem que ela saiba. Só que quando é uma menina que faz um gesto dramático pra conquistar um cara é "assustador". São dois pesos e duas medidas.

Wes riu.

— Ainda está pensando no Luca? Cara, você está mesmo maluca.

Fiona fez cara feia e jogou nele um cubo de gelo do chá dela.

— Cala a boca, Wes. Nem sei por que você perde o seu tempo com um bando de meninas, se é esse homem das cavernas.

Wes jogou um cubo de gelo em Fiona também, que ela desviou habilmente.

— Gosto de ser a voz da razão em meio a mulheres irracionais — ele respondeu.

Muita gente se perguntava se eu e Wes não namorávamos. Ele era bonitinho, engraçado e muito charmoso, mas também era como o irmão irritante que eu não tinha. Fora que testemunhar sua canalhice desde o ensino fundamental tinha me feito perder todo o interesse por ele.

Fiona mostrou o dedo do meio de uma mão para Wes enquanto mexia furiosamente no iPad com a outra e anunciava:

— Ei, antes de começar a estudar, vamos fazer algo legal.

Os cantos de seus lábios rosa-choque se curvaram em um sorriso quando ela virou o iPad para que pudéssemos ver a tela.

Era uma foto ampliada de Luca. Eu me estiquei e tentei pegar o iPad de Fiona, mas ela o puxou para si.

— De jeito nenhum! Vamos stalkear o cara. Isso não está em algum lugar da sua lista?

Hum. Peguei o caderno que continha os passos dos k-dramas. Eu estava no sétimo: *Descobrir mais informações sobre o mistério que envolve o cara.*

— Bom, eu ia fazer isso sozinha, mas por que não agora? Mas depois temos que estudar, tá? — eu disse, severa.

Fiona revirou os olhos.

— Tá bom, mãe. Primeiro, vamos descobrir tudo o que der sobre ele, pra ter certeza de que vale essa maluquice toda.

— Opa, ele é bem ativo na internet — Wes disse, conforme Fiona passava pelos resultados da pesquisa no Google.

Um deles atraiu minha atenção.

— *Fanpage oficial* de Luca Drakos? O que é isso? Clica aí!

— Não pode ser do seu Luca, né? — Fiona comentou, cética, ao clicar no link.

Era um site cheio de desenhos e pinturas lindos e incomuns. Figuras sombrias e primorosamente desenhadas, entrelaçadas como trepadeiras, sendo erguidas ou detidas por criaturas apavorantes. Rostos pequenos e delicados pintados em detalhes excruciantes com camadas de tinta leitosa, acompanhados de insetos minúsculos. Embora o tema fosse muito diferente, o estilo era idêntico ao de seus rabiscos da aula de inglês.

— Parece que são os desenhos dele mesmo — murmurei.

Ficamos em silêncio, absorvendo uma imagem surreal depois da outra. Tudo aquilo era obra de Luca? Como um adolescente podia ser tão prolífico? E por que Luca estudava na nossa escola em vez de um instituto de arte para mutantes talentosos como ele?

Fiona assoviou.

— Minha nossa. Bela escolha.

— Não, foi uma péssima escolha. Des, desiste enquanto ainda tem sua dignidade — Wes disse, afundando ainda mais no sofá, o jeans justo chiando no contato com o couro.

— *Oi?* — retruquei na hora.

Peguei o iPad de Fiona e cliquei no link da bio da fanpage.

— Luca Drakos nasceu em 16 de agosto de 1999, em Santa Barbara, na Califórnia. Desde cedo, é um amante da arte: de acordo com sua mãe, a primeira palavra que ele disse foi "impressionismo".

Todos rimos.

Continuei lendo:

— Ele cresceu em Ojai, enclave espiritual do sul da Califórnia. Desde cedo, estudou arte, e foi sempre o melhor aluno da turma.

—Aposto que todo mundo *adorava* o cara — Fiona interrompeu. Soltei um "xiu".

— Quando entrou no ensino médio na Escola de Artes de Santa Barbara, Luca já era famoso, e não apenas por suas inovadoras pinturas neossurrealistas, mas também por quebrar regras.

Fiona voltou a pegar o iPad de mim e continuou lendo a biografia.

— Ele recebeu inúmeros prêmios, incluindo o "Jovem Artista Nacional" e "Estrela Revelação". Sua página no Tumblr, que o alçou à fama, tem mais de um milhão de seguidores.

— *Quê?* — Wes se endireitou ao ouvir aquilo. — Isso é... Ele é um fenômeno do Tumblr.

Mostrei minha lista, de maneira dramática, apontando para o passo 3.

— Pelo visto ele é mesmo o ser humano mais inatingível do mundo. É um artista famoso.

Meu coração acelerou. Mesmo que os passos do k-drama fizessem milagres, só agora eu compreendia inteiramente a natureza monumental da tarefa que tinha à frente.

Olhei para Wes e Fiona, desesperada.

— Mal consigo falar com garotos bonitos normais. Como vou fazer para conquistar esse menino? Esse... esse *artista* inatingível. Eu já estava contando com o fator "inalcançável", mas com esse talento fora do comum, é como se eu estivesse aqui, com os pés bem plantados em Orange County, enquanto ele flutua no espaço, na órbita de um planeta muito distante, todo sedutor e tranquilo.

Fez-se silêncio por um instante, então Wes disparou a rir.

— Ah, Desi! Não aguento esses seus monólogos interiores.

Fiona revirou os olhos.

— E ele não é inatingível. Você é que é boa demais pra ele. Qualquer cara teria sorte de ficar com você. — Fiona só estava sendo superprotetora e enchendo a minha bola, mas ainda assim era bom ouvir aquilo. Ela prosseguiu: — E, claro, ele é bonito, mas e daí? Você também é. Quer que eu faça uma ode a sua bunda perfeita?

— Por favor, não. — Wes gemeu. — Eu só estava brincando com aquela coisa de desistir enquanto ainda tem dignidade, Des. Relaxa. Nunca conheci alguém com uma autoestima tão baixa em um único setor da vida. Em tudo, é como se você fosse a melhor jogadora do mundo e ninguém pudesse chegar perto. Só que quando o assunto é amor, você tem uma visão completamente distorcida de que não tem a menor chance.

Fiquei vermelha. Os dois estavam sendo incríveis, e de repente senti que parecia que eu estava fazendo isso para conseguir elogios.

— Bom, sou a melhor jogadora do mundo — eu disse, brincando. — Sem contar o Messi.

— Então vai mesmo fazer isso? — Wes perguntou, com um enorme sorriso travesso.

Confirmei devagar com a cabeça, sentindo minhas inseguranças derreterem e minha velha e boa determinação retornar com força total.

— Vou. É só seguir o passo a passo. — Fiz uma pausa. — Mas temos um probleminha.

Fiona pescou um cubo de gelo do copo e levou à boca.

— Qual?

— Cassidy me disse que o Luca não quer namorar. Parece que ele mesmo falou isso.

— Por favor. Essa é fácil. É só fazer ele mudar de ideia — Fiona disse, com uma sobrancelha levantada, como uma vilã dos filmes do James Bond.

Pressionei os lábios.

— Tá. Vamos começar pelo começo. Me ensina a fazer esse lance da sobrancelha?

Quando cheguei em casa aquela noite, abri o caderno e arranquei cuidadosamente as páginas com o passo a passo dos k-dramas, então as dobrei e guardei na carteira. Sabia que era bobo, mas ter aquela lista comigo me deixava mais segura. Com seus poderes mágicos pulsando perto de mim o tempo todo, do meu documento de identidade, do meu dinheiro, sempre alertas. Eu precisava de toda a ajuda possível.

★ ★ ★

Alguns dias depois, eu ainda estava em busca de maneiras de passar mais tempo com Luca, já que o clube de artes só se reunia uma vez por semana. Até então, minha investigação tinha concluído que ele costumava andar com Violet, Cassidy e outros tipos artísticos. Eles passavam o intervalo do almoço no gramado do pátio ou na sala de artes. Aparentemente, Luca não tinha nenhuma outra atividade extracurricular nem praticava esportes (que surpresa!). Ele fazia aulas de reforço, mas não de arte.

Outra coisa: Luca levava um burrito congelado para o almoço *todos os dias*. Eca.

Meu celular vibrou durante a aula de física, mas ignorei, porque estávamos em prova. O celular vibrou outras duas vezes. Dei uma olhada na srta. Clark, ao computador, completamente alheia ao que acontecia. Tirei o aparelho do bolso da jaqueta jeans e dei uma olhada na tela. Fiona. Que estava sentada poucas fileiras a minha frente. O que era aquilo? Destravei o aparelho.

Ficou sabendo do Luca?

???

Ele foi preso!!!!

Respondi na hora: Oi? Me conta depois.

Terminei a prova rapidinho, conferi as respostas e olhei para o relógio. Esperei que o sinal tocasse, sem muita paciência, então praticamente arrastei Fiona para fora da sala. Todo mundo já corria para a próxima aula.

— E aí? — perguntei.

Fiona ergueu as sobrancelhas para mim.

— E aí que está todo mundo comentando.

— Quem é "todo mundo"? Faz, tipo, uma semana que Luca entrou na escola! — eu disse. — Ele está bem?

Fiquei preocupada na hora, apesar de mal conhecer o garoto.

— Bom, aparentemente um tal de Spencer estava andando de skate perto do zoológico ontem à noite e viu Luca sendo preso.

— Espera aí, quem é Spencer?

Fiona deu de ombros.

— Não sei, um dos skatistas. — Ela ajeitou a mochila nas costas. — Bom, tenho que ir, vamos ter uma palestra especial na aula de programação hoje. Mas — ela me lançou um olhar significativo — parece que não foi a primeira vez que isso aconteceu.

Então ela foi embora, suas pulseiras fazendo barulho e deixando uma nuvem de perfume masculino provocante para trás.

Não era a primeira vez?! Eu me lembrava de ter visto algo sobre "quebrar regras" na nossa pesquisa no Google, mas não mencionava nada ilegal... E no zoológico? O que Luca estava fazendo quando eu encontrara com ele na área abandonada? Eu precisava descobrir, mas, infelizmente, o encontro do clube de artes era só terça-feira. Até então, Luca permaneceria um mistério.

Depois das aulas de terça-feira, segui hesitante até a sala de artes. Era uma sala ampla com teto baixo e uma fileira de janelas para garantir bastante iluminação natural. O que restava de parede estava cheio de trabalhos dos alunos e pôsteres antigos de diferentes museus. Nos fundos da sala ficavam os materiais de trabalho, atrás de uma cortina de lona verde-escura.

Olhei em volta, me sentindo mais do que nunca uma fraude. Fingir desenhar animais no zoológico era uma coisa; passar uma hora tentando fazer algo artístico de verdade era outra.

Todo mundo já estava mergulhado em seus trabalhos para a exposição beneficente — alguns pintavam telas, outros usavam técnicas mistas, outros até esculpiam. Não vi Luca. Mas Violet estava ali, na frente e no centro, sentada a um banquinho com as longas pernas esticadas, diante de uma tela em um cavalete. Ela usava óculos enormes e pretensiosos, e parecia concentrada em sua obra de arte.

Afe.

Vi Cassidy indo até a cortina verde atrás da qual ficavam os materiais, então a segui.

— Oi, Cassidy.

Ela olhou para mim enquanto pegava um conjunto de carvão para desenho.

— Oi, Desi!

— Desculpa incomodar, mas você se importa de me ajudar a escolher materiais para o meu trabalho? — perguntei, com um pouco de vergonha.

— Claro! No que você está pensando? Tinta acrílica, aquarela...?

— Então, é aí que eu preciso de ajuda. Não sei bem o que usar.

Dei uma olhada nas prateleiras cheias de materiais de arte organizados em fileiras, como livros em uma biblioteca. Havia latas cheias de pincéis, tubos e potes de tinta, bandejas de plástico, que eu assumia que eram paletas, pastéis e carvão, telas e cavaletes e mais. Fiquei impressionada — era um belo departamento de arte para uma escola pública da Califórnia.

Cassidy se afastou um pouco e apertou os olhos enquanto avaliava os materiais.

—Tá... acho que óleo talvez seja intenso demais para começar, e aquarela pode ser meio complicado. Melhor escolher um material mais misericordioso... tinta acrílica! — Ela pegou alguns potinhos de cores primárias. —Você sabe a coisa toda de misturar estas cores para criar outras, né?

Hum... mais ou menos.

— Claro! — respondi, animada. Alguns minutos depois, eu estava armada com uma tela de quarenta por cinquenta centímetros, pincéis diversos e uma bandeja de plástico, além dos potinhos de tinta.

Assim que saí de trás da cortina, vi Luca. Era como se todas as terminações nervosas do meu corpo fossem sensíveis a sua presença.

Ele estava sentado ao lado de Violet, com os pés apoiados em uma mesa, rindo de algo que ela dizia. Afe, sério? O que ela podia ter dito de tão engraçado? Eu nunca havia conhecido alguém tão sem senso de humor quanto aquele anúncio ambulante da American Apparel. Fiquei imediatamente irritada com a forma como ele parecia relaxado com ela.

Pensei no passo do k-drama em que me encontrava: *descobrir mais informações sobre o mistério que envolve o cara*. Eu tinha que quebrar a parede do mistério com uma britadeira destemida.

A primeira coisa que eu precisava saber era se Luca tinha mesmo sido preso ou não. E, em caso positivo, por quê.

— Vamos sentar com eles — eu disse, animada, conduzindo Cassidy na direção de Luca e Violet.

Ela ergueu as sobrancelhas para mim.

— Sério?

— Claro, por que não?

Uma expressão espertinha passou depressa pelo rosto de Cassidy, mas ela não disse nada. Provavelmente já tinha percebido que eu estava interessada em Luca. *Paciência.*

— Oi — eu disse, apoiando minhas coisas a uma mesa. *Mantém a tranquilidade na voz, Des. Segura a empolgação.*

Luca olhou para mim, e seus olhos encontraram os meus por um segundo.

—Ah, oi, Desi.

Todo o meu corpo se aqueceu, incluindo minhas bochechas. Abaixei a cabeça e fingi procurar alguma coisa na mochila, para que a vermelhidão do meu rosto não me entregasse.

— O que está fazendo aqui? Não bastou o zoológico?

Virei a cabeça para encarar Violet.

— Pelo mesmo motivo que você está aqui, Andy Warhol.

Luca abriu um sorriso enorme, e Cassidy tossiu do nada.

— Duvido — Violet murmurou, mas parecia já ter se cansado de mim quando voltou a inclinar o corpo na direção da tela, concentrada.

Já entendi, você é uma *artista*.

Enquanto arrumava minhas coisas, não pude evitar olhar para Luca. Ele continuava reclinado, mexendo no celular. Aquilo ia ser difícil. Como eu ia tocar no assunto da prisão na frente de todo mundo sem constrangê-lo? E ele ia responder com sinceridade? Não, eu precisava tomar um caminho mais casual, deixar que acontecesse naturalmente. Só que, se eu tivesse que definir a mim mesma usando apenas duas palavras, as últimas que eu escolheria seriam "casual" e "natural".

— No que você está trabalhando? — perguntei. O tom descontraído da minha pergunta foi perturbado pelo barulho de peido que o pote de tinta acrílica fez quando o apertei. Congelei, deixando que o silêncio se instalasse por um segundo. — Hum… foi a tinta.

Luca sorriu.

— Ah, é.

— Cala a boca.

Mas eu já estava rindo. E não conseguia parar.

Os olhos de Violet disparavam adagas mortais e envenenadas contra mim. Pressionei os lábios, tentando parar de rir.

— Meu trabalho ainda é segredo. E o seu? — Luca perguntou.

As risadinhas pararam de repente. Hesitei. Eu tinha decidido pintar minha árvore preferida, o plátano-da-califórnia. A ideia me parecera boa quando eu pensara nela na noite anterior, mas agora, na frente de Violet e dos outros alunos artistas, eu me sentia inibida. Gaguejei um pouco.

— Hum... é... Eu estava pensando que podia...

Então a voz dentro de mim, que em geral me dizia para ficar tranquila quando havia um cara, me sugeriu algo diferente: *seja sincera*. Porque heroínas de k-drama eram sempre sinceras, em um nível até irritante. Era a característica mais cativante delas. Além de serem desastradas.

E, vamos ser sinceros, plátanos eram *muito* legais.

—Vou pintar um plátano-da-califórnia. — Como eu imaginava, Luca não esboçou reação. Segui em frente. — É uma árvore decídua de crescimento rápido que suporta calor, poluição e períodos de seca, assim como condições úmidas. Ela é muito foda.

O queixo de Cassidy caiu ligeiramente, e Luca continuou me encarando. Fiquei vermelha, mas me recusava a recuar.

— Então basicamente vou pintar uma árvore.

Violet riu.

—Você está falando de brincadeira?

Antes que eu pudesse me defender, Luca se endireitou, apoiou os cotovelos na mesa e voltou toda a sua atenção para mim.

— Que demais.

Ótimo. Agora ele estava tirando sarro de mim.

— Não precisa ser grosseiro — soltei.

Ele balançou a cabeça.

— Não! Estou falando sério! A ideia é fazer algum tipo de condenação à mudança climática e à necessidade de árvores capazes de suportar secas na paisagem da cidade?

Zap. De novo. Em geral, era o roçar de mão dele ou o jeito fofo como a boca dele se movia que invocava a sensação. Mas, daquela vez, tinha sido a reação nerd dele à minha nerdice.

— Hum... sim? — Meu cérebro já tinha derretido, e aquilo era a única coisa que conseguira dizer com o coração disparado. — Mas por que seu trabalho é segredo?

Antes que Luca pudesse responder, seu celular vibrou. Ele leu a mensagem de texto que havia recebido, se levantou e guardou o celular no bolso de trás. Então sorriu para mim, de um jeito tão deslumbrante e breve como a passagem de um cometa.

— Porque é. — Já a caminho da porta, ele disse: — Até mais, galera. — E foi embora.

O que tinha acontecido?

Violet apertou os olhos para mim.

—Você sempre estraga tudo.

Eu a ignorei e tentei parecer interessada na minha tela em branco, embora na verdade estivesse frustrada diante da constatação de que provavelmente já havia feito tudo o que podia em relação ao passo 7. Luca era muito bom naquela coisa de manter o mistério.

passo 8
entrar em um triângulo amoroso claramente desequilibrado

Olhei para Wes. Ele olhou para mim. Então piscou. Estremeci.

Aquilo não ia funcionar.

— Para com isso.

Ele tirou a mão direita do volante e pegou a minha. Eu a recolhi e bati na dele.

— Não faz com que eu me arrependa, seu tarado. Vou destruir todo mundo que você ama se dificultar as coisas para mim.

Wes ajeitou o cabelo, ainda sorrindo. Aquele sorriso já havia partido milhares de corações na Monte Vista.

— Ei, estou te fazendo um favor. Tudo em nome do amor de novela coreana.

Era verdade. Estávamos indo a uma festa. Juntos. Como um casal. Outro dia, quando eu dera de cara com Luca por meio segundo, entre uma aula e outra, perguntei se ele iria.

— Acho que vou dar uma passada nessa tal festa da pegação, sim.

Então Wes foi escolhido como O Outro (também conhecido como coprotagonista) para o oitavo passo: *Entrar em um triângulo amoroso claramente desequilibrado*. Eu ainda não havia conseguido descobrir nada sobre aquela história de Luca não querer namorar, e estava esperando que uma boa dose de ciúme poderia fazer com que ele repensasse a coisa toda.

Wes era um excelente candidato para o papel de interesse romântico secundário. Bonito o bastante para ser uma ameaça crível a Luca e ainda bom ator — o que ele precisava ser para convencer *todo mundo* na festa, e não só Luca, de que estávamos interessados um no outro.

— Certo, então as regras hoje à noite são… — comecei.

— Relaxa, Des. Você já me falou as regras.

— Mas vou repetir, porque você já violou uma — eu disse, fazendo questão de dirigir o olhar para a mão dele. — Bom, não somos um casal declarado, e nunca vamos confirmar isso. Só quero que isso fique no ar a ponto de chamar a atenção de Won Bin, pra ver se ele fica com ciúme.

Won Bin era o codinome que criamos para Luca. Também era o nome do ator coreano mais maravilhoso do mundo.

Cutuquei Wes.

— Então vamos dar em cima um do outro, mas ninguém precisa se tocar. Censura livre, meu amigo.

Ele se aproximou e pegou uma mecha do meu cabelo.

— Deixa comigo, *minha amiga*. Já entendi tudo.

Wes deu uma puxadinha na mecha para enfatizar aquilo.

Aquilo lhe rendeu um peteleco na testa digno de k-drama.

— Só vamos recorrer à censura treze anos se necessário.

Entreguei a ele uma lista de regras do triângulo amoroso que eu havia redigido e impresso.

Ele apertou os olhos para o papel.

— Qual é a dessas cores todas?

— Certas regras foram destacadas para diferenciar níveis de importância. Tem uma legenda em ci…

Wes amassou a folha de papel e a jogou no banco de trás. Meu queixo caiu.

— Ei! Passei um tempão fazendo isso.

— Estou te protegendo de si mesma. Sei que está seguindo os passos de k-drama e tal, e que acha que dá para lidar com isso de maneira científica. Mas confia em mim: Wes Mansour não precisa dessa lista.

Quase retruquei, mas era verdade.

Chegamos à casa de Gwen Parker, praticamente uma mansão à beira-mar, com uma vista linda da marina lotada de barcos e das luzes brilhando ao longo do píer. Gwen era capitã da equipe de dança, e seu pai era produtor de cinema. Todo ano, ela dava uma festona de fim de ano, e a escola inteira ia. O tema era "romance". Ou seja, terreno fértil para formar casais. Motivo pelo qual Luca chamou de "festa da pegação". Havia uma série de brincadeirinhas de ensino médio acontecendo: como verdade ou desafio e sete minutos no paraíso. Todo mundo tinha que ir de vermelho, não sei se porque o Natal estava chegando ou para criar um clima mais sedutor. Mas nem todo mundo estava lá só para ficar com alguém. Também havia muita bebida e gente dançando mal. Eu nunca havia ido a uma festa da Gwen, mas sempre ficava sabendo de todos os detalhes sórdidos por Wes e Fiona.

Respirei fundo, olhando para os degraus da frente da casa, cobertos de confete vermelho. *Você consegue fazer isso. Hoje, você não vai ser a menina dos crails. Você é uma heroína de k-drama destinada ao amor.*

Segurei Wes antes que chegássemos à entrada.

— Ei, espera um segundo.

Peguei um gorro de Papai Noel.

— Pra que isso?

Eu o enfiei na cabeça dele e arrumei direitinho. Então peguei outro, com as sobrancelhas erguidas, e coloquei em mim.

— Assim todo mundo vai saber que estamos juntos — eu disse.

— Isso estragou minha produção — ele resmungou.

Entramos, penduramos nossos casacos e abrimos caminho em meio às pessoas bebendo e dançando. Instintivamente, me aproximei de Wes, um pouco nervosa. O nível hormonal ali dentro era ridiculamente alto. *Todo mundo* já transava menos eu? Minha nossa.

Até que me dei conta de que, se Luca viesse à festa, iria pegar alguém? Eca, e se ele chegasse com *Violet*? Aquilo não acabaria com a história de não querer namorar? Hum, mas ficar com alguém não necessariamente levava a namoro…

Balancei a cabeça. Não queria pensar em Luca com ninguém. A não ser comigo, claro. Aquela mera ideia fez minha barriga congelar.

— Oi, casal — uma voz feminina disse atrás de mim. Virei e dei de cara com Fiona e a escolhida do dia, Leslie Colbert. As meninas faziam fila para ficar com Fiona. Às vezes ela escolhia a clássica menina má, e as duas ficavam se pegando nos corredores da escola. Outras vezes ela escolhia uma hipster gatinha, que fazia uma espécie de serenata para ela em seu solo de guitarra durante o show da banda. Daquela vez, era a capitã das animadoras de torcida. Na teoria, um casal estranho, mas ver as duas juntas era correr o risco de ficar cego diante da beleza das criações divinas.

Fiona usava uma blusa frente única preta provocante e calça também preta esvoaçante e de cintura alta. Ela tinha alisado o cabelo e o prendido em um rabo de cavalo alto. O cabelo e a boca eram os únicos toques de vermelho. Leslie estava usando a parte de cima de um biquíni vermelho. Então tá.

— Essa festa é um pouco demais pra mim. Você acha que tem gente fazendo sexo aqui? — sussurrei para Fiona.

Ela dispensou meu comentário com um gesto.

— Temos problemas maiores. Adivinha quem eu acabei de ver? Prendi o fôlego.

— Won Bin.

— Exato.

Olhei em volta, mas não consegui ver muita coisa à meia-luz.

Fiona agarrou meu braço.

— Não dá tão na cara, Des! Ele está com o pessoal do clube de artes. Incluindo a cretina de cabelo roxo.

Fiona não era de meias palavras.

Tentei olhar em volta com toda a sutileza possível, e localizei Luca. Seu cabelo estava perfeito por baixo de um gorro vermelho. *Minha nossa...* Aparentemente eu sempre ia me sentir daquele jeito ao ver o cara.

Puxei Wes para mais perto de mim.

— Xiu, Won Bin está aqui — eu disse, baixo. Ele levantou a cabeça na hora para procurar. — Para! Não olha. Bom, acho que você sabe o que isso quer dizer.

Wes ergueu as sobrancelhas.

Ergui um punho cerrado e disse:

— *Hwai-ting!*

Wes só ficou olhando para mim, sem expressão.

— É como os coreanos falam. — Ele continuou me olhando. Revirei os olhos. — Significa, tipo, "vamos nessa!".

Wes sorriu e bateu com o punho cerrado no meu.

— Agora entendi. *Hwai-ting!*

Meus olhos voltaram para Luca, e eu o vi indo para a escada com Violet e Cassidy.

— Won Bin vai subir, vamos atrás dele. — Agarrei o braço de Wes e o arrastei para o andar de cima, onde vi Luca e companhia entrarem em um cômodo com uma placa que dizia SETE MINUTOS NO PARAÍSO, e uma asa de anjo desenhada em cada ponta. O que era aquilo? Por que eles tinham entrado ali? Os três juntos?

Fiquei olhando para a porta. Era agora ou nunca.

— Pronto para sete minutos no paraíso? — perguntei a Wes.

Ele ergueu tanto as sobrancelhas que elas desapareceram sob o cabelo.

— Quê? Está falando sério?

— Estou. Vamos lá.

Peguei sua mão e o puxei na direção da porta. Ele protestou:

— Desi, não quero, tipo, manchar sua reputação.

Não respondi. Só parei por um segundo antes de abrir a porta.

Era um cômodo grande (talvez o quarto principal?) e cheio de gente, com um caminho de pétalas de rosa que levava até portas duplas, nas quais havia uma placa indicando: PARAÍSO. Vi um casal sair e outro entrar. O resto das pessoas conversava casualmente. Como se fosse normal ficar tão perto de pessoas se pegando.

Localizei Luca, Violet e Cassidy. De boa, agindo normalmente. Eu queria descobrir por que eles haviam entrado ali, mas primeiro precisava fazer minha entrada grandiosa. Como em *Healer*, quando Young-Shin tira o casaco no meio da coletiva de imprensa e todo mundo vê o vestido vermelho perfeito e sexy que está usando. O galã nem consegue acreditar no que seus olhos veem.

Por isso, quando Luca virou na nossa direção, esperei alguns segundos, para que ele me visse de vestido de renda vermelha e botinhas pretas. Então comecei a corar, e achei melhor ir até eles, antes de perder a coragem.

— Ei, o que estão fazendo aqui? — perguntei, falhando em parecer casual ao fazer aquela pergunta impertinente assim que cheguei. Deu para ouvir Wes suspirando atrás de mim.

Cassidy pareceu desconfortável ao dizer:

— Queríamos ver... hum...

— Queríamos ver que tipo de gente está desesperada o bastante para vir aqui — Violet concluiu por ela, com um sorriso enorme no rosto.

Wes passou o braço por cima do meu ombro.

— Fica só olhando então — ele disse, e me puxou na direção das portas do paraíso. Ele me virou tão depressa que nem consegui avaliar a reação de Luca.

— O que é isso, Wes? — sibilei.

Ele apertou a pegada no meu braço.

— Estou salvando você. Vem.

Quando chegamos à porta, o casal que tínhamos visto entrar saiu, morrendo de rir.

— Divirtam-se! — a menina me disse ao passar.

Puxei Wes para mais perto e sussurrei:

— Ele está olhando?

Wes sussurrou de volta:

— Não sei, estou olhando para você agora.

— Verdade — sussurrei de novo. Estava nervosa demais para olhar para trás, então só abri a porta e nós dois entramos. Era um closet enorme, com iluminação a vela e Sade tocando ao fundo.

Wes começou a rir. Tapei sua boca com a mão.

— Eles têm que acreditar que é verdade! — sussurrei mais alto.

— E o que a gente faz? Fica aqui sentado? — ele perguntou, se acomodando em umas almofadas no chão do closet.

Empurrei alguns ternos para o lado e sentei ao lado dele.

— É, vamos só ficar aqui.

Eu estava olhando para a fileira de sapatos femininos à minha frente quando tive uma sensação estranha. Virei a cabeça e notei que Wes me olhava.

— O que foi? — perguntei.

Ele chegou um pouco mais perto.

— Bom, talvez a gente devesse aproveitar a oportunidade para dar um passo a mais na nossa amizade…

Eu o afastei, empurrando sua testa com a palma da mão. Ele assentiu depressa.

— Eu sei, mas achei que valia a pena tentar.

Cada um pegou seu celular e ficamos olhando para a tela.

Alguns minutos se passaram, então alguém bateu na porta.

— Ei, casal, pra fora! Seus sete minutos acabaram.

Eu levantei, assustada, mas Wes me impediu antes que eu pudesse abrir a porta. Ele apoiou as mãos nos meus ombros e me avaliou. Então começou a bagunçar meu cabelo.

— Ei!

Fiz menção de arrumar, mas ele afastou minhas mãos.

— Quer que pareça que rolou pegação de verdade ou não?

Claro. Tirei o gloss que tinha passado, para completar. Wes fez que sim com a cabeça, em aprovação. Inspirei fundo e abri a porta.

— Nossa. Eram vocês?

O secretário do conselho estudantil, um aluno não muito alto, mas bem forte do segundo ano chamado Eugene Adams, olhava para nós dois, chocado. Eu o tirei da frente e procurei por Luca. Não havia sinal dele. *Droga!*

—Vamos embora daqui — resmunguei.

Wes me seguiu, tentando me consolar.

—Vai ver que ele ficou com tanto ciúme da gente que teve que ir embora.

— Ah, é — eu disse, irritada e já sentindo a derrota. Só queria ir para casa. Quando chegamos no alto da escada, vi Luca no saguão. Um gorro vermelho em meio ao mar de corpos... então ele levantou o rosto e seus olhos encontraram os meus.

Meu coração disparou. Wes me puxou para muito perto e seus lábios pairaram sobre minha orelha.

— Estou vendo o cara. É agora, Des.

Me sobressaltei.

— O que você...

Antes que pudesse terminar de falar, senti meu salto escorregando da beirada do degrau em que estava. Caí na direção de Wes, batendo minha cabeça na sua. Ele perdeu o equilíbrio, e foi tamanha a pressão do meu corpo que Wes caiu de costas — segurando minha mão.

Conforme desmoronávamos juntos, senti que deixava meu próprio corpo para assistir àquele desastre em tempo real e a uma distância segura, comendo pipoca e balançando a cabeça. Antes que rolássemos até lá embaixo, Wes conseguiu se agarrar ao corrimão, com a outra mão ainda segurando a minha. Eu me segurei a ele com a outra mão também e pressionei a bota contra a parede, até interromper a queda por completo. Por uma fração de segundo, reconheci como éramos incríveis por ter conseguido fazer aquilo, deslumbrada com a força conjunta dos nossos membros superiores e inferiores.

Mas então o mundo real voltou ao foco, e ouvi primeiro a surpresa e depois as risadas. Me encolhi e olhei para Wes.

— Meu Deus do céu — ele soltou, largando minhas mãos e tirando o gorro de Papai Noel da cabeça. — Como é que até encontros falsos terminam em crail com você?

— Acho que tenho um dom — sibilei de volta.

Wes esticou o braço para me ajudar, mas, antes que eu pudesse pegar a mão dele, senti que alguém pegava a minha. Virei e deparei com Luca. Que ria.

— Valeu, valeu a pena ter vindo pra esta festa bizarra por isso.

Ele mal conseguia conter a *alegria* na voz enquanto me colocava de pé e me ajudava a descer os degraus que faltavam.

Tirei uma mecha de cabelo do rosto e respondi, tensa:

— De nada.

A empolgação dele com o acidente deixava claro que não estava com nem um pouco de ciúme. Meu plano tinha falhado.

— Vou… dar uma olhada no espelho — eu disse a Wes, que assentiu, enquanto algumas garotas verificavam se ele estava bem. Ignorei Luca e me dirigi ao corredor, fumegando. Não conseguia nem sentir constrangimento, de tão irritada que estava por tudo o que havia acontecido aquela noite.

Depois de arrumar meu cabelo (e jogar o gorro de Papai Noel no lixo) e molhar meu rosto com um pouco de água fria, decidi esperar uns minutinhos antes de voltar, em uma tentativa de me recompor, e me sentei em um banco no corredor, ao lado de uma palmeira enorme cuja folha ficava pegando no meu rosto. Eu a afastei enquanto olhava sem expressão para o espelho gigante com moldura dourada bem a minha frente. Eu estava um caos, e o que Wes me dissera quando contei a ele sobre os passos do k-drama, sobre aquilo tudo ser meio assustador, me assombrava. Seria hora de jogar a toalha? Aquilo era mesmo meio bizarro? Eu teria minha primeira hipótese refutada? Estremeci diante da ideia.

— O que está olhando?

Meu corpo virou gelatina ao ouvir aquela voz.

Luca estava no corredor, com o gorro ligeiramente caído para trás, de modo que seu cabelo grosso parecia despenteado e rebelde do jeito perfeito. Como o de uma criança francesa. Luca criança... *nhó*!

—Você está muito louca? — ele perguntou, com curiosidade sincera na voz.

Voltei a mim.

— Não! Meu Deus, nem todo mundo tem um breque nessas festas.

Ele ficou olhando para mim por um segundo, com a boca ligeiramente aberta.

— Oi? O que foi que você disse?

Levantei e fui até o espelho ajeitar o cabelo, para não precisar suportar seu olhar desconcertante tão diretamente. Pelo reflexo, ainda conseguia ver a expressão dele.

— Me deixa adivinhar: você *adora* um breque. Todo artista. Tãããão livre — eu disse.

—Você... você quis...

Luca ria entre as palavras.

Algumas meninas que se aproximavam olharam para ele, depois para mim. Joguei a cabeça para trás e ri com ele, então sorri para elas e acenei para que passassem. Depois que entraram no banheiro, sussurrei:

— Eu quis *o quê*?

Sabia que ele estava rindo de mim, mas não do quê.

Antes que Luca pudesse responder, senti duas mãos na minha cintura.

— E aí, Des? — uma voz disse ao meu ouvido. Argh! Wes!

Luca apontou para mim.

— Ela... ela acabou de falar que eu adoro um *breque*.

Ele deixou outra gargalhada escapar.

Virei para Wes, confusa. Assim que vi sua expressão senti uma pontada de temor. E de um temor familiar.

Wes sorriu.

— Ah. É. Tem isso.

Soquei o braço dele.

— Como assim, *tem isso*?

Wes mordeu o lábio inferior. Soquei seu braço de novo, e ele fez uma careta.

— Ai! Tá bom. Des... como posso dizer? Faz anos que Fiona e eu deixamos você dizer *breque*. Quando a palavra que você tenta dizer, em toda a sua pureza, é... *beque*.

Precisei de um momento para ficar totalmente chocada e me recuperar.

— *Quê?* E vocês simplesmente deixaram que eu falasse errado?!

Ele riu.

— É.

— *Breque?!* — repeti, e deixei uma risada escapar, apesar de tudo.

Wes bateu palmas uma vez e disse, com a voz fina:

— Vocês estão com um breque de novo? Afe, que chato, vejo vocês quando tiverem acabado!

Ambos rimos tanto que nos seguramos um no outro. Então percebi que Luca olhava para nós, com uma expressão estranha no rosto.

Wes foi mais rápido que eu e aproveitou o momento. Ele pegou uma mecha do meu cabelo e me olhou com intensidade, de um jeito que parecia significativo.

— Você é fofa demais, não aguento.

Minhas bochechas ficaram vermelhas, apesar de ser muito esquisito ver Wes falando aquilo para mim. Por um momento, senti pena das pobres-coitadas que já haviam sentido algo por ele. Wes era *bom*. Eu sabia que era tudo fingimento, e ainda assim meio que pensava: "Ah, sou tão especial!". Era patético.

Quando olhei para Luca, ele tinha nos dado as costas e já estava voltando para a festa.

— Vou deixar vocês dois a sós. *Até mais* — ele disse apenas.

Ai, meu Deus. Tinha funcionado! *Ele estava com ciúme!*

— O que está esperando? — Wes me perguntou, olhando declaradamente para Luca, que se afastava. — Não me produzi todo — ele apontou para si mesmo — e caí da porra da escada na frente da escola inteira por nada. Qual é o próximo passo da sua lista?

— Hum?

— Os passos do k-drama. Você tem que aproveitar a oportunidade!

Abri minha bolsa e puxei a lista.

— Hum, é o número 9: *Se meter em um apuro que force vocês dois a ter um momento de intimidade e conexão.*

— Perfeito! Anda!

Wes apontou para a direção por onde Luca havia ido.

Enfiei a lista de volta na bolsa e guinchei:

— Espera, *agora*? Preciso de pelo menos alguns dias pra planejar tudo.

—Você dá um jeito. É a oportunidade perfeita, vai já!

Wes me empurrou na direção da festa, que tinha se dispersado um pouco. Àquela altura, devia haver bem mais gente no andar de cima. Localizei o gorro vermelho saindo pela porta dos fundos. Segui Luca, mas ele andava rápido e desapareceu em meio a algumas árvores nos limites da propriedade. Apertei o passo, nervosa. Para onde estava indo? E o que ia dizer quando o alcançasse?

Adentrei as árvores e apertei os olhos no escuro, tentando localizá-lo. Estremeci e esfreguei os braços. Já estava pensando em voltar para a festa quando detectei um movimento perto da marina.

Então identifiquei um som familiar. Como o silvo de cobra que eu pensara ter ouvido no zoológico.

Segui em frente até sair do meio das árvores e dar de cara com um velho galpão, ligado a uma loja de iscas fechada. De pé ali, pichando a parede, estava Luca.

passo 9

se meter em um apuro que force vocês dois a ter um momento de intimidade e conexão

Gosto de pensar que minha reação foi tranquila e equilibrada.

— *O que é que você está fazendo?!* — gritei, com a voz aguda.

Luca se assustou, e o resultado foi uma mancha de tinta spray gigante na parede.

— Merda! — ele xingou, virando para me olhar.

Abri a boca para prosseguir com os gritos agudos, mas ele veio até mim em dois passos rápidos e tapou minha boca com a mão envolta em uma luva de látex.

Luca aproximou a boca escondida por uma máscara do meu ouvido e disse:

— Pode ficar quieta um segundo, por favor?

Respondi mordendo a mão dele, e senti o gosto do látex.

Ele gritou e me soltou, então arrancou a máscara do rosto.

— Qual é o seu problema?!

Ele fez um bico com o lábio inferior enquanto tirava a luva para verificar a mão.

Senti o peito pesar e dei um passo atrás, magoada com sua reação.

— Qual é o *meu* problema? Por acaso sou eu que estou depredando a propriedade alheia? Uma lojinha de iscas familiar? — As perguntas saíam como golpes. Minhas mãos se cerraram em punhos enquanto eu gritava com ele. — Qual é o *seu* problema? É assim que você se diverte?

Ele balançou a cabeça.

— Se conseguir ficar quieta por, sei lá, *um minuto*, você vai descobrir.

Abri a boca, mas ele me lançou um olhar em aviso, subindo as sobrancelhas grossas até a linha do cabelo e cerrando a mandíbula. Fechei a boca e tentei acalmar meu coração acelerado. Então Luca era só um garoto do subúrbio entediado que se rebelava pichando tudo. O mistério de sua prisão tinha se resolvido, e eu estava profundamente decepcionada.

Ele foi até a parede, que já tinha pichações antigas. Na verdade, olhando com atenção, tratava-se de um grafite muito elaborado — letras cursivas retorcidas em um arco-íris de cores que se misturavam em gradientes contínuos, mas que eram impossíveis de ler, porque vinhas e espinhos delicados haviam sido desenhados nelas com o que parecia ser canetinha preta.

— Você trouxe tudo isso pra uma *festa*? — perguntei, chutando de leve uma das latas de tinta spray. Luca voltou a colocar a luva e se agachou para pegar outra. Ele levou um dedo aos lábios para me silenciar e sussurrou:

— Escondi aqui antes, tá bom, detetive?

— Por quê? Você já sabia que ia ficar louco pra pichar alguma coisa durante a festa? — sussurrei alto.

Ele sacudiu a lata, fazendo a bolinha dentro dela ressoar contra o metal.

— Já vim à marina antes, e faz um tempo que achei esse grafite. Por isso já tinha escondido o material aqui.

Luca começou a pintar ao redor do grafite antigo, meticulosamente, sem tocá-lo, como que o prolongando. Primeiro, uma camada leve como o ar de linhas cor de anil, espiralando em torno das letras. Depois, ele se aproximou da parede e as linhas ficaram mais escuras, mais sólidas, e as bordas, mais nítidas, como na caligrafia.

Luca virou para mim, e eu recuei. Ele ergueu uma sobrancelha e pegou outra lata. Sacudiu-a e depois fez pontinhos dourados ao longo de algumas das linhas anil. Fiquei olhando em silêncio as letras com vinhas e sem sentido serem transformadas em uma espécie de mural. Uma incrível obra de arte gráfica.

Depois do que pareceram anos, Luca terminou. Era lindo. Cintilante, cheio de camadas, intenso e leve na mesma medida.

Ele recuou um pouco e tirou uma foto com o celular. Então recolheu as latas, as luvas e a máscara em um saco e jogou tudo em uma lixeira grande perto do café do outro lado da estrada de terra. Luca se recostou na parede do lugar e olhou para mim. Seu olhar desafiador me deixava tensa. No que ele estaria pensando?

— Eu… não sei como você espera que eu reaja — comentei, mantendo a voz tranquila e os braços cruzados, na defensiva.

Ele deu de ombros.

— Não espero nada. Principalmente de alguém cuja visão do que é arte ou não é tão limitada.

Fiquei chocada. Por que eu gostava daquele cara mesmo?

— Que pena, então. Porque eu achei o que você acabou de fazer bem legal. — Apesar de estar detestando o tom indeciso da minha voz, continuei: — Tipo, ficou bem maravilhoso.

Ele inclinou a cabeça e continuou olhando para mim — não de uma maneira desafiadora agora, mas com aquela expressão familiar que eu não conseguia decifrar. Como se estivesse tentando absorver uma emoção que ele mesmo não compreendia direito. Então senti aquele friozinho na barriga de novo, e ficou bem fácil lembrar por que eu gostava dele.

Só fiquei ali, ardendo, morrendo sob seu olhar. Até que ele olhou para mais além, então se endireitou e xingou.

Virei e deparei com dois seguranças saindo de trás das árvores e vindo na nossa direção. Eles eram do tipo que vigiava bairros chiques como aquele e que adoraria uma desculpa para escapar do tédio. Meu sangue congelou quando vi um perigosamente próximo da tinta ainda fresca do grafite. Antes que eu conseguisse reagir, Luca pegou minha mão e sussurrou:

— *Corre!*

Hesitei por cerca de um segundo, então corri com ele.

— De jeito nenhum.

Fiquei olhando para o iate no qual Luca tentava me convencer a entrar.

— Se não andar logo, vou sozinho. Os seguranças não devem estar muito longe — Luca disse, soltando minha mão abruptamente e começando a passar para o barco, meio desajeitado.

Eu estava tão tensa que nem apreciara o fato de que corrêramos dos vigias *de mão dadas*.

— A gente não pode se esconder aí. E se os donos...

— O barco é do meu pai. Só entra logo.

Por que aquilo não me surpreendia? Dei uma olhada no nome pintado na lateral do barco. *Carpe diem.* Só podia ser brincadeira.

Luca já tinha uma perna no barco, e se segurava a ele com uma mão enquanto mantinha o outro braço esticado para me ajudar a subir.

Senti o calor e a força de sua mão quando a agarrei e passei para o barco, que deu uma balançada. Perdi o equilíbrio na hora e caí em cima de Luca. Seus braços me envolveram e nos impediram de cair, meu rosto pressionado contra seu ombro.

Ficamos daquele jeito por um segundo, com ele me segurando, a brisa do mar fazendo meu cabelo esvoaçar e arrepiando pelos. Eu estava morrendo de medo de olhar para ele, de estragar aquele momento breve, mas perfeito.

— Hum, é melhor a gente entrar, pra não ser visto. — Ele pigarreou e me soltou com todo o cuidado, então foi até a passagem para a cabine, no meio do barco. — Não vamos demorar muito, é só até os seguranças irem embora.

Eu precisava intensificar aquilo. Mas como?

Segundos depois, encontrei a resposta. Enquanto Luca descia, notei algo de canto de olho — duas cordas na lateral do barco, que o prendiam ao píer. Pareciam ser a única coisa que o ancorava, pelo modo como balançava suavemente na superfície da água. Duas míseras cordas.

Eu sabia que aquilo era maluquice. Pensei em Nae-Il em *Naeil's Cantabile*, em como estava tão determinada a conquistar seu alvo que chegou ao ponto de levar coisas aleatórias de sua casa para a dele, pouco a pouco, até que na prática estivesse morando ali. Era insano, mas tinha resolvido a questão da intimidade...

Voltei a olhar para as cordas. O barco poderia simplesmente flutuar marina afora, e eu ganharia algum tempo até que Luca percebesse que havia algo de errado e nos levasse de volta. Com toda a agilidade possível, voltei para o píer, desamarrei as cordas (valeu a pena ter sido escoteira!) e as deixei na beirada do barco.

Ah, cara. Antes que eu conseguisse registrar a maluquice do que havia acabado de fazer, a cabeça de Luca apontou.

— Desi? — ele chamou.

Corri até ele.

— Estou aqui! Desculpa.

Conforme descia os degraus, senti o barco se movendo ligeiramente e meu coração batendo nos ouvidos.

Luca acendeu a luz e imediatamente a baixou à menor intensidade possível. A cabine já estava à meia-luz, e ele ainda fechou as cortinas.

— Assim os caras não vão ver as luzes se estiverem procurando pela gente — ele explicou.

Quando meus olhos já estavam adaptados, observei ao redor. Tudo era de couro branco e uma madeira escura e brilhante — havia um sofá, uma mesa, um bar e algumas portas que davam para outros cômodos. Era o típico barco chique que a gente vê nos programas de TV sobre pessoas ricas.

Luca entreabriu a cortina e deu uma olhada.

— Não deve demorar muito.

— Hum-hum — eu disse, de um jeito só um pouco mais agudo que o normal. Então me dei conta de que meus pés latejavam. Sentei no sofá, tirei as botas e vi que tinha bolhas nos dedões. — Afe.

Cutuquei uma das bolhas, curiosa.

Luca olhou para mim.

— O que foi?

— Só umas bolhas nojentas que apareceram. Já não estou acostumada a andar de salto, quanto mais correr.

Sua expressão não se alterou e ele não respondeu, mas abriu a porta que levava ao banheiro e procurou por algo. Depois de alguns segundos, voltou com alguns band-aids.

— Aqui.

Luca os estendeu para mim. Eu não sabia distinguir se o que ele sentia era irritação ou culpa.

— Valeu — murmurei, já abrindo um. Não era a mesma coisa que enfaixar meu tornozelo torcido, mas teria que servir.

Ele olhou para mim.

— Você se machucou quando caiu da escada?

Balancei a cabeça.

— Não. Wes conseguiu segurar a gente, ainda bem. — *Opa...* — Ainda bem que ele é, tipo, superatlético, ou teria sido um desastre.

Me controlei para não estremecer, sabendo que comentar que Wes era atlético destacava de maneira grosseira que Luca não era.

Ele me olhou de um jeito estranho.

— Vocês vieram juntos à festa ou coisa do tipo?

Inclinei a cabeça, fingindo estar distraída com o band-aid para poder sorrir por baixo da cortina de cabelo. *Hihihi*.

— Viemos.

— Ele não vai se perguntar onde você está?

A irritação marcava as palavras dele.

Precisei de toda a minha força de vontade para esconder meu sorriso. Já tinha uma desculpa preparada.

— Ah, eu disse a ele que precisava de um ar e que ia dar uma volta na marina. — Eu estava adorando a demonstração clara de ciúme. Terminei de colocar o band-aid e voltei a olhar em volta. — Então esse é o barco do seu pai? O *Carpe diem*?

Luca subiu no balcão do bar.

— É, uma pegada bem *Sociedade dos Poetas Mortos* — ele brincou. — Meu pai adoraria saber que estou me escondendo aqui. Se os vigias me pegassem, mancharia ainda mais sua reputação junto à honrada comunidade de Monte Arrivista.

O barco se moveu de repente. Luca se agarrou à beirada do bar e olhou em volta com certa preocupação.

Não, ele ainda não tinha como saber que estávamos à deriva.

— Monte Arrivista. Hahaha. Espertinho — eu disse, como uma risada sincera, tentando distraí-lo. — Por que seu pai está tão preocupado com a própria reputação? O que ele faz?

Aquilo pareceu funcionar. Luca se inclinou para a frente, apoiando os cotovelos nos joelhos.

— Ele inventou uma máquina que ajuda a fazer alguma coisa nas ambulâncias. Tem em todas as ambulâncias do país.

— *Quê?* Sério? Que legal! — Repassei mentalmente uma lista de aparelhos usados pelos socorristas. — Espera, é o reanimador manual? Ou o massageador cardíaco? Ah, não, não pode ser o...

Parei na hora quando notei que Luca estava boquiaberto. Ele sacudiu a cabeça depressa, como um terrier.

— Por que é que você...

— Quero ser médica um dia — eu disse, sem rodeios.

Luca pareceu intrigado.

— Muitas pessoas querem, mas nem todas elas sabem o nome de cada equipamento médico.

Fiquei vermelha. Por que tinha que bancar a sabichona em vez de manter o bico calado?

Luca balançou a cabeça.

— *Bom...* Nem sei como chama o troço que ele inventou. Meu objetivo na vida é não prestar atenção em nada relacionado ao meu pai. Já é ruim o bastante ter que morar com ele neste fim de mundo. — Ele olhou para mim na mesma hora. — Sem querer ofender.

Revirei os olhos. Luca prosseguiu.

— Além do mais, ele não inventou o negócio porque era bonzinho ou porque queria salvar a vida das pessoas. — Ele balançava os pés e os batia contra o balcão abaixo dele. — Só fez isso porque sabia que ia ganhar um monte de dinheiro. E porque seria visto pelo resto da vida como um gênio e um santo, apesar de ser uma péssima pessoa. Além de ficar ridiculamente rico.

Opa. Então ele tinha uns probleminhas com o pai. Fui muito cuidadosa ao escolher minhas palavras.

— Então... ele não é muita fã da sua, hum, arte subversiva?

— É, dá pra dizer isso — ele falou. Sua voz finalmente perdeu o tom cortante e voltou a ter um toque de humor. Fiquei surpresa ao perceber quão aliviada aquilo me deixava, ter o Luca de quem eu gostava de volta. Ainda que aquele Luca pudesse ser um sabichão insuportável quando queria.

Então me lembrei daquele dia no clube de artes, quando ele insinuara que tinha um projeto secreto para a exposição.

— Espera, então é nisso que você está trabalhando?

— É. Estou bem interessado nessa ideia de colaboração indesejada — ele disse, se animando um pouco. — Basicamente encontro um grafite de outra pessoa, de alguém que ache interessante, como o da loja de iscas, e imagino que ela começou algo que é meu dever concluir. Mas é claro que essa não era a intenção do artista original. É algo indesejado, uma espécie de transgressão, entende? Eles são transgressores com as construções, e eu sou transgressor com a arte deles.

As palavras saíam de sua boca em uma velocidade recorde. Luca estava energizado de uma maneira que eu nunca havia visto. Aquilo me lembrava de... mim. Quando eu estava totalmente focada na escola, concorrendo a presidente da classe ou explicando uma reação química complicada que pudesse ajudar meu pai a diagnosticar o problema de um carro.

— Mas como? Tipo, não tem como você exibir um trabalho desses em uma galeria...

Deixei a voz morrer no ar, pouco convincente. Lá estava eu de novo, pensando literalmente, como alguém incapaz de qualquer criatividade.

Ele pegou o celular.

— Fotos. Bom, era o que eu estava fazendo na semana passada, em uma pichação toda esquisitona que encontrei em uma daquelas jaulas abandonadas no zoológico. Voltei uma noite e entrei escondido para terminar. Aí um segurança me viu, já que não tinha mais nada acontecendo na cidade inteira. Mas não fui preso, como todo mundo acha. Ele só ligou pro meu pai, que mexeu seus pauzinhos para me livrar da encrenca.

— Você nunca tinha sido pego antes? — perguntei, me lembrando do comentário de Fiona. *Parece que não foi a primeira vez.*

Ele não respondeu por um momento, parecendo surpreso.

— Fui preso uma vez em Ojai. — Luca inspirou fundo. — Foi por isso que vim pra cá, morar com meu pai. Pra ficar longe de confusão, já que minha mãe hippie era claramente incapaz de disciplinar, abre aspas, o filho artista incontrolável dela, fecha aspas. Como se eu não fosse filho dele também...

— O que você fez pra ser preso? Pi... hum, outros experimentos artísticos?

— Tipo isso.

Inclinei a cabeça.

— Hum, se seu pai está tão preocupado com você, como conseguiu vir à festa?

Ele sorriu para mim. *Zap.*

— Ele me deixou uma semana de castigo, então resolvido.

— Uma semana? Só isso?

Luca deu de ombros.

— Não foi nada divertido ficar preso dentro de casa com ele, não se preocupa. Fui devidamente punido.

Aquilo me fez sorrir.

— Posso ver as fotos?

Ele desceu do bar e já estava se aproximando para me mostrar quando o barco mexeu de novo — fazendo Luca cair bem em cima de mim.

Hum... tudo bem por mim. Me vi meio deitada no sofá, esmagada sob Luca, cujo corpo estava todo estendido sobre o meu. Ele se apoiou nos cotovelos e olhou para mim.

— Opa, foi mal.

Ele moveu as pernas, e uma acabou entre as minhas.

Minha boca se mexeu, mas não saiu nada. Era agora... Eu podia sentir o beijo vindo. Estava um pouco adiantado em relação à programação do k-drama, mas e daí? Seus olhos procuravam os meus, e uma leve ruga se formou na testa dele. Então o barco se moveu de novo. Luca levantou e abriu a cortina.

— O que... *onde estamos?*

Opa! Eu me sentei e olhei pela janela. As luzes da marina já estavam bem distantes.

— Como foi que isso aconteceu? — ele gritou, correndo escada acima. Ouvi seus passos pesados sobre mim. — Puta merda!

Peguei minhas botas do chão e corri até o deque. Vi Luca imóvel no alto da escada. Como previsto, estávamos em mar aberto...

Ou nem tanto. A marina não estava tão longe assim.

Logo à frente, o mar negro encontrava o céu azul-escuro pontilhado de estrelas. Atrás de nós, à distância, dava para ver as luzinhas do deque brilhando e a mansão de Gwen Parker, iluminada.

Se havia um cenário perfeito para o romance, era aquele.

— Não acredito nisso — Luca disse, baixo.

—Você sabe dirigir, né? — perguntei.

Luca balançou a cabeça, puxando o gorro até os olhos.

— *Não*. Cara, odeio esse barco idiota.

Ah, droga. Tá, nada de pânico.

—Vamos tentar descobrir como se faz? — perguntei, esperançosa.

Depois de alguns segundos escondido sob o gorro, Luca o afastou dos olhos.

— Não — ele disse, pegando o celular. —Vou pedir ajuda.

Merda. Fiquei ali parada enquanto ele ligava para sei lá quem, começando a entrar em pânico. Meu pai não podia ficar sabendo daquilo.

Quando Luca desligou, consegui perguntar:

— Pra quem você ligou?

Minha voz saiu tão estridente que ele pareceu assustado ao me olhar.

— Para a guarda costeira — Luca respondeu.

Me encolhi involuntariamente diante de uma visão de veículos de emergência e vans das TVs locais.

— Sério? Acha mesmo necessário?

Seu olhar passou a incrédulo.

—Você está de brincadeira? Estamos perdidos no mar!

— Perdidos no mar? Estamos, tipo, a dois passos da civilização!

—Apontei para a marina. — Acha que vão ligar pros nossos pais?

Cruzei os braços, tensa.

— Provavelmente. — Ele me olhou mais de perto quando comecei a retorcer as mãos. — Está tudo bem? Seus pais são super-rígidos ou coisa do tipo?

Passei a mão pelo cabelo.

— Não, é só que... não quero que meu pai se assuste com uma ligação no meio da noite. Ele ficaria preocupado.

Luca deu uma olhada no relógio.

— São só dez e meia.

Mal o ouvi. De repente, eu tinha sete anos de idade e me recusava a comer a conserva de minianchovas fritas, apesar da insistência do meu pai. "Não gosto do barulho!", reclamei.

Meu pai afastou a cadeira da mesa de jantar e levantou. "Desi, você tem que experimentar. Se não gostar, não precisa comer. *Appa* vai pegar um pouco de água agora, mas vai saber se você não comer, porque decorou quantas tem na tigela."

Eu olhava para a tigela com dezenas de anchovas minúsculas, admirada com o fato de que meu pai era capaz de fazer aquilo, quando ouvi o telefone tocar. O fixo, para o qual só ligavam operadores de telemarketing. Meu pai olhou o número e disse: "É do hospital da mamãe".

Ele atendeu com um alô animado. Fiquei mexendo na tigela de anchovas doces e crocantes com meus palitinhos verde-claros, até que ouvi um grito abafado vindo do meu pai. Soltei os palitinhos e me virei para ele, que estava agarrado à bancada da cozinha, com o telefone ainda na orelha.

— Desi.

De repente, eu não estava mais na cozinha de casa. Estava em um barco com Luca.

— Não se preocupa, vou dizer pra não ligarem pro seu pai — ele falou, com a mão no meu ombro, a cabeça um pouco abaixada para poder olhar nos meus olhos.

Pisquei e tentei sorrir.

— Tá bom, obrigada. Quer dizer, não precisa fazer isso, eu dou um jeito de não ligarem.

Com um movimento brusco e nada sutil, Luca tirou a mão do meu ombro e enfiou no bolso.

— Então tá — ele disse.

Antes que eu pudesse dizer algo, luzes piscaram e sirenes soaram na nossa direção.

Luca e eu ficamos sentados em silêncio no barco, lado a lado, envoltos em cobertores. Estávamos sendo rebocados até a marina, em meio ao cheiro do mar e o barulho da água batendo. E ao pessoal da guarda costeira, claro. Tinha conseguido persuadi-los a deixar que eu mesma ligasse para meu pai, então simulara um diálogo com meu telefone mudo, em uma atuação muito convincente de uma adolescente coreana sendo repreendida pelo pai rígido. Satisfeitos, eles tinham nos deixado em paz pelo resto do trajeto.

Luca pigarreou e rompeu o silêncio.

— Então... hum... qual é o lance com Wes?

De novo? Era naquilo que ele estava pensando? Toda a tensão se dissipou, e eu comecei a rir.

— O que foi? — Luca perguntou, na defensiva.

Eu não conseguia acreditar — toda aquela maluquice e o passo do triângulo amoroso tinha mesmo funcionado. Inspirei fundo e respondi:

— Ainda não sei. Somos amigos há muito tempo. Por quê?

Os ombros de Luca ficaram visivelmente tensos.

— Você costuma ir a festas de pegação com amigos?

Hehehe.

Fechei o cobertor fino em torno dos ombros com mais força.

— Não era uma festa de pegação, afe... Estávamos juntos hoje, mas... não sei. Somos só amigos por enquanto. — *Por enquanto.* Deixei aquilo no ar por um momento. — E você? Tem namorada?

Ele não respondeu na hora, e de repente fiquei muito consciente de quão ridícula aquela conversa era — de quantas entrelinhas havia em tudo aquilo. Por que não podíamos simplesmente dizer o que sentíamos?

Eu me contorci um pouco enquanto esperava pela resposta, a cada segundo que passava querendo mais me atirar do barco.

— Não. Não tenho mais — ele disse, olhando para a água escura.

— Ah. Tá.

Não mais?

Ele baixou os olhos.

— Não sou muito de namorar.

Meu coração esvaziou com um chiado lento. Tentei brincar.

— Está se guardando pro casamento?

Sua cabeça pendeu para trás e Luca soltou aquela risada desajeitada dele. Não pude evitar sorrir. Quando se acalmou, ele olhou para mim. Estávamos a meros centímetros de distância. Nossas mãos quase se tocavam na beirada do banco.

— Seu pai vai te matar por causa disso? — perguntei, tentando manter o tom de voz casual para esconder a culpa que vinha se insinuando dentro de mim desde que a guarda costeira havia chegado.

Ele deu de ombros.

— Talvez. Não estou nem aí.

Por sorte, o momento de desconforto foi interrompido pelo barulho do vento forte que começou a bater. Esfreguei os braços, tentando me aquecer.

— Está com frio? — ele perguntou. Então me dei conta de que eu estava toda encolhida sob o cobertor fino. Era uma pena que Luca não estivesse usando um casaco que pudesse colocar sobre as minhas costas enquanto reclamava de como eu tinha sido tola de não me vestir adequadamente naquela noite fria. Teria sido a cena de k-drama perfeita.

— Um pouquinho. Estou com um vestido curto de renda no meio do mar. À noite. Genial.

Luca sorriu e passou os olhos pelo meu corpo de um jeito muito rápido, do tipo que alguém poderia perder só de piscar.

— Você ficou bem.

Eu não tinha nenhuma resposta pronta para aquele elogio sincero. Soltei um humilde:

— Hum, obrigada.

Luca estava fazendo um trabalho bom demais como um bonitão de k-drama mandando sinais pouco claros. Olhei na direção da marina, ansiosa, me perguntando se Fiona e Wes continuavam na festa. Eu tinha mandado uma mensagem para eles quando a guarda costeira chegara.

Eu precisava analisar aquela noite a torto e a direito com os dois.

De repente, senti Luca colocando alguma coisa em mim.

— O que está fazendo?

Levei a mão à cabeça e percebi que era o gorro.

— Pra você ficar quentinha — ele disse, casualmente, com as mãos já debaixo do cobertor.

Ajustei o gorro para que não cobrisse meus olhos. A lã ainda estava quente da cabeça de Luca.

— Obrigada, acho.

Ele balançou a cabeça e soltou um *tsc-tsc*.

— Você não é toda nerd? Todo mundo sabe que mantendo a cabeça quente o resto do corpo esquenta também.

Dei risada.

— Tá, mas isso se eu também estiver usando uma malha. O calor não passa tão rápido da cabeça ao resto do corpo com uma diferença de temperatura tão drástica.

Ele balançou a cabeça.

— Falando sério, como é a vida no seu planeta natal, Vulcano? Só veste o gorro. Que coisa!

Humpf. Mantive a boca fechada e deixei que o gorro fizesse sua magia. Não sei ao certo se foi o gorro ou a ideia de estar usando o gorro de Luca que me manteve aquecida o restante do caminho.

Quando chegamos ao píer, procurei por Wes, torcendo para que não tivesse me largado e ido embora com outra menina, o que não seria inesperado no caso dele.

— Desi! — Fiona vinha na minha direção, com Leslie em seu encalço. — O que aconteceu? Wes estava pirando... — Ela parou de falar na hora quando viu Luca. — Ah, oi, Wo... Hum, é Luca, né? — Fiona se corrigiu. Muito sutil.

Um sorriso se espalhou pelo rosto dele, e tive vontade de socá-lo.

— Isso, e você é...?

Me coloquei entre os dois.

— Essa é Fiona e a *namorada* dela, Leslie — eu disse, igualmente sutil.

Então vi Wes, com o meu casaco.

— Wes!

Fiz sinal para ele, e sua expressão passou de preocupada a irritada. Quando viu Luca ao meu lado, no entanto, ele abriu um sorriso presunçoso. Quase dava para ouvi-lo dizendo, muito satisfeito consigo mesmo: *Boa.*

— Você deve ter ficado *tão* preocupado — eu disse, jogando meus braços em volta do pescoço de Wes. Então sussurrei: — Embarca nessa ou eu te mato.

Ele me abraçou também, na verdade quase me esmagando.

— Estava louco de preocupação, linda.

Um pouquinho de vômito subiu pela minha garganta.

Quando nos afastamos, Luca nos olhava descaradamente. Antes

que eu pudesse planejar o próximo passo, alguns homens da guarda costeira se aproximaram de Luca.

—Você vai ter que responder a algumas perguntas, filho. Seu pai deve estar chegando.

— Que seja — Luca murmurou, parecendo tão desanimado que deixei Wes e fui até ele na mesma hora.

— Ei, quer que eu fique com você?

— *Des!* Seu pai disse para voltar à meia-noite! —Wes gritou. *Argh.*

Luca olhou para Wes e sua boca virou uma linha reta, sem expressão.

— Não, tudo bem. — Ele se forçou a sorrir. — Mas valeu. E a gente se vê depois das férias.

Ah, não. Eu tinha me esquecido completamente que teríamos as duas semanas seguintes de folga, por causa das festas de fim de ano. Aquilo significava que eu não veria Luca e não poderia avançar nos passos de k-drama.

Tentei não parecer tão desanimada quanto me sentia.

—Ah, é. Hum, a gente se vê. Tchau — eu disse, por falta de algo melhor, me sentindo murchar com aquele encerramento anticlimático de noite. Ergui a mão para acenar, mas Luca a pegou no ar.

Ele deu um passo para mais perto. Perdi o fôlego. Ele baixou nossas mãos devagar, então soltou a minha.

— Desculpa, só queria dizer uma coisa — ele comentou, baixo.

— Oi? Quer seu gorro de volta? — consegui falar, já o pegando.

Luca fez que não e franziu a testa, com as sobrancelhas tão baixas que quase tocavam os cílios.

— Só... toma cuidado. Esse Wes parece meio safado.

Lindo *e* perceptivo. Won Bin estava se provando digno de seu codinome.

passo 10
descobrir o grande segredo que ele esconde, preferencialmente através de flashbacks repetidos à exaustão

Apesar de odiar cada dia que se passava sem que eu visse Luca (e de me preocupar com a possibilidade de o pai ter de fato o matado por causa do incidente do barco) e sem poder avançar nos passos do k-drama, as férias passaram rapidamente, enquanto eu terminava de me candidatar às universidades, ia praticar snowboard em algum lugar com Fiona e Wes, e assistia a novelas coreanas com meu pai.

Na noite anterior à volta às aulas, eu e meu pai estávamos na sala, assistindo a outro k-drama. Um que se passava no mundo do direito e que era basicamente uma versão dramática de *Legalmente loira*, chamada *Princesa promotora*.

— Mamãe também gostava de k-drama?

Meu pai desceu da barra fixa que ficava na porta da sala de estar. Seu moletom dos Anaheim Ducks estava ensopado de suor, e ele usava uma faixa para tirar o cabelo do rosto que devia ser mais velha do que eu.

— A mamãe?

Assenti, encolhida no sofá, tendo pausado o programa.

— Ela gostava de k-drama tanto quanto você?

Meu pai ficou ali de pé, com as mãos na cintura.

— Nããão, hahaha. Sua mãe era… esnobe. — Ele disse aquela palavra devagar, como se testasse seu som. — É, esnobe. Com televisão. Só via o jornal ou documentários sobre animais. Sempre ria porque *appa* via TV coreana. Que nem você. Mas agora você adora, que nem o *appa*.

Desdenhei, mas não pude evitar sorrir. Era verdade, eu tinha me tornado uma fã obcecada de k-dramas. O presente de Natal do meu pai aquele ano tinha sido DVDs e trilhas sonoras importadas.

Mas algo que meu pai havia dito me levou a perguntar:

— Eu sou bem parecida com a mamãe, né?

Ele pulou e agarrou a barra fixa, então ergueu o corpo, grunhindo. Ao descer, ele soltou o ar e disse:

— É, em tudo. Estuda sério, que nem a mamãe. — Ele voltou a se erguer, então disse, com o queixo acima da barra: — Sempre a melhor, que nem a mamãe. — Meu pai repetiu o exercício. — Impaciente, que nem a mamãe. — Ele voltou ao chão, se inclinando um pouco para respirar. — Nada romântica, que nem a mamãe.

— Quê? Como assim?

Meu pai tomou um gole de água e depois sentou no tapete, perto de mim. Coloquei o pé atrás de suas costas para impedir que o moletom molhado de suor tocasse o sofá. Ele soltou todo o peso do corpo contra o meu dedão, de modo que acabei cedendo e deixei que se apoiasse.

—Você não pensa em meninos porque está ocupada demais estudando. Isso é bom. Mas não era bom pro *appa* quando ele estudava com a mamãe.

Meus pais tinham começado a namorar ainda no ensino médio, na Coreia. Minha mãe era a primeira da turma, e meu pai era o garoto rebelde com coração de ouro. Ele veio junto para os Estados Unidos quando ela entrou em medicina em Stanford. Os dois se casaram logo depois e se mudaram para Orange County para ela começar a residência em Irvine.

O amor deles fora do tipo que só acontecia uma vez na vida. A menina certinha que se apaixonava pelo bad boy. Contra todas as probabilidades, os dois ficaram juntos. Foi só depois que fiquei mais velha, ouvindo meu pai falar sobre minha mãe, que percebi que o que os dois tinham era verdadeiro, era aquilo que os k-dramas estavam sempre encenando. O tipo de coisa que não desaparece só porque uma das pessoas morre.

— Não é que eu não seja romântica, *appa*. É só que... estou focada em outras coisas — menti, por entre os dentes.

Ele bateu no meu pé.

— *Ya*. E o que está fazendo vendo isso, mocinha? Tem aula amanhã. Já pra cama.

—Tá, mas nada de continuar vendo *Princesa promotora* sem mim!

Fui para o quarto, relutante, e dei uma olhada em volta ao chegar. Minha cama tinha sido arrumada à perfeição, a colcha cinza-claro de linho acentuada pela fronha lilás dos travesseiros. Havia uma coberta cor de creme fofa dobrada direitinho ao pé da cama. As estantes construídas pelo meu pai iam do chão ao teto e estavam repletas de livros, troféus, fotos e prêmios. Tudo estava organizado por cor, tamanho e tema. Havia uma escrivaninha de laca branca sob a janela, completamente vazia, a não ser por um porta-lápis cheio de lapiseiras, marca-textos e canetas vermelhas.

Tudo em seu lugar. Por enquanto. Tirei a lista da carteira e olhei para o passo 10: *Descobrir o grande segredo que ele esconde, preferencialmente através de flashbacks repetidos à exaustão.* Eu sabia que ele era um artista e que havia sido preso. O que ainda não conseguia entender era por que não queria namorar. Fui para a cama e anotei aquilo cuidadosamente no caderno.

Então abri o notebook para uma boa e velha stalkeada. Embora já tivesse feito aquilo inúmeras vezes durante as férias, escrevi de novo: *Luca Drakos namorada*. Nenhum resultado. Eu sabia que havia mais coisa ali.

Entrei no Facebook dele. Já tinha entrado em seu perfil um bilhão de vezes antes. Daquela vez, passei por todas as fotos em que

Luca havia sido marcado, atrás de qualquer sinal de uma namorada. Vi muitas, muitas fotos. Até me sentir um pouco mal pela quantidade de tempo que estava desperdiçando, sem mencionar o medo de que de alguma maneira Luca *descobrisse* o que eu estava fazendo, de que um espião minúsculo que vivia no meu computador estivesse relatando tudo a ele naquele exato momento.

E então. Lá estava. Uma foto de dois anos antes, nos recantos mais escondidos de seu álbum de fotos. Ele e uma menina emaranhados, sentados sobre um cobertor em um parque em algum lugar onde a grama abundava. O rosto de Luca simplesmente *resplandecia*, e ele estava sem gorro.

E a menina... bom, ela parecia alguém que namoraria com ele. A namorada dos sonhos de qualquer um. Linda sem fazer esforço — a pele morena-clara brilhando, estrutura óssea de uma Naomi Campbell, sorriso amplo, sobrancelhas arqueadas sobre enormes olhos verdes. Usando um short que deixava à mostra músculos o bastante para fazer minhas pernas parecerem patas de elefante. Uma regatinha branca solta com alças finas sobre os ombros delicados sem revelar nenhuma marca de biquíni. Uma quantidade obscena de cabelos platinados grossos e ondulados, repartidos de lado de um jeito muito casual e descolado. Ela era a cara da Califórnia: uma mistura ensolarada de inúmeras coisas lindas.

Senti meu estômago se revirar. Aquele era o tipo de menina que tinha namorado. E não meninas com manchas no braço, bafo matinal, que passavam um número insano de noites assistindo a k-dramas com o pai... não meninas que aos dezessete anos nunca haviam namorado.

Cliquei no nome marcado na foto: *Emily Scout Fairchild*. O próprio nome, irreal. Fui conduzida a seu perfil — um verdadeiro baú do tesouro ao alcance dos dedos de uma stalker. Mas, antes que eu pudesse ir para as fotos dela, reparei na última postagem:

Me despedindo de Ojai antes de ir para o sul amarrar umas pontas soltas... paz e amor.

Para o sul?! Tipo, de Orange County? E ela não tinha aula no dia seguinte? As férias escolares de Ojai eram mais longas que as nossas? Fui percorrendo a página, reparando nas ilustrações ocasionais — bastante coisa abstrata, formas e cores com frases inspiradoras ou enigmáticas escritas em cima. Outra artista, aparentemente. Bufei.

— Parabéns, Picasso.

Ela também postava várias letras de músicas e citações de livros de homens brancos velhos ou mortos. Certeza que ela *amava* Bukowski e Leonard Cohen. Certeza que eles, tipo, *falavam diretamente com a alma dela.*

Revirei o perfil. Não havia muitas fotos dela sozinha, só algumas com amigos. E nenhuma de Luca exceto a primeira. Então um aviso saltou na tela: **O prazo de Stanford termina em uma hora!!!** Eu já tinha feito minha inscrição dias antes, mas o lembrete do encerramento do prazo oficial me lembrou de que já eram onze horas e eu tinha condicionamento físico na manhã seguinte. Dei um peteleco na foto de Luca e Emily antes de fechar o notebook.

Eu podia voltar a stalkear no dia seguinte. Abri o caderno e escrevi meu plano para o passo 10, que começava com uma ligação para Wes antes de ir dormir.

Meu celular ficou vibrando a manhã inteira. Eu o tinha programado para receber notificações das atualizações nas redes sociais, com o intuito de acompanhar as postagens de Emily. Porque agora eu a seguia usando contas falsas.

É, eu sei. Em minha defesa...

Eu precisava seguir com o décimo passo.

Enquanto enfiava cereal coberto de açúcar na boca aquela manhã, vi que Emily havia postado uma foto no Instagram da vitamina de tâmara que tomara no café da manhã. (Ela era mesmo de Ojai...) Durante a segunda aula, ela postou uma foto pouco inspirada do mar quando passava por Santa Barbara. Depois uma foto do trânsito de Los Angeles, com um emoji de positivo.

Durante a aula de francês, outra notificação fez meu celular vibrar.

Daquela vez, no Facebook: **Hummm, muito feliz com meu hambúrguer veg em OC**. Uma foto dela prestes a morder o hambúrguer em uma rede de fast-food acompanhava o texto. Que tipo de monstro come hambúrguer vegetariano de fast-food?

E ainda tinha a menção a Orange County. Ela estava *ali*. Eu sabia! Sabia que era aquilo que o post cifrado no Facebook na noite anterior queria dizer. Seu objetivo só podia ser encontrar Luca. Se ela o visse antes de mim... eu não sabia o que ia acontecer. E estava preocupada. Eles iam voltar? Já tinham voltado durante as férias de fim de ano ou algo do tipo?

Eu não fazia ideia se ia encontrar Luca aquele dia. Era a terceira aula do primeiro dia de volta e eu estava impaciente para vê-lo. Fazia duas semanas! O que eram *anos* no meu calendário.

Quando o sinal tocou, anunciando o final da aula de francês e o intervalo do almoço, corri da sala e fui direto para o pátio, esperando localizar Luca. Se eu o visse antes, talvez ele se lembrasse do clima que havia rolado no barco. Isso se não fosse tudo coisa da minha cabeça, claro.

Então meu celular vibrou de novo. Era uma selfie de Emily fingindo lamber uma estátua viking. Franzi o nariz, então percebi que era a estátua *viking* da Monte Vista. Ela estava ali. *Aimeudeusdocéu.* Meus olhos vasculharam toda a área com uma velocidade que quase fez meu pescoço estalar. Onde estava Luca? Ele costumava ficar com o pessoal do clube de artes durante o almoço, mas não estava no lugar de sempre deles.

Talvez Luca estivesse na sala de artes. Eu sabia que muitos do clube andavam passando o almoço trabalhando em suas obras para a exposição. Mandei uma mensagem para Fiona: **Não vou almoçar hoje, tenho que resolver um lance com Won Bin.**

Recebi uma resposta na mesma hora: **Não façam muitos bebês.**

Tentei parecer casual no caminho para a sala de artes. Algumas pessoas acenavam, e eu acenava de volta, animada. *Não tem nada para ver aqui, gente, é só uma boa e velha stalkeada.*

Então parei — porque a vi. Com Luca. Senti um aperto no coração assim que vi os dois juntos, ainda que estivessem conversando a uma boa distância um do outro.

Eu podia fazer a coisa certa e deixar os dois a sós, ou... bancar a intrometida sorrateira. Visões de inúmeras heroínas de k-drama atrevidas giravam na minha mente, até que ela se fixou em Bong-Sun, de *Oh My Ghostess*, espionando o chef bonitão conversando com uma amiga da faculdade embriagada. *É melhor ser sempre sorrateira.*

Mas como? Eu não conseguia ouvir o que diziam daquela distância. Entrei atrás de uma sequência de paineiras floridas (e lindas) para chegar um pouquinho mais perto, e me esforcei para escutar. Nada ainda. Então percebi que eles estavam indo para a sala de artes.

Corri na frente deles e entrei na sala. Fui direto para o armário de suprimentos, praticamente sem respirar, onde dei de cara com alguém. Meu coração pulou para a garganta.

— Dá licença? — alguém disse, com a voz mais detestável do mundo.

Era Violet, toda empertigada ao meu lado para pegar um vidro com pincéis que estava acima da minha cabeça, como se esfregasse sua altura na minha cara. Argh! Por que ela estava ali? Entre todas as pessoas no mundo...

Fui mais para o lado para evitar o contato.

— Xiu — fiz.

Deu para ver que ela pretendia se revoltar contra o meu "xiu", mas então foi interrompida pelo som de passos se aproximando.

Ambas demos uma espiada do canto de uma estante e deparamos com Luca e Emily a nossa frente. Voltamos para dentro na hora, para não sermos vistas.

Emily. Com seus traços de boneca, seu cabelo matador, seus shortinhos colados.

Ela estava perto demais de Luca.

— Por que me trouxe pra esse cantinho escuro? — ela provocou, a voz baixa e um pouco grossa, como a de uma jovem Lauren Bacall.

Luca fechou a cortina atrás deles.

— Caso alguém entre na sala. Não quero lavar roupa suja na frente de todo mundo — ele sussurrou. — Bom, por que está aqui depois de meses de silêncio, agindo como...

— Como o quê? — ela disse, inclinando ligeiramente a cabeça.

Ele soltou um ruído de aversão.

— Como se não tivesse me sacaneado! Me deixando ser preso por causa do que *você* fez!

Minha nossa!

Emily o envolveu com os braços, e Luca deixou. Argh! Ela pressionou a bochecha contra o ombro dele e disse, bem baixinho:

— Eu não tive escolha. Já fiz dezoito. Se fosse presa, isso ficaria na minha ficha pra sempre. Você ainda é menor. Não tem problema.

Luca se afastou tão abruptamente que ela quase caiu.

— *Não tem problema?* — ele gritou. — Tem alguma ideia do que passei? Do que ainda estou passando? Minha mãe teve que se humilhar pedindo para que meu pai contratasse um advogado. E, por causa disso, tive que vir morar aqui. Ele tem vigiado cada passo meu desde que cheguei, aliás. Me encrenquei feio recentemente por causa de um lance com o barco... Não importa. Vou ficar *três anos* em liberdade condicional por sua causa.

Os ombros dela pareceram cair um pouco.

— Eu sei, Lu. E sinto muito. Nunca pude te dizer o quanto sinto, o quanto valorizo o fato de você ter assumido a culpa. Você sabe que meus pais me fizeram terminar tudo porque você foi preso. Eles ameaçaram me deixar sem carro. Eles trocaram meu celular e passaram a monitorar meus e-mails e minhas redes sociais!

Luca manteve os braços cruzados, de maneira protetora.

— Foi por isso que você parou de falar comigo, inclusive *na escola*?

— Eles tinham que acreditar em mim, pra me deixarem em paz.

Ela deu um passo na direção dele.

— Não acredito em você.

— Anda... Vim dirigindo de Ojai até aqui, cabulei aula pra consertar as coisas. Como me sinto em relação a você não mudou. — Os olhos dela estavam fixos nos dele. — Além disso, agora que a Escola de Design de Rhode Island já mandou a primeira leva de cartas de admissão, você pode relaxar.

Ergui as sobrancelhas para Violet. Ela assentiu, em confirmação. Voltei a olhar para Luca, que pareceu ter sido pego de guarda baixa.

— Como sabe que eu entrei?

Ela revirou os olhos.

— É claro que você entrou. Que escola de arte seria louca de rejeitar *você*?

Ele bufou.

— Não sei, Em. Tive que ser honesto e mencionei a prisão na inscrição. Eu poderia não ter sido aprovado pelo que fiz. Por *sua* causa.

Emily começou a prender os cachos em um coque, e a barra de sua blusinha branca de renda se ergueu, revelando a barriga mais definida que eu já havia visto.

— Até parece. Você foi preso por *grafitar* e se inscreveu em um *instituto de artes*. Eles amam essas coisas.

Parte da tensão pareceu se dissipar do rosto de Luca.

— Na verdade, consegui transformar o lance todo em uma manifestação política na minha redação.

Emily riu e jogou os braços em volta dele.

— Estou tão feliz por você, Lu! Sabia que você ia conseguir.

Ele não se soltou dela. Em vez disso, sorriu de leve, e seus olhos, ainda pousados nela, pareceram mais brandos.

— Valeu. Quando você vai saber a resposta da Escola de Artes Visuais de Nova York? É sua primeira opção, né?

Ela confirmou com a cabeça.

— Só em *abril*.

E então, ai, ela voltou a inclinar a cabeça para ele, e eu juro que de repente ela pareceu uma versão dos sonhos de si mesma, implorando para ser beijada. E ele obedeceu. Luca a beijou.

Ai, meu Deus. De repente me dei conta de como era errado estarmos assistindo àquilo. E, pela expressão de Violet, ela sentia o mesmo. Mas agora estávamos presas. Só podíamos nos encarar, de olhos arregalados.

Os dois se separaram, e Emily sorriu.

— A gente combina, Lu. Já você e Orange County, nem tanto.

Luca riu na hora, daquele jeito dele. Senti um aperto no coração.

— Eu sei… Esse lugar…

Ela pegou o celular do bolso.

— Vamos tirar uma foto pra comemorar o fato de que voltamos!

Luca fez uma careta.

— Sério? Não, imagina.

Era mesmo uma coisa bem estranha a se fazer logo depois de ter voltado com o ex.

— Para com isso!

Ela já estava posando, ajeitando os braços dele sobre seus ombros.

Ele suspirou.

— Tá, mas não é pra postar por aí. Seria esquisito.

Ela inclinou a cabeça só um pouquinho, sorriu e falou por entre os dentes cerrados:

— Só vou postar no Instagram. Meus pais não sabem que abri uma conta nova. De resto, quero que todo mundo saiba que a gente voltou!

Ele olhou para ela.

— Por quê?

Emily já estava editando a foto, tão rápido como se estivesse no piloto automático. Ela nem tirou os olhos da tela.

— Porque nenhum casal é tão bonito quanto a gente.

Violet levou as mãos à boca na hora para reprimir uma risada, e eu mesma tive que morder os lábios.

— A gente não pode só curtir o momento por, tipo, um segundo antes de compartilhar com todo o mundo? — ele sugeriu, olhando para ela.

— Hum? — Os dedos de Emily trabalhavam furiosamente. — Sabia. Sete pessoas já curtiram.

Luca ficou imóvel por um minuto antes de soltar um suspiro pesado.

— Por que não comemoramos a sós? Já que isso só envolve nós dois?

— A sós?

Ela finalmente tirou os olhos de sua investida no Instagram.

Seguiu-se um silêncio desconfortável, e eu prendi o ar.

— Quer saber? Esquece.

Luca se afastou dela.

O sorriso de Emily perdeu um pouco de sua força.

— Como assim?

—Você acabou de me lembrar de que nunca teve nada a ver comigo, ou com como se sente em relação a mim. Tudo gira em torno de manipulação, da sua imagem, do que os outros pensam. Não dá para saber o que é *real*.

Manipulação. Me senti um pouco mal.

O sorriso tinha deixado o rosto dela por completo. Emily estreitou os olhos e baixou o celular.

— *Quê?* Não se faz de santinho. Sempre teve a ver com imagem pra você também. Não me diga que não gostava de namorar a menina mais bonita da escola.

Afe…

Luca riu de novo, mas daquele jeito genuíno dele. Foi uma risada mais dura, amarga.

— Nossa, você se ouve falando? Não me arrependo de nada. Foi bom ter sido preso. Não só revelou quem você é de verdade, mas provavelmente vai me ajudar a conseguir uma bolsa de estudos.

— Do que está falando? — Àquela altura, ela não tinha muito como esconder seu jeito. — Por que você precisaria de uma bolsa? Seu pai poderia comprar aquele lugar.

Luca balançou a cabeça, como se ela fosse uma idiota.

—Você nunca ouviu nada do que eu dizia a respeito dele? Meu pai só vai pagar minha faculdade se eu *não* estudar artes. E você sabe que minha mãe não tem como pagar.

Violet e eu nos encaramos de novo, nos sentindo culpadas e péssimas em relação àquela situação toda.

Luca, por outro lado, parecia relaxar mais a cada segundo, com as mãos enfiadas nos bolsos do colete acolchoado.

— Bom, a ajuda financeira que recebi a princípio não foi o bastante. Por isso me inscrevi à bolsa para artistas mais importante do país, com uma obra que vai ganhar o concurso. E foi a sua fase Bansky que o inspirou. Então valeu.

Os grafites.

Emily estalou o pescoço, de repente toda durona.

— Bom, achei que devia te dar uma segunda chance, mas não preciso dessa merda. Foi uma perda de tempo matar aula... — Eu odiava aquela garota, de verdade. Ela deu um tapinha condescendente no braço de Luca antes de ir embora dizendo: — Boa sorte com a bolsa, Lu.

Ela atravessou a cortina com determinação. Luca ficou ali por um segundo, com as mãos na cintura. Então bateu em uma pilha de telas, e o som delas indo ao chão reverberou pela sala.

Prendi o fôlego, me controlando para não olhar. Estava claro que o jeito tranquilo com que lidara com Emily fora puro fingimento.

Luca ficou olhando para a bagunça que havia feito, com a respiração pesada. Depois de alguns segundos, se ajoelhou e recolheu tudo, com movimentos lentos e resignados. Precisei de toda a minha força de vontade para não ir ajudá-lo.

Quando Luca finalmente saiu da sala, daria para ouvir um alfinete caindo lá dentro. Me senti meio tonta com o dilúvio de informações dos últimos cinco minutos.

— Minha nossa.

Eu me assustei, porque havia esquecido que Violet estava bem ali ao meu lado. Ela balançava a cabeça.

— O que foi isso? Parecia coisa de novela!

Sem nem pensar, respondi:

— Né? Que *vaca.*

Violet ergueu as mãos, com uma expressão chocada.

— Ela precisa *jugeo.*

Dei risada, porque aquela era a palavra coreana para "morrer". Violet prosseguiu:

— Acho que isso explica a história toda de não querer namorar. A menina deixou que ele fosse preso no lugar dela? E depois ainda *terminou com ele*!

Era verdade. Aquilo resolvia tudo. Era o motivo de Luca ser tão evasivo. De todo o segredo em relação a não querer namorar. "Trauma" não devia nem começar a descrever a experiência dele com relacionamentos.

— Ela que se dane — murmurei baixo.

Violet olhou para mim, com a expressão mais fria, como se tivesse acabado de se dar conta de que não éramos amigas.

— Bom, acho que a barra está limpa agora, né? Pra você provar pra ele que é a mocinha da história.

A amargura dela era palpável.

— Hum, não sei o que...

Minha fala morreu no ar.

Ela suspirou.

— É óbvio que ele está interessado em você.

Era mesmo?!

— Pode acreditar, acho isso tão estranho quanto você. Na verdade, depois de ver esse drama todo, até entendo por que ele quer alguém um pouco mais... tensa.

Ela me olhou de cima a baixo, em reprovação.

Franzi a testa.

— Está esperando que eu agradeça ou coisa do tipo? Você tem sido...

— Péssima? E daí? Gostamos do mesmo cara, e você me irrita — ela disse, e fez menção de ir embora.

Aquilo não estava certo.

— Ei! Violet!

Ela parou e virou para mim, afastando o cabelo da cara com um sopro irritado.

— Que foi?

Inspirei fundo.

— Não sei o que faço pra te irritar tanto assim. E... sei lá, é um saco ter essa energia negativa direcionada a você sem motivo, entende?

— Você é muito egocêntrica... Não tem ideia mesmo de por que não gosto de você?

— Não.

— Tá, pra começar, a gente se conhece desde pequena.

Meu queixo caiu.

— Oi?

Ela se colocou bem na minha frente, de braços cruzados.

— A gente era amiga na época das aulas de coreano. Mas lá usavam nossos nomes coreanos. O meu é Min-Jee.

As aulas de coreano? Eu tinha parado de estudar aos sete anos. Mal me lembrava das tardes de sábado na igreja aprendendo o alfabeto e afins.

Ah, não. *Min-Jee.* De repente me lembrei dela. Era goducha e tímida. E gostava de desenhar. Gostava *muito.* Sempre fazia princesas da Disney e personagens da Hello Kitty quando eu pedia.

Violet deve ter percebido pelo meu rosto que eu tinha me lembrado dela.

— Pronto? Bom, você era minha única amiga naquele lugar, e de repente sumiu. Do nada. Então imagina a minha surpresa quando te vi aqui, no nono ano. Fiquei toda animada. Era a Hye-Jin. Mas você não se lembrava de mim, e estava tão envolvida com toda a coisa de ser popular que nem falava com os esquisitos das artes, os maconheiros. Eu até tentei ser sua amiga, você lembra?

Mordi o lábio, tentando de verdade encontrar aquela versão de Violet na minha memória, mas não tive sucesso.

— Desculpa, não lembro mesmo.

Ela me encarou.

— Isso é ainda *pior*, percebe? Você estava tão envolvida com as suas bobagens que nem se lembra de alguém tentando fazer amizade com você. É *muita* falta de educação. Aí, do nada, você mostra interesse em arte por causa de um cara. É ridículo.

Aquilo doeu. Porque era verdade.

— Desculpa, Violet. Não quis ser babaca ou esnobe, eu só... — Tantas coisas se passavam na minha cabeça. Mas algo que ela havia dito me incomodou. Então meu acanhamento deu lugar à raiva. Cruzei os braços também, mas tentei manter a calma. — Só pra você saber, eu *sumi* porque minha mãe morreu e não dava mais pra pagar as aulas de coreano.

Violet piscou algumas vezes, e eu vi seu ar de superioridade abandoná-la. Ela soltou os braços ao lado do corpo e mordeu o lábio.

— Ah. Eu não... Cara, sinto muito.

Eu costumava chamar aquele momento de bomba-mãe — quando eu contava a alguém que ela tinha morrido.

Suspirei.

— Tudo bem, já faz tempo. Mas talvez isso explique um pouco as coisas. E talvez agora você possa deixar pra lá.

Passei por ela e saí da sala.

A luz do sol me cegou. Precisei de um momento para recuperar a compostura, abalada por tudo o que havia acontecido de esquisito nos últimos minutos. Quando levantei o rosto, vi Luca. E nossos olhos se encontraram.

passo 11
provar que você é diferente de TODAS as outras mulheres no mundo

Tá. Ou ele sabe ou não sabe. Que hipóteses geniais, Des. Ciência pura, que cérebro impressionante.

Desviei os olhos, com o coração acelerado. Então ouvi a porta da sala de artes se abrir atrás de mim e vi Violet sair. Ela olhou brevemente para mim antes de notar Luca. O queixo dele pareceu cair ao ver nós duas, e sua expressão pareceu incrédula. Ih. Eu precisava me explicar já. Quando fiz menção de ir em sua direção, ele me deu as costas e foi embora. *Fugindo* de mim.

Fiquei desesperada enquanto observava ele se afastando. E agora? Tinha estragado tudo daquela vez?

Mas eu já sabia a resposta. Mal-entendidos nunca encerravam de verdade relacionamentos nos k-dramas. Na verdade, acabavam por torná-los mais fortes. Eram como uma substância química que fazia com que se transformassem e ganhassem vigor.

Encontrei a carteira na mochila e desdobrei a lista já gasta. Como havia me metido em confusão, era o momento perfeito de compensar aquilo com o passo 11: *Provar que você é diferente de TODAS as outras mulheres no mundo.*

E sabia exatamente como fazer aquilo.

Alguns dias depois, Fiona e eu entrávamos no estacionamento tomado por ervas daninhas. Ela parou Penny em uma vaga.

— Pronta?

Inspirei fundo.

— Acho que sim. De alguma maneira, consegui passar quatro dias sem ver Won Bin. Ele deve estar me evitando. Não apareceu no clube de artes e não sei se vai aparecer hoje, então... estou o mais pronta possível, acho.

Estávamos em um centro de acolhimento para jovens e crianças na cidade vizinha — basicamente "do outro lado dos trilhos", onde não havia tanta homogeneidade socioeconômica e de raça. Fiona trabalhava ali como voluntária desde o nono ano, e eu tinha sugerido fazer uma oficina com o pessoal do clube de artes, e conseguir uma doação de materiais de uma loja local. Nos k-dramas, era sempre a pura bondade da heroína que acabava com o cinismo do cara em relação ao amor, digno de um sr. Rochester de *Jane Eyre*. Eu esperava que me ver interagindo carinhosamente com crianças poderia apelar a algum instinto biológico de homem hétero dele. Para que chegasse à conclusão de que na verdade eu não era uma intrometida bizarra, e sim uma mulher angélica e maternal, a quem as crianças acorriam. Como uma heroína clássica de k-drama. E o oposto de Emily.

Então era hora de virar aquela mulher.

Depois de conseguir que Fiona, a princípio relutante, embarcasse na ideia, eu tinha conseguido convencer o sr. Rosso a passarmos a tarde de sexta-feira ensinando um pouco de arte às crianças do centro.

Fiona e eu entramos em uma sala grande no centro de recreação e começamos a organizar as mesas e cadeiras em grupos para que os meninos e meninas trabalhassem juntos. Tínhamos chegado mais cedo que os demais, que viriam de ônibus direto da escola. Quando eles apareceram, o lugar parecia tirado de *O senhor das moscas* — era o completo caos, embora Fiona e eu tentássemos manter as coisas sob controle. Vi Violet entrar. Ela olhou na minha direção rapidamente, depois foi atrás de Cassidy. Hum. Eu não sabia dizer se seu ódio de mim tinha esfriado um pouco depois que eu havia soltado a bomba-mãe ou se ela apenas continuava constrangida por causa de toda aquela coisa de ficarmos escondidas no armário dos materiais.

Pela bilionésima vez na vida, procurei por Luca. Fui interrompida pelo sr. Rosso, que veio até mim, com o chapéu-panamá empoleirado na cabeça.

— No que foi que você meteu a gente, Desi?

Olhei para Fiona, em súplica.

— Não se preocupa. Eu cuido disso — ela disse.

Fiona assoviou tão alto que algumas crianças ficaram de joelhos e taparam os ouvidos.

— *Sentados. AGORA.*

O rosnado dela literalmente ecoou pela sala. As cerca de trinta crianças correram para se sentar a uma das cadeiras de plástico laranja-vivo dispostas em torno das mesas.

E ali estava ele.

Alvoroço. Som de passos.

E ele parado à porta, olhando para a sala com toda a tranquilidade.

Tentando não perder a coragem, dividi o pessoal do clube, mandando dois para cada mesa. A ideia era fazer as crianças começarem com esboços de alguma coisa, mas ter trabalhos concluídos até o fim da oficina. Quando chegou a vez de escolher para onde Luca iria, tentei chamar sua atenção, mas ele manteve os olhos no celular.

— E, hum, Luca, nós dois podemos trabalhar com esse grupo.

Ele levantou a cabeça na hora e fez um breve contato visual comigo antes de ir até o grupo e se jogar em uma cadeira. *Ótimo. É assim que vai ser? Tenho o dia todo, meu amigo.*

Nosso grupo consistia em dois meninos, Micah e Jessie, e duas meninas, Christine e Reese (que tinha recebido aquele nome por causa da Reese Witherspoon, como ela anunciou com orgulho assim que chegamos). Todos tinham de seis a nove anos e estavam *muito* animados. Em geral, só brincavam na área externa ou faziam a lição de casa, então era meio que um dia especial para eles.

Luca se recostou na cadeira, ainda olhando para o celular. Franzi a testa e bati palmas.

— Então, galera, hoje vamos nos divertir fazendo arte! Vamos começar com esboços! Vocês sabem o que é isso?

Os quatro ficaram olhando para mim. Micah arrotou.

— Hum, tá. Esboços são os rascunhos simples que a gente faz antes de começar a trabalhar numa obra de arte de verdade.

Luca pigarreou alto. Olhei feio para ele.

— Tem algo a dizer ou só está indo *superbem* no *Candy Crush*? Ele não tirou os olhos da tela.

— Esboços não são necessariamente inacabados. Podem ser uma obra por si só.

Jessie levantou a mão.

— Então esboços também são arte?

Luca respondeu antes que eu pudesse fazê-lo.

— Isso. Arte é qualquer coisa que você quiser que seja. — Ele olhou para mim. — Não deixem que pessoas de mente fechada tentem definir o que é arte pra vocês.

Muito sutil. Sorri para ele.

— Obrigada pela ajuda. Não me surpreende que alguém cuja primeira palavra foi "impressionismo" tenha um entendimento tão profundo da arte.

Luca inclinou a cabeça e olhou para mim, com um sorriso no rosto.

— Você entrou na minha fanpage?

Reese levantou os braços.

— Isso tá *muito* chato!

Voltei a focar nas crianças.

— Opa, desculpa. Todo mundo pega uma folha.

Eu tinha visualizado uma tarde tranquila ajudando crianças a ver a beleza do mundo através da arte. O começo tinha sido razoável: eles ficaram sentados desenhando em silêncio a maior parte do tempo. Dei uma volta, tentando ajudar e fazendo sugestões. Luca até se sentou direito e começou a conversar com Jessie sobre o desenho do Bob Esponja que ele havia feito.

Mas, depois que Micah descobriu as canetinhas e desenhou uma tatuagem em si mesmo, a coisa foi ladeira abaixo.

— Olha, uma tatuagem! — ele disse, mostrando orgulhosamente o braço, no qual agora havia um gato gigante desenhado.

— Que tatuagem idiota — Reese desdenhou, então se esticou sobre a mesa e pegou um punhado de canetinhas da caixa de plástico em que estavam guardados os materiais. Jessie e Christine a imitaram, e todos começaram a rabiscar a própria pele.

— Ei, pessoal! — gritei. — Parem com isso! Agora! É pra vocês trabalharem nos esboços!

As canetinhas claramente tinham sido uma má ideia, e eu tentei recuperá-las, mas acabei em um cabo de guerra com Reese.

— Reese, já chega de canetinha — eu disse, severa.

Ela puxou mais.

— Não é justo, quero usar!

Estávamos ambas de pé agora, agarradas com ambas as mãos a um punhado de canetinhas.

— Azar o seu — eu disse por entre os dentes cerrados, sem soltar.

De repente, seus olhos verdes se encheram de água. *Ixi.*

Duas mãos diferentes se fecharam sobre as minhas, quentes e firmes.

— Tá, por que a gente não chega a um meio-termo?

Olhei para Luca, assomando sobre nós duas, a luz do sol vinda de trás literalmente formando um halo em volta de sua cabeça.

— Reese, se você prometer usar as canetinhas só no papel, prometo te desenhar a Elsa do *Frozen* — ele disse, com uma piscadela.

As lágrimas de Reese pareceram se recolher. Ela fungou.

— Tá.

Luca ergueu uma sobrancelha para mim. Revirei os olhos e soltei as canetinhas, desemaranhando nossas mãos relutantemente.

Ele se virou para Reese e ofereceu a mão para que a menina batesse nela. Reese bateu, tímida, então correu para a mesa em meio a risadinhas. Ninguém era imune ao charme de Luca.

— O mesmo vale pro resto de vocês. Desenhem no papel ou estão fritos!

Luca apontou para cada uma das crianças para destacar aquele ponto. Todas riram e voltaram imediatamente a desenhar no papel.

Bom, aparentemente eu não era tão boa com crianças quanto a Noviça Rebelde. Virei para Luca.

— Você leva jeito.

Ele deu de ombros.

— Já fiquei bastante de babá.

— Sério?

A incredulidade me escapou antes que eu pudesse evitar.

— Sério. É tão difícil de acreditar?

— Um pouquinho… — Sorri. — Imagino que seja difícil conciliar o trabalho de babá com a genialidade artística.

Ele pressionou um lábio contra o outro, mas não conseguiu segurar a risada.

— Tá, então você me procurou no Google *mesmo*.

De que adiantava fingir que não era o caso? Foi minha vez de dar de ombros.

— Mais ou menos.

Nos entreolhamos, e embora fosse um pouco desconfortável, senti que uma parte do gelo entre nós derreteu.

Engoli em seco, nervosa.

— Luca, eu...

— Professor! Não sei desenhar uma água-viva peluda! — Micah gritou.

— É a minha deixa — Luca disse, então me deu as costas e foi se sentar ao lado do menino.

Micah, seu...

As horas seguintes voaram, e mal tive tempo de falar com Luca enquanto tentava ajudar Christine a pintar um unicórnio com sete chifres e Jessie a finalizar com glitter o retrato muito detalhado que ele havia feito de Steph Curry. Mas, de vez em quando, eu arriscava uma olhada em Luca, que mostrava pacientemente às outras crianças como desenhar em perspectiva ou misturar cores de tinta para criar outras diferentes. Mas era o modo como ficava à vontade com as crianças, sua fé absoluta na criatividade delas, que me fazia querer subir na mesa e ir dar um beijo naquela boca. Luca estava em seu lugar, e as crianças o adoravam.

De repente eram cinco horas e os pais começaram a chegar para pegar as crianças. Elas levaram suas produções consigo, mostrando-as com todo o orgulho à família. Era muito fofo, e a coisa toda me tocou bastante — mesmo que a boa ação tivesse sido inspirada por uma lista de k-drama, tinha sido bom passar uma tarde fazendo aquelas crianças felizes. O pessoal do clube de artes parecia sentir a mesma coisa, e todos sorriam enquanto arrumavam os materiais e se despediam das crianças.

Quando a última foi embora, eu me joguei a uma cadeirinha.

— Cara, quanta energia! — disse a Fiona.

Ela recolheu aparas de papel do chão.

— Nem me fala... Foi bom ter mais gente pra ajudar hoje.

— Me diz quando precisar de novo. Acho que todo mundo curtiu.

Fiona riu.

— Está pensando em pegar mais uma atividade extracurricular?

Antes que eu pudesse responder, vi Luca indo para a porta. Embora as coisas entre nós tivessem relaxado ligeiramente durante o dia, não havia como considerar minhas tentativas de parecer maternal e beatífica um sucesso. Eu ainda precisava pedir desculpas pelo incidente do armário. E não tinha ideia se meu plano havia funcionado.

— Luca! — chamei. Ele se virou e eu fui até ele, enquanto Fiona, nada sutil, ia limpar uma mesa do outro lado da sala.

Ele ficou me olhando, em expectativa. *Anda, Des.*

— Então... hum, eu só queria pedir desculpas pelo outro dia. — Cada palavra me matava. — Não sabia que acabaria entreouvindo aquela conversa. Nem Violet — acrescentei, dando uma olhada para os fundos da sala, onde ela recolhia suas coisas. — Mas acabamos ficando presas ali.

Aquilo era verdade, no caso de Violet. E era uma mentirinha mínima da minha parte.

Luca pareceu horrorizado por um segundo. Ficamos ali, como duas estátuas desconfortáveis. Ele finalmente rompeu o silêncio.

— Tá bom.

— E desculpas também se você se ferrou com a história do barco.

Ele me lançou um olhar questionador.

— Por quê? Você não teve a ver com aquilo.

Minha culpa me entregou.

— Ah, mesmo assim. Você ficou de castigo ou algo do tipo?

— Fiquei de castigo a parte das férias que passei com meu pai. E agora tenho que cumprir um monte de tarefas em casa.

Sorri.

— Bom, não parece tão ruim assim...

— Tenho que levar os cachorros idiotas da minha madrasta pra passear todo dia — ele diz, desanimado.

— Isso parece mesmo *terrível*. Cortaram a sua mesada também? — perguntei, conseguindo manter a seriedade. Luca riu, não daquele jeito dele, mas ainda assim riu.

Então me lembrei.

— Ei! E parabéns por ter sido aceito na Escola de Design de Rhode Island. Que incrível!

Ele ficou olhando para os próprios sapatos por um momento, e senti meu coração apertar. Eu tinha acabado de recordá-lo do incidente do armário? Então Luca ergueu o rosto, com um sorrisinho.

— Valeu, mas não vou poder me matricular se não resolver o lance da bolsa.

Assenti.

— Verdade. Bom, espero que...

O sr. Rosso nos interrompeu.

— Certo, todo mundo de volta ao ônibus! Desi e Fiona, obrigada por ter organizado a oficina. Foi ótimo, vamos repetir a dose!

Luca ajeitou o gorro e foi embora com um "Até mais".

E só. Meu rosto ficou vermelho e fui ajudar Fiona a terminar de arrumar tudo. Me segurei para não chorar, porque não queria que ela visse minha decepção.

Então encontrei uma pilha de desenhos de Luca.

Dei uma olhada neles. Uma excelente versão do Bob Esponja. Um par de sapatos que identifiquei como os que Micah estava usando. Um gato-robô. Uma princesa-ninja. Passei por vários rascunhos divertidos até chegar em um que me fez congelar.

Era eu, sentada a uma mesa, com a cabeça ligeiramente inclinada, apoiada na mão. Eu não sabia quando ele havia feito aquilo. Mas não era só o fato de que Luca havia me desenhado que importava.

Era *como* ele havia me desenhado. As linhas cuidadosas e delicadas, o momento de tranquilidade apreendido.

Era tão íntimo, tão estudado. Tão... consciente. Meu sorrisinho se alargou de um lado a outro do rosto.

Peguei a lista do k-drama e fiquei olhando para ela, com carinho. Fiona veio até mim e olhou por cima do meu ombro.

— Deu tudo certo?

Dei um beijo estalado na lista.

— Crise controlada. Fui salva de novo pela lista.

passo 12
ter sua vida colocada em risco para que ele ou você perceba que o amor dos dois é verdadeiro

— Não consigo acreditar que estamos fazendo isso.

Talvez fosse a primeira vez na vida que eu via Fiona suar. O esforço físico e ela não eram melhores amigos. Fazia sol, e andávamos pelo meio da Stony Point Drive, que ficava a menos de dois quilômetros da minha casa, enquanto Wes bloqueava os dois extremos da rua com cones e fitas de isolamento.

Era a semana seguinte à visita do pessoal do clube de artes ao centro de acolhimento para crianças e jovens. Depois de ver o desenho que Luca havia feito e confirmar que ele sentia algo por mim, independente de admitir aquilo ou não, eu ficara impaciente para agir. Queria pular logo para a parte do primeiro beijo, mas sabia que ainda tinha algum trabalho a minha frente. Por isso, havia passado o fim de semana desenvolvendo o passo 12: *Ter sua vida colocada em risco para que ele ou você perceba que o amor dos dois é verdadeiro*. Tinha assistido a alguns episódios com meu pai e finalmente elaborara um plano.

Joguei um punhado de pregos na rua enquanto Fiona jogava um e olhava imediatamente em volta. Mas não havia ninguém à vista naquela ruazinha tranquila em um dos bairros mais vazios de Monte Vista. Para uma cidade com clima quase perfeito o ano todo, as pessoas mal deixavam o ar-condicionado de casa.

Fiona prendeu o cabelo em um rabo de cavalo alto enquanto olhava intensamente para mim.

— Des, como exatamente você pretende fazer isso?

Tentei manter a calma enquanto explicava o plano para ela.

—Vamos furar o pneu e bater na guia, e eu vou fingir bater a cabeça. Então vou para casa bancando a donzela em apuros, e Won Bin vai morrer de preocupação e se dar conta de que me ama.

Senti seus enormes olhos cor de mel permanecendo fixos em mim.

— Uau. Suas expectativas são altas mesmo. E se alguém se machucar? Esse parece o mais extremo de todos os passos da sua lista.

Senti a pontadinha de culpa que parecia ficar mais persistente nos últimos minutos.

— É, eu sei, é um pouco demais. Mas são preguinhos minúsculos, e a pior coisa que pode acontecer é furarem um pneu. Que é o que espero que aconteça. Cara, estou *muito* perto. Posso sentir. O desenho que ele fez de mim... acho que isso pode mesmo ser a prova cabal. Fora que passar por um trauma com alguém faz com que o corpo emita certas endorfinas capazes de criar um vínculo forte com essa pessoa, independente de quem seja, não sei se você sabe.

Ela olhou para a frente e começou a jogar alguns pregos ao vento, sem nenhum cuidado.

— Eu sei. Também vi *Velocidade máxima*.

Olhei para o que havíamos feito, com as mãos na cintura.

— É inacreditável. Talvez eu tenha um *namorado* quando me formar na escola.

Fiona virou e olhou para mim, séria.

— Desi. Você vai fazer *medicina* em *Stanford*. Não ter namorado no ensino médio não é nada em comparação a isso. Namorados são supervalorizados. — Ela fez uma pausa. — E namoradas também, só pra constar.

— Pra você é fácil falar — eu disse, dando risada e olhando para o celular. — Tá, tudo certo. Vamos voltar.

Fiona deu uma última olhada para trás enquanto dizia:

— Entããão. Você não está mesmo preocupada que outra pessoa passe por aqui?

— Fi! Já falei! O pessoal de Monte Vista leva cones a sério!

Enlacei o braço de Fiona com o meu, mesmo sabendo que aquele tipo de comportamento menininha a deixava louca.

— E com você, o que tá rolando?

Ela fez uma cara esquisita.

— Por quê?

— Como assim? Estou perguntando como andam as coisas.

— Isso é um plano pra me convencer a ajudar você em mais alguma bizarrice? — Fiona perguntou, parando abruptamente para olhar para mim.

Senti um aperto no coração. Eu passava vinte e quatro horas do dia envolvida com os passos do k-drama, e só então me dei conta de que era a primeira vez em semanas que perguntava a Fiona sobre como ela estava. Apertei seu braço.

— Não, não é nada disso. E desculpa se tudo tem girado em torno de Won Bin nos últimos tempos.

Ela deu de ombros.

— Eu entendo. É o lance do primeiro namorado. Te perdoo.

Fiona deu um apertãozinho no meu braço em retribuição, e eu soube que ela tinha gostado de ouvir aquilo.

— Mas e aí, como andam as coisas com Leslie? — perguntei enquanto voltávamos pelo meio da rua vazia até onde estavam Wes e o carro.

Fiona fez barulho de peido com a boca, indigno de uma dama.

— Ela anda grudenta demais. Cansei.

— Fi! — eu a repreendi. — Você é o pior pesadelo de uma garota, sabia disso?

— Acho que você quis dizer "o maior sonho" — ela me corrigiu, daquele seu jeito provocante, inclinando a cabeça contra a minha. Eu a afastei com um empurrão.

— Estou falando sério! Meu pior pesadelo é que Luca pense assim a meu respeito.

Senti o olhar de raio laser de Fiona em mim.

— Há coisas piores que um relacionamento que não dá certo, sabe? Aliás, se tem algo que aprendi com minhas ex-namoradas é que chega uma hora em que é preciso parar com os joguinhos. Até quando você vai continuar com isso?

Por que ela estava sendo tão negativa em relação àquilo? Soltei o braço do dela.

— Até estar resolvido.

Segui à frente de Fiona, irritada. Ela não conseguia ver como eu estava perto? Não era hora de parar.

Wes ficou para cuidar dos cones, e Fiona e eu voltamos de carro para a escola. Ela ficou de olho em Luca enquanto eu marcava uma assembleia com o pessoal do conselho estudantil. Às 17h02, Fiona me mandou uma mensagem de seu esconderijo, dizendo que Luca tinha saído da sala de artes e ia para o estacionamento. Inspirei fundo, de maneira trêmula. Como se meu corpo estremecesse por dentro. *É agora ou nunca.*

Meus passos firmes escondiam a apreensão que borbulhava dentro de mim enquanto eu caminhava depressa pelo estacionamento, usando sandálias.

— Luca!

Ele congelou bem quando se espreguiçava de seu jeito descolado, com os braços sobre a cabeça e a camisa levantando só o suficiente para revelar um tantinho de barriga bronzeada.

— Oi?

Aquele trecho de pele me distraiu por um momento. *Tarada*.

— Hum? Ah. Será que você pode me dar uma carona? Fiona ia me levar pra casa, mas teve que ir embora antes. Rolou alguma coisa com o gato dela.

A família de Fiona tinha um gato de vinte e um anos chamado Chubbins. Ele estava sempre à beira da morte, de modo que não era uma mentira absurda.

Por um segundo, Luca pareceu um animal encurralado. *Afe*. Fazer com que ele voltasse a se aproximar de mim não ia ser tarefa fácil.

Ele pigarreou.

— Bom, hum, não sei se é caminho…

— Como assim? A gente mora em *Monte Vista*, quão longe sua casa pode ser da minha?

Todo o ar despreocupado que eu forjava desapareceu quando franzi a testa para ele.

Pelo jeito como Luca arrastou os pés, parecia que eu tinha pedido a ele que marcasse um exame de colonoscopia.

— Tá. Pode ser. Meu carro está pra lá.

Fomos até um Honda Civic azul velho e malcuidado. Passei a mão pelo capô amassado.

— Carro legal.

Ele me lançou um olhar arrogante.

— Vocês de Orange County e sua devoção ao *novo*.

Ah, meu filho. Luca não fazia ideia de onde se metera.

— *Na verdade*, eu não estava sendo nem um pouco sarcástica. O Si é a joia da coroa dos Civics, pelo menos aqui nos Estados Unidos. Cinco marchas, suspensão dura com barras estabilizadoras mais rígidas e até STB. — Dei a volta no carro, avaliando aquela obra de arte. — O leve rebaixamento e o chassi mais largo dão um visual ótimo para um veículo de uso cotidiano. Também é uma ótima opção de carro a ser tunado — eu disse, agora olhando para ele. Estava animada, e não parei. — Quer dizer, que um carro 1999 faça quase treze quilômetros por litro com esse tipo de performance é bem impressionante. Mas é isso que o sistema VTEC tem de melhor, né?

Foi então que notei que Luca estava me encarando. Ah, droga. Eu tinha entrado em um novo nível de nerdice na frente dele. Fiquei vermelha, então me lembrei de como Hae-Soo, de *Tudo bem, isso é amor*, parecia incrível quando deixava todo mundo de boca aberta com seus conhecimentos médicos. Uma das maneiras de conquistar o *crush* é ser muito, muito bom em algo inesperado, chocando e surpreendendo as pessoas a sua volta de um jeito superlegal.

Forcei um sorriso, como se estivesse toda orgulhosa dos meus comentários. *Confiança, Des. Aparente ser a pessoa que você quer ser.*

— Por que é que você sabe de tudo isso? — Luca perguntou, abrindo a porta do passageiro para mim. O pequeno gesto não me passou despercebido, e agradeci mentalmente à mãe hippie dele por tê-lo educado bem. Luca fez graça: — Você lê guias de carros quando não está construindo robôs no seu porão?

A incredulidade aproximava a voz dele do grasnido de sua risada.

Me acomodei e esperei até que ele entrasse no carro também para responder.

— Meu pai é mecânico. Dã.

Embora durante um verão no ensino fundamental eu tivesse mesmo lido um guia de carros, por curiosidade.

Luca fez aquele lance de quando se dá ré, girando o corpo todo para a direita e apoiando a mão no encosto do banco do passageiro. Onde eu estava sentada. Sua mão roçou levemente meu cabelo, e senti o cheiro de suor masculino e bala de hortelã. Uma mistura ao mesmo tempo intoxicante e nojenta.

— Mecânico? Que legal.

— Também acho.

— Imagino que não seja o tipo de trabalho da maioria dos pais da escola.

Dei de ombros.

— Não, mas ninguém liga também. Acho que o melhor da Califórnia é que aqui o espírito de meritocracia predomina de verdade, o que não dá pra dizer de partes mais antigas do país.

Luca riu de novo, enquanto girava o volante com toda a destreza e alternava os olhos entre retrovisores e para-brisa. Ele era um motorista bem cuidadoso. Por que aquilo me parecia tão atraente, eu não sabia. Talvez fosse esquisitice de uma filha de mecânico.

Luca me olhou brevemente.

— Você tem um jeito de falar…

— É como se eu fosse de Vulcano, já sei.

Ele riu.

— Exatamente.

— Vira à esquerda — eu disse, com um sorriso. De repente, tinha me dado conta de que estávamos ambos juntos em um carro apertado. Sozinhos. Me pareceu algo muito, muito íntimo. Tipo, dava pra ele sentir meu hálito? Baforei discretamente na palma da mão.

Algumas curvas depois, estávamos quase na rua em que Fiona e eu havíamos espalhado os pregos. Faltava pouco.

— Vou avisar meu pai pra comprar leite — eu disse, animada, já pegando o celular para digitar furiosamente para Wes, que esperava notícias minhas. Viramos na Linda Vista. Chegamos em menos de 1 minuto. Era um aviso para que ele removesse os cones e a fita de isolamento. Wes respondeu na hora: Blz.

Então mandei Luca virar à esquerda na Stony Point Drive. Fiquei mexendo no celular, nervosa. Estávamos prestes a deparar com os pregos…

Mas passamos com toda a tranquilidade.

Como assim? Virei o pescoço para olhar para o asfalto através da janela. Os pregos estavam ali, visíveis assim que passávamos por eles, brilhando à luz cada vez mais fraca do sol. Olhei para Luca, que não parecia ter notado nada de estranho.

Bom... era melhor tentar de novo.

— Ah, droga! Acabei de lembrar que esqueci um negócio na escola. — *Pensa rápido, Des.* — Meu livro de cálculo, e preciso dele pra fazer a lição de casa. Será que a gente pode voltar? Desculpa!

Luca não pareceu se incomodar.

— Ah, sem problema.

Como eu esperava, ele fez a volta na hora. Quando já tínhamos voltado o bastante, bati com a palma da mão na testa.

— Ah, que tonta! O livro está em casa. Esquece.

— Tem certeza? — Luca perguntou, me olhando. Quase dava para sentir sua desconfiança.

— Certeza! Desculpa.

Fizemos a volta de novo.

Prendi o fôlego. Íamos passar pelos pregos de novo a qualquer...

Então ouvi um barulho — o som inconfundível de um pneu estourando. Nossa, tinha sido bem mais intenso do que eu imaginara! Mas, antes que eu conseguisse registrar aquilo, o carro guinou imediatamente para a direita.

— Ah, merda! — Luca disse, agarrando o volante.

Ele não conseguiu controlar o carro a tempo, e batemos violentamente contra a guia. Um ruído alto rompeu o ar quando algo sob o carro raspou no meio-fio.

— Cuidado! — gritei, cobrindo os olhos instintivamente com as mãos. Então senti algo indo de encontro ao meu corpo, com força e cuidado ao mesmo tempo. Abri os olhos e vi o braço de Luca esticado à minha frente. Fazendo aquela proteção que as mães fazem com os filhos. Antes que eu pudesse registrar como aquilo era fofo, meu corpo foi jogado para trás pelo impacto com o braço dele. Então ouvi um *bum* alto assim que os airbags abriram, em um piscar de olhos, acertando minha testa.

Houve alguns segundos de silêncio, então os airbags começaram a esvaziar. Senti o braço de Luca se mover sobre minhas pernas, onde tinham parado. Ele tateou pela minha coxa antes de parar abruptamente.

—Você está bem? — perguntou, com a voz abafada. Eu continuava olhando para a frente, tentando absorver o que tinha acontecido.

Assenti, atordoada, mas me sentindo bem.

— Desi?

Havia um toque de pânico em sua vez, que me fez virar para olhá-lo. A cabeça dele também estava recostada no banco, virada para mim. Seus olhos escuros pareciam preocupados e seu gorro estava torto.

Pisquei algumas vezes, literalmente vendo estrelas.

—Tô bem. E você? — perguntei.

Luca assentiu, parecendo tão atordoado quanto eu.

—Tô, mas acho...

Ele levou a mão ao olho esquerdo, onde um vergão enorme já se formava. Fiz uma careta, me sentindo péssima por ter causado aquilo. Por algum motivo, em minhas maquinações, *um leve acidente de carro* não envolvia ferimentos de verdade.

Luca abaixou o retrovisor e se olhou no espelho.

— Será que vai ficar roxo? — ele perguntou enquanto inspecionava o rosto. Então soltou um gemido quando tocou o ponto sensível. Eu estava prestes a provocá-lo quando me dei conta de que parecia mesmo dolorido.

Saímos do carro e o circulamos. Além do pneu furado, parecia que a transmissão havia saído do lugar depois que o carro subira na guia. Droga, bem mais danos do que eu antecipara.

Me senti péssima, de verdade.

— Tem certeza de que está bem? Será que é melhor passar no hospital? — perguntei, pensando no olho dele.

— Acho que não precisa... Mas vou ligar pro guincho. Acho que o carro não vai andar. Você pode avisar que estamos bem? — Luca pediu, já ao celular. Olhei em volta e notei algumas pessoas que tinham saído de casa para ver o que havia acontecido. Argh.

Depois que garanti a todo mundo que estávamos bem e que já tínhamos ligado pedindo ajuda, ouvi uma buzina familiar. Duas notas curtas seguidas por um longo clangor.

Virei devagar e dei de cara com meu pai no velho guincho da oficina, que tinha até o apelido carinhoso de Guinchildo. *Nããããão!*

— Hum, você pediu o guincho onde? — perguntei, com a voz aguda.

— Oficina do Papa, por quê?

Ai, ai. Fechei os olhos. Por que ele tinha que escolher justo a oficina do meu pai entre todas as que havia em Monte Vista?

— Hum, é que...

— Desi?! — meu pai gritou, ainda de dentro do carro.

Ah, não. Me senti meio tonta ao vê-lo estacionando o guincho depressa. *Merda, merda, merda.* Acenei e sorri, para que ele soubesse que eu estava bem.

— Oi! — gritei.

Luca olhou para mim e depois para meu pai. Meu coração batia que nem louco, e comecei a suar.

— Está tudo bem? — Luca perguntou, com aquelas pequenas rugas já aparecendo entre suas sobrancelhas.

Balancei a cabeça.

— Esse é o meu pai. E ele deve estar surtando!

Luca parecia confuso.

— Mas foi só um acidente leve.

— É, e minha mãe *só* morreu de embolia pulmonar — soltei.

Seus olhos se arregalaram, mas ele pareceu confuso.

— O que isso tem a ver com...

Antes que eu pudesse dizer alguma coisa, meu pai já tinha saltado do guincho e corria na minha direção, com o rosto pálido de medo.

— Desi! Você sofreu um acidente? Está tudo bem? O que aconteceu?

Seu interrogatório frenético fez meu coração pular no peito. Mantive o sorriso forçado no rosto.

— Estou bem, *appa*. Foi só uma batidinha. Está todo mundo bem.

Sua testa franzida se desfez ligeiramente, e eu me senti relaxar um pouco também. Ele começou a inspecionar minha cabeça, ainda sem se dar conta da presença de Luca.

— Hum, *appa*, este é meu amigo Luca.

Meu pai me olhou rapidamente antes de se virar para cumprimentar Luca.

— Oi, amigo da Desi. Sou o pai dela.

Luca estendeu a mão.

— Muito prazer. — Rapidamente, acrescentou: — Sinto muito pelo acidente.

Meu pai apertou a mão de Luca.

— Não precisa, acidentes são acidentes porque não acontecem de propósito, né? — De repente, ele puxou Luca para mais perto. — O que aconteceu com o olho? Machucou?

Luca tocou o olho e eu percebi que quase fez uma careta, mas manteve a expressão sob controle.

— Ah, não. É só um hematoma.

Meu pai olhou sério para Luca por um segundo, depois deu alguns tapinhas no braço dele.

— Menino durão! — Ele foi até o carro. — Belezinha! O que temos aqui?

Ele começou aquele lance de mecânico de se agachar, se inclinar e dar a volta no carro, olhando em baixo com cuidado. Notei que Luca pareceu aliviado, e seu sentimento de culpa (desnecessário) mexeu comigo.

— Parece que você passou por cima de pregos — meu pai disse, com alguns na mão. Eita. — O que estavam fazendo aqui? Por acaso é um desenho animado? — Ele olhou para nós e sorriu amplamente. Dei uma risada fraca.

Luca se agachou ao lado do meu pai para dar uma olhada nos pregos.

— É estranho — ele murmurou. Então se endireitou, lembrando algo. — Ah, acho que amassamos o amortecedor — disse, todo orgulhoso de si mesmo. *Tsc-tsc.*

— A transmissão — corrigi, e meu pai me olhou em aprovação.

Enquanto os dois davam uma olhada no carro (Luca mais por um sentimento de camaradagem masculina, parecia, mas sua virilidade levava um golpe toda vez que ele tocava o rosto machucado), notei o carro de Fiona parando no fim da rua. Mesmo de longe, consegui ver a expressão confusa dela e de Wes. Fiona colocou a cabeça para fora e fez um sinal de positivo incerto. Balancei a cabeça e insisti através de sinais para que fossem embora, o que acabaram fazendo. Eu teria muitas coisas a explicar depois.

Meu pai assoviou, aquelas duas notas baixas que ele usara para me chamar a vida toda. Fui até ele, que limpou as mãos cheias de graxa em um trapo que guardava no bolso da frente da calça.

— Desi, vou tirar esses pregos, rebocar o carro e levar Luca para a casa dele. Pode ir pra casa a pé?

— Claro — respondi, com o coração apertado no peito. Não só tinha feito Luca se machucar, tal qual uma vilã impiedosa, como meu plano tinha dado errado.

Mas eu não podia desistir. A donzela em apuros ainda não tinha entrado em ação. Fui até Luca, sabendo que meu pai não poderia me ouvir de onde estava.

— Ei, não quero preocupar meu pai, mas estou meio tonta, e minha cabeça está me matando. Você se importa de me acompanhar até em casa? Ele pode te dar uma carona quando voltar.

Prendi o fôlego, torcendo para que ele mordesse a isca.

Luca enfiou as mãos nos bolsos do colete acolchoado.

— Claro, claro. Desculpa por isso.

A culpa de novo. Fiz um gesto de mão indicando que não tinha importância.

— Não se preocupa. Acho que só preciso deitar um pouco.

Fui até meu pai e dei um abraço nele.

— Luca vai me acompanhar até em casa. Podemos dar uma carona pra ele depois?

Meu pai retribui o abraço com *muita* força antes de me soltar.

— Tá bom. Descansa.

Enquanto nos afastávamos do acidente, consegui relaxar pela primeira vez desde que meu pai chegara. *Crise controlada e passo 12 em andamento.*

Atravessamos o quarteirão em silêncio. Vi Luca olhar de relance para meu pai, que já recolhia os pregos lá atrás. Mordi o lábio, chateada por estar deixando toda a bagunça para meu pai limpar.

Luca pigarreou.

— Então... sua mãe morreu?

— Hum, é.

Eu me xinguei mentalmente por ter soltado a bomba-mãe depois do acidente.

Mas... se era para ser um k-drama de verdade, eu precisava capitalizar em cima daquilo. Aquela era a minha tragédia, era o que faria Luca me ver diferente — o percalço em minha vida que despertaria sua compaixão. Ele ia admirar minha coragem diante da tragédia.

Sim, senhoras e senhores: eu ia explorar a morte da minha mãe para conquistar um cara. Esperei que um raio caísse sobre mim na mesma hora, ou dois.

Mãe, não tenho ideia se você seria do tipo que me daria um tapa na cabeça por fazer isso, ou do tipo que só ficaria decepcionada comigo e choraria sozinha no quarto por causa do monstro que criou, mas preciso fazer isso. Desculpa.

Luca me olhava em expectativa enquanto andávamos sob a sombra refrescante e o aroma dos eucaliptos. Escolhi minhas palavras com todo o cuidado.

— É por isso que moramos aqui. Minha mãe era neurocirurgiã do hospital da UC Irvine. Ela morreu quando eu era pequena. Como foi tudo tão de repente e inesperado, meu pai se preocupa mais comigo que os outros, imagino. Ele sempre acha que algo pode acontecer comigo também.

Luca me encarou, com um sorriso triste no rosto.

— Sinto muito — ele disse apenas. E a doçura daquilo me atingiu como uma tonelada de tijolos.

— Está tudo bem, relaxa. Eu tinha sete anos quando aconteceu, então… — Deixei aquela frase a que eu sempre recorria morrer no ar.

Ele franziu a testa.

— Sete. Não é tão pouco assim. É o bastante… bom, não quero presumir nada, claro, mas é o bastante para deixar um trauma.

Eu tinha tantas respostas para aquilo. Poderia dizer que, quando se perdia um dos pais, as pessoas sempre presumiam que você era alguém frágil, incompleto. Poderia dizer que não era o meu caso, porque meu pai era o melhor pai *e* a melhor mãe do mundo.

Chegamos a minha rua, e suspirei aliviada. Independente daquela tragédia, eu precisava acelerar as coisas no quesito romance.

Luca pigarreou.

— Então você é tipo um ímã de desastres?

— Como assim? — perguntei, tentando parecer toda tranquilona. Uma mentirosa tranquilona.

— Até agora, nas poucas vezes em que passamos algum tempo juntos, ficamos à deriva no mar e sofremos um acidente de carro. A aventura parece te seguir aonde quer que você vá.

Ri, mas de nervoso.

— O que posso dizer? Sou o próprio Paul Bunyan.

— Oi?

— Paul Bunyan, o gigante lenhador do folclore americano que vive todo tipo de aventura, sabe?

— Não, eu sei quem é Paul Bunyan... Ah, deixa pra lá — ele disse, admitindo a derrota com uma risadinha. — Mudando de assunto, seu pai parece legal.

— Ele é o melhor.

A estranha expressão que surgiu no rosto de Luca me deixou na defensiva.

— O que foi?

Outro sorriso inescrutável.

— Nada — ele respondeu. — É... legal. Você ter esse carinho pelo seu pai. Não tenho ideia de como é gostar do próprio pai.

Um silêncio desconfortável se assentou entre nós. Eu não sabia bem como responder, e mordi a língua para não dizer nada digno de um *crail*.

— Minha casa é aquela — eu disse, virando de repente da calçada para o gramado.

Era um sobrado com detalhes em estuque creme, como todos os outros, com persianas azul-claras, garagem anexa e uma entrada ampla para carros. Mas, diferentemente dos outros gramados, o nosso não era verdejante e exuberante (não que o estado inteiro estivesse passando por uma seca nem nada do tipo) — só continha diferentes vegetais plantados em canteiros elevados. Além de alguns pneus jogados. Dando uma sensação geral de que um homem vivia ali, sem uma esposa.

Luca ficou na calçada, parecendo desconfortável, enquanto eu avançava pelo caminho que conduzia à porta da frente. Virei para lhe lançar um olhar interrogativo.

Ele enfiou as mãos nos bolsos e disse:

— Acho que vou chamar um táxi.

Não!

— Ah, é? Hum, não sei, ainda me sinto meio mal. Você... quer entrar um pouquinho?

A pergunta pairou no ar entre nós como a mais evidente tentativa de sedução da história. Depois de um minuto de silêncio sufocando minha alma. Luca tirou as mãos dos bolsos e veio na minha direção.

— Claro.

Abri a porta para ele, que roçou em mim ao passar.

Ah, merda. Luca estava na minha casa. Agora eu precisava fazer com que ele se desse conta de que gostava de mim.

passo 13
revelar suas vulnerabilidades de um jeito de partir o coração

Percebi no mesmo instante todas as coisas constrangedoras que a pessoa nota em relação a sua própria casa quando a vê pelos olhos de alguém que a visita pela primeira vez.

O verde-azulado das paredes da sala, que na época pareceu uma boa ideia, mas já tinha caído em desuso. A poltrona reclinável suja e desgastada. A única janela que não tinha persiana e era protegida por uma tela contra pernilongos bizarra com estampa de um urso de desenho animado famoso na Coreia.

Supera isso, Des. Supera.

— Sem sapatos, por favor — avisei, deixando a mochila sobre o piso frio da entrada e em seguida tirando as sandálias. Mas Luca já tinha apoiado uma mão na parede e se inclinado para desamarrar os cadarços de seu tênis Vans preto de cano alto. Hum, por algum motivo, o fato de já estar acostumado a visitas a casas de famílias asiáticas me atraía.

— Pode ir sentar na sala. — Minha voz fraquejou um pouco. — Hum… estou meio… tonta… — Me arrastei até o sofá, onde eu havia deixado uma manta bonita, com listras cinza e brancas, e um almofada bem fofinha aquela manhã. Resisti à vontade de levar as costas da mão à testa. Seria levar a história de donzela em apuros um pouco a sério demais. Ou não?

Entreabri os olhos e vi Luca vindo na minha direção, mas claramente distraído. Ele chegou a pegar um exemplar da revista *Popular Science* no caminho.

—Você bateu a cabeça ou algo assim? — Luca perguntou, enquanto folheava a revista sem muito interesse. Fiquei um pouco irritada. Ele tinha ficado bem mais preocupado com o próprio rosto!

— Não sei — respondi, sem muita força. — Pode pegar um pano de prato molhado pra mim? — Eu tinha convenientemente deixado um limpo na bancada da pia, ao lado de uma bacia rosa (um item indispensável em qualquer casa coreana). — A cozinha é ali — indiquei, apontando.

— Claro.

Dava para ouvir os ruídos dele se situando na cozinha.

Me ajeitei no sofá, para que Luca pudesse se sentar ao meu lado ou se ajoelhar à minha frente. Puxei a barra da blusa para que cobrisse todas as gordurinhas da minha barriga, então tirei o cabelo da testa para que Luca pudesse colocar o pano de prato molhado ali, com todo o cuidado e carinho...

— Pega!

Dei de cara com um pacote de ervilhas congeladas vindo na minha direção. Minhas mãos se apressaram a pegá-lo, por instinto.

— Isso vai ser bem melhor que o pano de prato — Luca disse, com um tom convencido de quem já esperava meus agradecimentos em sua voz.

— Hã... valeu. — Coloquei o pacote com cuidado sobre a testa. — Hum, então... acho que preciso descansar um pouquinho.

Luca já estava indo embora. De onde vinha toda aquela energia?

— O que é que tem lá em cima? — ele perguntou, ao pé da escada.

— Só os quartos, como costuma ser o caso. Por quê? — perguntei, irritada que ele não estivesse cuidando de mim, apesar do meu estado.

— Incluindo o seu?

Luca virou para mim, com uma sobrancelha erguida.

— É...

Ele começou a subir.

— Legal, vou dar uma olhada.

Levantei na hora e fui até ele.

— Espera, como assim? Não, não entra! — Eu não tinha incluído meu quarto no plano. Não queria que Luca entrasse ali de jeito nenhum. Ela ia sentir toda a intensidade da minha nerdice, principalmente se visse...

Quando entrei no quarto, ele já tinha se jogado na minha cama, conferindo a estante na parede à sua esquerda.

— O que é tudo aquilo?

Fiquei momentaneamente distraída pelo fato de que Luca *estava sentado na minha cama!!! Aaaaahhh!* Então me recompus para responder:

— Bom, esses objetos retangulares de papel são chamados de *livros*. — Fiz um gesto abarcando as prateleiras, como se fosse uma daquelas mulheres de programas de televendas. — Agora vamos...

— Eu vi os livros, e você sabe que estou falando *daquilo*.

Ele apontou com o queixo para a maldita prateleira.

Argh. Era tarde demais. Ela estava cheia de prêmios, certificados, invenções de feiras de ciências, esculturas que havia feito para meu pai quando pequena. Era a prova viva da minha personalidade tipo A. Em geral, eu tinha orgulho da Prateleira de Conquistas Nerds. Mas, diante de Luca, fiquei mortificada. Duvidava que Emily tivesse uma Prateleira de Conquistas Nerds. Sua estante devia estar repleta de poesia beatnik e beques. Além de lingerie de renda jogada sem nenhum cuidado sobre livros antigos.

— É tralha. Agora vamos...

Fui interrompida por um movimento rápido e gracioso de

Luca, que levantou de um pulo para olhar mais de perto a prateleira. Era a coisa mais atlética que já o havia visto fazer.

Ele assoviou.

— Nenhuma falta por *sete* anos? Melhor caligrafia, primeiro lugar na feira de ciências, primeiro lugar na feira de ciências, primeiro lugar... tá bom, então. Maior número de biscoitos vendidos. Maior número de árvores plantadas... Minha nossa... Espera. O que é esse aqui?

Ele pegou um troféu com a bandeira da Coreia em dourado e alguma coisa escrito em coreano na plaquinha embaixo.

Eu o tirei dele e o devolvi à prateleira.

— Não é nada de mais. — Ele esperou pacientemente que eu explicasse. — Hum, o jornal local da comunidade coreana dá esse troféu aos alunos que tiram a nota máxima no vestibular — falei depressa.

Luca assentiu, devagar.

— Sei. Bom, esses cinco minutos aqui foram bastante reveladores.

Exato. Reveladores demais. No entanto, apesar de ter visto toda aquela maluquice em plena luz do dia, Luca parecia achar aquilo divertido, e não repulsivo. Ele pegou um objeto atrás do outro sem que o sorriso deixasse seu rosto. Fiquei só olhando, maravilhada com o fato de estar seguindo com os passos sem nem me esforçar. Aquele momento potencialmente constrangedor na verdade era o passo 13: *Revelar suas vulnerabilidades de um jeito de partir o coração.* Se minhas conquistas bizarras pudessem ser consideradas vulnerabilidades, eu estava feita.

— Hum... — ouvi Luca murmurar enquanto olhava para um porta-retratos. Era uma foto do Dia das Bruxas do ano anterior, em que eu, Fiona e Wes aparecíamos fantasiados. Tínhamos ido de pedra, papel e tesoura e ficado *muito* orgulhosos da nossa ideia. Luca apontou para Wes, que era a Tesoura.

— Parece que vocês dois têm toda uma história.

Cada partezinha de mim queria gritar: *Eu nunca ficaria com ele, nem em um milhão de anos!* Mas mantive a boca fechada. Prolongar a ideia de um triângulo amoroso não faria mal. Então peguei o braço de Luca e o puxei, enquanto com a outra mão continuava pressionando aquele saco de ervilhas idiota contra a testa.

— Espera, o que é isso?

Quis gritar. Ele era curioso demais! Estava inclinado sobre a escrivaninha, olhando para outro porta-retratos.

— Essa foto é... incrível — ele disse, apontando. O retrato de família. Eu tinha uma vaga lembrança de quando havia sido tirado: do caminho de carro até o estúdio, de meu pai insistindo em usar uma boina e de minha mãe ameaçando pedir o divórcio por causa daquilo. Como acontecia com todas as brigas deles, aquela acabara em risos e com alguém cedendo. Minha mãe, daquela vez.

Era uma pose clássica de retrato de família: meu pai estava de pé atrás da minha mãe, que estava sentada e me segurava no colo. Ele usava uma blusa de frio vinho e a boina cinza, da qual uma mecha grossa de cabelo escapava alegremente. Suas mãos estavam apoiadas meio sem jeito sobre os ombros da minha mãe, e seu sorriso parecia mais de dor que de alegria, deixando os dentes à mostra. Eu tinha quatro anos e usava um vestido com estampa de gatinhos. Meu cabelo estava enrolado e preso para trás com fitas amarelo-vivo. Meus olhos estavam bem fechados e minha boca estava aberta, como em um grito de filme de terror mudo.

Um desfile de horrores até chegar a minha mãe. No meio de todo o desconforto e incômodo, o caos cessava, como que congelado em torno de sua silhueta delicada. Seu cabelo comprido e macio emoldurava o rosto, seus olhos brilhantes pareciam estar achando graça, seu sorriso largo revelava uma fileira de dentes que nunca haviam precisado de aparelho. Inteligência e bom humor irradiavam dela.

— Dá pra ver que você puxou ao seu pai — Luca disse, cáustico. Bati nele. Ele se afastou e observou a foto mais um pouco. Então olhou para mim e sorriu, tímido. Eu nunca tinha visto nenhum traço de timidez nele. — Ela era muito bonita.

Era mesmo. Senti um aperto no peito e um desconforto familiar. Não porque sentisse falta dela — eu sentia, mas só um pouco. Minhas lembranças eram mesmo vagas. O que eu sentia era mais pelo meu pai, pela dor que atingira nossa pequena família tanto tempo antes.

— Ela era — eu disse, como se não houvesse dúvida.

Luca sorriu.

— Como foi que seu pai convenceu sua mãe a ficar com ele?

Dei uma cotovelada nele e me endireitei, já me afastando da escrivaninha.

— Do que está falando? Meu pai é um partidão!

— Seu pai é legal e tudo mais. Mas sua mãe era muito gata. Dra. Gata.

Ele movimentou as sobrancelhas juntas, brincando.

Sentei na beirada da cama.

— Bom, meu pai também era gato na época. A história deles é ridícula.

Luca se sentou ao meu lado.

— É mesmo? Conta.

Estávamos bem perto um do outro, e senti todos os pelos do meu corpo se arrepiarem. Minha mão esquerda estava dormente de pressionar o saco de ervilhas contra a cabeça.

— Bom, eles se conheceram no ensino médio. Ela era a menina mais inteligente e popular da sala. E meu pai era o rebelde.

— Nossa, eles eram namoradinhos de escola?

— Pois é. Os dois se apaixonaram, mas é claro que meus avós maternos, que eram refinados e esnobes, não aprovavam, então o relacionamento foi meio conturbado durante o ensino médio e o começo da faculdade da minha mãe. Aí meus avós a mandaram pra cá pra fazer medicina, achando que assim iam colocar um fim naquela história.

Luca estava superenvolvido.

— Cara, que exagero.

— Comportamento típico de pais dramáticos. Mas não funcionou, porque meu pai juntou dinheiro trabalhando e veio pra Califórnia atrás dela. Quando meus avós descobriram que os dois estavam morando juntos, deserdaram minha mãe. Meu pai pagou a faculdade dela trabalhando como mecânico. Depois que eles se casaram, meus avós finalmente cederam e fizeram as pazes com ela.

Eu nunca me esquecia do fato de que meus avós haviam renegado minha mãe por anos. Eu havia visto os dois algumas poucas vezes, mas tinha a sensação de que só lhes trazia lembranças ruins. No meu aniversário, eles me mandavam produtos de beleza coreanos e um cheque, e nossa interação meio que se restringia àquilo.

— A história dos seus pais parece coisa de filme — Luca disse. — Acho que os meus se conheceram num encontro arranjado.

Tirei as ervilhas da testa, porque meu braço não aguentava mais.

— É... meu pai nem considerou a hipótese de sair com alguém depois da morte dela.

— Sério? Cara, ele deve ter ficado arrasado — Luca disse, com um sorrisinho triste.

Fiz uma careta.

— Mas ele não precisa sair com ninguém. Já tem a mim! — eu disse, e ri.

Luca me olhou sério, meio de lado.

Então senti o espectro do *crail* pairando sobre mim.

— Somos farinha do mesmo saco. Um a tampa da panela do outro. — *Acho que já chega de analogia de cozinha, né, Des?* — Não precisamos de outras pessoas!

Aquelas palavras aterrissaram com um baque. Existe algo mais atraente que ouvir uma garota falar que só precisa do pai, e de mais ninguém?

Quando finalmente criei coragem de olhar para Luca, a expressão dele dizia tudo. Então o sol de fim de tarde deixou uma atmosfera de filme do Michael Bay e quase pude ouvir uma música romântica coreana tocando ao fundo.

—Você está bem? — ele perguntou de repente, com preocupação visível nos olhos escuros e a boca tensa.

Hum, eu devia estar secando Luca. Fiz que sim com a cabeça.

— Opa, nos trinques!

Afe, por quê???

Ele soltou sua risada típica, e um sorriso se espalhou por seu rosto.

— *Belezinha!* — Era uma bela imitação do meu pai. Mas então seus olhos perderam o brilho. — Desculpa, eu devia tomar mais cuidado ao volante.

Meu coração derreteu na hora e se transformou em uma poça de culpa.

—Você não tinha como ter visto os pregos. Não tem por que pedir desculpa — eu disse, baixo. De um jeito sexy, será? Talvez sexy demais? Como as pessoas faziam aquilo?

Seus olhos encontraram os meus, e de repente... de repente pareceu real. Eu não estava fingindo aquela intensidade que sentia. E tinha certeza de que ele mandava a mesma intensidade de volta para mim. O lance da donzela em apuros era mesmo muito eficiente para apimentar o romance. *Pronto. É hora do beijo. Ai, Jesus.*

Uma onda de calor pareceu se instalar entre nós — a vibração dos átomos e moléculas de nossos corpos transferindo calor. *Isso, igualzinho a transferência de calor por condução, Desi. Muito romântico.*

Então ele piscou. O momento passou tão rápido quanto tinha surgido. Luca endireitou o corpo, tirou o gorro e passou as mãos pelo cabelo. Um gesto que eu já reconhecia como típico de quando ele estava nervoso. Então a porta bateu lá embaixo e a voz do meu pai ecoou pela casa.

— Desi! Cheguei!

Saí da cama na hora.

— *Appa* chegou! — Minha voz saiu esganiçada enquanto eu empurrava Luca para fora do quarto. — Quer jantar com a gente?

Ele hesitou por tempo o bastante para que eu me sentisse constrangida. Aquilo era demais? Era sem noção convidar Luca para jantar comigo e com meu pai? Antes que eu pudesse voltar atrás, ele assentiu.

— Claro!

Reprimi um sorriso enquanto descíamos a escada.

passo 14

conquistar o cara de uma vez por todas com um beijo, ~~finalmente!~~ quem sabe?

Quando chegamos à cozinha, meu pai lavava as mãos.

— Bom, Luca, vai precisar trocar a transmissão. Mas também, *nôssa*, tem várias outras coisinhas, desculpa falar. Bateu feio, e o carro é um pouco velho, né?

Luca assentiu.

— Herdei da minha mãe. E tenho certeza absoluta de que ela não cuidava direito dele. — Luca olhou rapidamente para nós dois, parecendo constrangido por algum motivo. — Quer dizer, não que ela seja irresponsável nem nada do tipo… só não se importa muito com coisas como carro.

— Ela parece ser bem diferente do seu pai — eu disse, tirando cebolinha, carne fatiada, tofu e ovos da geladeira.

Ele se recostou na bancada e assentiu.

— É, os dois não têm nada em comum.

Abri a despensa para pegar três pacotinhos de miojo.

— Lámen? — Luca perguntou, com a voz marcada pela dúvida.

— Alimento divino — eu disse, e passei uma panela a meu pai, que a encheu de água e a devolveu, então pegou o tofu e a cebolinha das minhas mãos. Coloquei a panela no fogo. Uma tábua de corte já esperava por meu pai na bancada, a qual eu havia colocado com destreza enquanto ele enchia a panela de água. Ele começou a picar os ingredientes enquanto eu quebrava os ovos em uma tigela de inox.

—Vocês dois são uma máquina bem azeitada — Luca disse, admirado. Então se endireitou e se colocou no meio da cozinha, parecendo inseguro e tímido. — Posso ajudar?

O Luca prestativo e obediente conseguia ser ainda mais charmoso. Olhei em volta, enquanto batia os ovos.

— Hum, acho que já cuidamos de tudo. — Então me lembrei de algo. Peguei um ovo cozido de um pote na geladeira e o entreguei a ele. — Para seu futuro olho roxo — eu disse, com um sorriso.

Luca levou a mão instintivamente ao inchaço no rosto. Meu pai se aproximou dele e deu uma olhada. Então riu, bem alto.

— É só um olhinho roxo! Logo vai ficar bom, menino durão.

Por um segundo, Luca pareceu envergonhado de sua própria moleza, então olhou para o ovo, curioso.

— O que eu faço com isso?

Meu pai o pegou e o colocou sob o olho de Luca, depois reposicionou a mão de modo que a palma aberta mantivesse o ovo no lugar. Então o rolou lentamente sob a região dolorida. Luca se manteve muito imóvel. A julgar por sua expressão facial rígida, estranhava aquilo um pouquinho.

— Um remedinho asiático para ajudar com o olho roxo — meu pai disse, todo sábio.

Mordi o lábio para evitar rir. Meu pai estava adorando bancar o ancião oriental.

—Tá bom, *appa*, acho que ele já entendeu a ideia e pode assumir agora.

Meu pai deu de ombros e se afastou, deixando Luca rolando o ovo sob o próprio olho, meio sem jeito.

—Já que não tenho a menor utilidade aqui, podem me ensinar a fazer essa obra de arte? — ele perguntou, se colocando ao meu lado e deixando sutilmente o ovo sob a bancada. A proximidade física dele sempre dava início a um processo puramente químico dentro de mim, e me afastei um pouco, para não parecer uma paspalha que não conseguia controlar as risadinhas na frente do meu pai. Aquilo já devia ser um pouco estranho para ele: *um desconhecido bonitão de bobeira na nossa casa.*

— Por que vão fazer ovos mexidos? — Luca perguntou.

Tolinho...

— Não vamos fazer. Vamos acrescentar a mistura de ovos bem no final. Eles vão cozinhar e deixar o caldo grosso e delicioso.

— Gosto de bastante ovo, mas Desi fica com dor de barriga se põe demais — meu pai disse, muito solícito, enquanto acrescentava a cebolinha e o tofu fatiados à água fervendo. Coloquei a carne fatiada em seguida. *Sério, appa? Por que não continuamos falando dos meus problemas intestinais?* Olhei feio para ele, que deu de ombros, todo inocente.

Luca sorriu.

— Ela aprendeu isso da pior maneira?

Meu pai gargalhou e fez que sim com a cabeça, com todo o vigor.

— Exatamente!

Os dois riram, e eu continuei batendo os ovos freneticamente.

— Ha-ha — fiz. — Ei, Luca, pode abrir os pacotes de lámen e me passar?

Luca obedeceu e me passou os retângulos de macarrão desidratado.

— Eu costumava comer cru quando voltava da escola, como se fosse um lanche — contei a ele, orgulhosa.

Senti um croque na nuca. Meu pai olhou feio para mim também.

— Nem me lembra...

Eu ri, então voltei a me concentrar no lámen.

— Bom, presta atenção, garoto ocidental, é assim que se faz um lámen superespecial.

Joguei o miojo na água e comecei a quebrá-lo delicadamente com os palitinhos. Enquanto isso, meu pai pegava um pote de kimchi da geladeira.

Luca acompanhava tudo com atenção, como se estivesse mesmo fascinado com todo o procedimento.

— Só usamos um pouco do tempero dos saquinhos — eu disse, sacudindo um para depois o abrir e acrescentar o pó à panela. — Dá pra guardar os outros pra depois — eu disse, deixando-os de lado. — O sabor mesmo vem daqui.

Meu pai virou o pote de kimchi ligeiramente sobre a panela, para deixar um pouco do caldo escorrer na panela com a sopa. Ela fervia, deliciosa.

— Quer ter a honra de acrescentar os ovos? — perguntei a Luca.

Ele assentiu e pegou a tigela de inox. Estava prestes a virá-la sobre a panela quando hesitou.

— Espera, é assim?

A sensação de ensinar a Luca como se fazia alguma coisa era boa.

— Isso, pode virar tudo agora. — Assim que ele o fez, comecei a mexer os ovos com os palitinhos. — Está quase pronto. Os ovos vão continuar cozinhando.

Meu pai já tinha começado a colocar as tigelas e os talheres na bancada de azulejo da cozinha, onde fazíamos a maior parte das refeições.

Desliguei o fogo e coloquei a panela borbulhando sobre um descanso em forma de gato.

—Tcharã! É assim que os coreanos chiques comem!

Luca bateu palmas.

— Incrível. De verdade.

Nossos olhos se encontraram, e eu sorri. Não conseguia evitar. Ele sorriu de volta, e por um segundo esqueci que meu pai estava a cinco centímetros de distância.

Meu pai se sentou em uma banqueta na beirada da bancada e fez sinal para Luca se aproximar.

— Senta pra comer antes de esfriar!

Coloquei um pratinho de kimchi na bancada para completar, então sentei também.

— Tim-tim — Luca disse, oferecendo os palitinhos. Bati os meus nos dele, e meu pai se esticou para se juntar a nós.

— Obrigado pelo jantar, sr. Lee — Luca disse, se endireitando depois de amarrar os sapatos e esticando o braço.

Meu pai apertou sua mão, parecendo achar graça.

— Imagina.Você lava bem a louça, então pode vir jantar todo dia!

Ele começou a rir, e eu me juntei a ele, nervosa. *Ha-ha,* appa. *Hilário.*

—Toma cuidado — meu pai disse, sério, enquanto saíamos.

Dei um tapinha no braço dele.

— Pode deixar.

Ele ficou olhando da porta enquanto entrávamos no Buick e saíamos com o carro, então acenou, sua silhueta robusta e escura contra a luz forte da entrada.

Luca acenou de volta, e eu dei uma buzinadinha em despedida. Ficamos em silêncio por um momento, dirigindo pelas ruas escuras, iluminadas a intervalos regulares por imitações de lamparinas a gás.

— Bom, onde você mora? — perguntei.

— Em Marisol. Um pouco ao norte da enseada — ele disse, botando o braço para fora e deixando os dedos soltos contra o vento.

—Você e seu pai... é diferente.

O rádio estava ligado num volume baixo, tocando alguma coisa estilo Johnny Cash.

— Como assim? — perguntei, mantendo os olhos na via larga e vazia.

— Esse tipo de relacionamento. Como vocês se dão. Nunca vi ninguém que tivesse esse tipo de proximidade com os pais.

Era um elogio, mas havia um toque de tristeza em suas palavras, como se algo tão legal destacasse algo de ruim em sua própria vida.

—Você vê sua mãe bastante? — me arrisquei a perguntar, hesitante. A música mudou para algo que eu tinha quase certeza de que era Elton John.

A brisa entrava no carro, fazendo nosso cabelo voar, levando nossa voz. Ele fez que sim.

— Ela meio que surta se não me vê pelo menos algumas vezes por mês. Passei alguns dias lá no fim do ano. — Seu tom era mais saudoso do que irritado, como talvez fosse o caso da maioria dos adolescentes ao falar da mãe. Ele olhou para mim. —Você deve achar esquisito.

Dei de ombros.

— Não. Sou filha única também, lembra? Não somos esquisitos.

Ele uniu as pontas dos dois dedos indicadores entre o nariz e a boca. Quando falou, sua voz saiu abafada.

—Você *é* esquisita. Sei que acha que é normal, mas é esquisita.

Mexi no rádio.

— Hum.

— Mas todo mundo é esquisito. Quem não é nem um pouco esquisito é que é *totalmente* esquisito. Do jeito ruim. Não do jeito bom.

— Hum, você ficou muito louco de repente, sem que eu percebesse?

— Estou falando sério! — A voz dele assumiu um tom jovial. Ele baixou a guarda e foi completamente honesto. Aquilo me lembrava de quando falara sobre seu trabalho artístico. Fora a única vez em que Luca parecera despertar daquele estado lânguido de garoto preguiçoso e descolado. —Você sabe o que quero dizer. As pessoas que não têm absolutamente nenhuma esquisitice são tão chatas que isso é ainda mais esquisito que qualquer coisa que uma pessoa esquisita possa fazer. Tipo, quando conheci você, achei que pudesse ser desse tipo.

O farol ficou vermelho, e pisei com tudo no freio.

— Nossa, valeu.

— Eu disse "quando conheci você".

Olhei para ele.

— Ah, tá. E agora? Depois de me ver em meu ambiente natural, você chegou à conclusão de que sou muito especial, única no mundo?

Ele pareceu a ponto de gargalhar.

— Na verdade, percebi que você é humana. E tem troféus muito engraçados.

Imaginei que Luca estivesse falando *apesar* dos meus troféus. Mas, quando olhei para ele, vi um sorriso em seu rosto.

— O que deixa as coisas mais interessantes.

Meu coração acelerou.

— Ah, é?

— É. É legal saber que você é meio esquisita. Senão, seria só...

Fiquei tensa. Sabia o que ele ia dizer.

— Me deixa adivinhar... Controladora? Tensa? Doida?

Luca sorriu para mim, daquele jeito travesso com que só ele conseguia se safar.

— Bom, desde que você tenha consciência disso...

— Olha, você sabe qual é a vantagem de estar no controle? Conseguir o que se quer. Acha que eu era boa quando comecei a jogar futebol? Não, eu era péssima. Tropecei na bola por um ano inteiro. Mas me forcei a treinar. A correr pela manhã, passar dias chutando a bola contra a cerca, as noites estudando vídeos no YouTube. Até que, um dia, eu estava jogando bem. Muito bem.

Ele ergueu as mãos para se defender.

— Eu acredito, Des. Você é boa no futebol. Mas, tipo, você entende que não dá pra controlar tudo, né?

Segurei o volante com mais força.

— Por que *todo mundo* me diz isso? Dá, sim.

— Não dá, não. Você, entre todas as pessoas, deveria saber disso.

O carro avançou quando o farol ficou verde e eu acelerei.

— Do que está falando? — perguntei com toda a calma, sabendo exatamente do que ele estava falando: da minha mãe.

Senti o desconforto dele do outro lado do carro. Luca se remexeu no banco e pigarreou.

— Só quis dizer que, tipo, coisas ruins acontecem na vida. Você vai ficar louca se tentar controlar *tudo*. Poderia botar essa energia em outras coisas…

A brisa que entrava pelas janelas abertas de alguma maneira me tranquilizou.

— Tipo o quê? Viver a vida em sua plenitude? — zombei.

— Algo assim… — A voz dele morreu no ar, de um jeito meio estranho. Alguns segundos depois, Luca apontou pela janela. — Pode parar ali.

O estacionamento à beira do mar em que entramos estava vazio.

— Você mora por aqui?

Olhei em volta, para as casas enormes da rua em frente à praia.

— Moro.

Coloquei o carro em ponto morto e olhei para Luca, mas ele olhava pela janela, com a cabeça virada para o outro lado. Então, antes que eu pudesse piscar, em um movimento rápido e determinado, Luca tirou o cinto de segurança, diminuiu o espaço entre nós e puxou minha cabeça na direção da dele.

Seus lábios encontraram os meus, macios, um pouco ressecados e quentes. Meus olhos se abriram, exatamente como acontecia com as heroínas de k-drama. *Como assim?* Minha mente registrava o que acontecia, mas meu coração perdeu as estribeiras e corria em círculos. PRIMEIRO BEIJO, um alarme anunciava alto. MÃE DOS DRA-GÕES, É O MEU PRIMEIRO BEIJO DE VERDADE. Eu estava fazendo direito? *Ah, meu Deus, eu devia abrir a boca? Espera, fecha os olhos primeiro, esquisitona. Certo, olhos fechados. E agora, eu respiro? Aaaaaaah!*

Então tudo parou e o mundo foi sufocado — as ondas se silenciaram e os carros a nossa volta desapareceram. Meu mundo interior caótico pareceu congelar. Luca e eu estávamos sozinhos, suspensos no espaço. Meus lábios se abriram e seus dedos acariciaram minha nuca. Tudo o que existia era aquela mão e nossos hálitos misturados.

Eu não conseguiria dizer quanto tempo o beijo durou, mas terminou tão abruptamente quanto começara. A mão saiu do meu pescoço, deixando-o frio. Levei os dedos aos lábios e ergui os olhos. Nossos olhares aturdidos se encontraram. Luca pareceu perplexo por um segundo, com a testa franzida, os olhos estreitos.

Então ele se recostou no banco, com um sorriso no rosto, a cabeça ainda virada para mim.

— Às vezes é legal ser surpreendida, né?

Eu me esforcei para encontrar palavras para o zumbido que tomava conta do meu corpo, com tudo parecendo frenético e lânguido ao mesmo tempo. Antes que conseguisse pensar em uma resposta, Luca apoiou minha mão sobre seu joelho e pegou uma caneta do bolso. Tirou a tampa com a boca e rabiscou algo na pele macia do lado de dentro do meu pulso. O número do celular dele.

Fiquei muda o tempo todo. Não tive chance de falar nem tempo de pensar antes que ele fizesse o que fez em seguida: sair do carro, se inclinar para colocar a cabeça para dentro e dizer:

—Valeu pelo jantar.

Então Luca foi embora, caminhando tranquilamente pela rua.

Tinha acontecido. Luca e eu havíamos nos beijado.

Comecei a rir e não consegui parar, cobrindo a boca com as duas mãos. Porque adivinha só: independente da minha surpresa, tudo estava indo de acordo com o planejado.

passo 15
mergulhar de cabeça em um amor meloso e constrangedor

No dia seguinte, sentei no degrau da frente de casa e fiquei olhando para o celular. Digitei uma única palavra: Oi.

Aquilo não parecia nem um pouco tranquilo e relaxado. Não, era o equivalente em mensagem de texto a ficar encarando alguém. Deletei.

Posso ver você?

Afe, era sério demais.

Vamos grafitar juntos hoje?

Ha-ha.

Então, sobre o trabalho para a exposição...

Ah, cala a boca.

Você gosta de mim?

Por que eu não me jogava em um poço e tinha uma morte lenta e dolorida?

Gosto de você.

Me jogava em um poço e tinha uma morte lenta com duas pernas quebradas.

Depois de um primeiro beijo surpreendente, o que uma heroína de k-drama faria? Eu queria relaxar com a sensação de que havia conquistado alguma coisa, mas me lembrei de Song-Yi, em *Meu amor das estrelas*, e de como depois do primeiro beijo o alienígena em que ela estava interessada fugiu dela como se fosse a própria praga. (Tudo bem que o contato físico podia matá-lo, mas mesmo assim.)

Era sábado, então eu não encontraria com Luca por acaso. E não tinha certeza de que sobreviveria a um fim de semana sem saber o que ele estava pensando. Gostava de mim? Tinha pena de mim? Era só físico? Fiquei vermelha só de pensar naquilo.

Comecei a escrever para Wes e Fiona, atrás de seus conselhos sábios e experientes na área da pegação, então me dei conta de que a conversa ia se transformar em um festival de piadas e opiniões. Eu contava tudo a meus melhores amigos, mas o beijo com Luca era recente e especial demais para compartilhar assim com eles.

Olhei para a lista com o passo a passo do k-drama, que estava ao meu lado no degrau. Ah, os *maravilhosos* passos do k-drama. Que haviam levado ao meu primeiro beijo. Hum, a julgar pelos primeiros passos pós-beijo, a seguir viria toda a parte boa e sentimental.

Eu precisava me certificar de que aquilo acontecesse. *Manda ver, Des.* Endireitei as costas e escrevi para Luca: Oi! Tá fazendo o q?

Enviei. Então enfiei a lista no bolso do short e levantei para treinar drible com a bola no meu quintal. De jeito nenhum que ia ficar sentada esperando um cara me responder.

Eu equilibrava a bola no joelho quando senti a vibração no meu bolso.

A bola caiu na grama. Era uma mensagem de Luca.

Meu trabalho pra exposição. Quer vir?

Meu coração pulou da caixa torácica para a garganta. Será que eu devia esperar um pouco...

Claro! Tá depredando o que hoje? 😊

Acho que não tem problema nenhum seu pai te dar uma carona até um encontro. Quando se tem dezessete anos.

— Tchau!

Bati a porta e acenei em despedida, com um sorriso cheio de dentes, para que ele fosse embora logo. Em vez disso, o carro continuou parado ali, enquanto meu pai me observava.

Olhei em volta, mas não localizei Luca, só um bando de turistas.

— Acho que Luca está me esperando lá dentro! — eu disse ao meu pai, animada, sem querer que ele testemunhasse a maneira sem graça como Luca e eu nos cumprimentaríamos depois do beijo.

— Tá, divirta-se. Te pego às seis!

Ele foi embora, acenando pela janela. Fiquei olhando para o Buick, considerando se aquela tranquilidade toda era fingida e meu pai estava secretamente surtando com o fato de sua preciosa filha estar saindo com um garoto. Ou talvez minha falta de namorados até então fizesse com que meu pai confiasse em mim em um nível constrangedor.

Fui até a Missão San Juan Capistrano — uma construção em estilo colonial do século XVIII lindamente preservada, que contava com as ruínas de uma capela e jardins exuberantes. Quando cheguei à fonte cheia de lírios-d'água, peguei o celular para mandar uma mensagem a Luca.

— Oi.

Ergui os olhos, sorrindo ao som daquela voz.

— Oi.

Assim perto dele, dava para sentir o cheiro de seu desodorante — o que me deixou estranhamente lisonjeada. Nada de colete acolchoado naquele dia estranhamente quente de janeiro — só uma camiseta branca de manga curta e jeans. Os tênis Vans de cano alto e o gorro continuavam ali. (Além da mochila cheia de latas de tinta, claro.) De perto, notei uma espinha ou outra em seu rosto que, fora isso, era perfeito. Estranhamente, as duas espinhas me fizeram relaxar. Era como se dissessem: "Ei, ele também é imperfeito". Percebi ainda, aliviada, que o olho roxo do dia anterior tinha quase sarado por completo.

Achei que haveria um momento constrangedor de timidez, ou que ele fosse fingir que nada tinha acontecido e que voltaríamos a agir como amigos, mas esses medos desapareceram instantaneamente quando Luca pegou minha mão.

— Pronta? — ele perguntou.

Ah!

O lance de o beijo ser o ápice, eu entendo. Nos k-dramas, eles demoram um bilhão de episódios para acontecer, depois ele é reprisado de novo e de novo, em cinquenta ângulos diferentes. E o beijo é tão casto e tão de boca fechada que chega a ser cômico para o público ocidental, acostumado com beijos de língua ofegantes e cheios de mãos. (Mas os k-dramas compreendem a importância da *doçura* do momento. E a antecipação, minha nossa... Todos os episódios construindo uma tensão tão agonizante que, quando os lábios de fato se encontram, o público fica *louco*. Mas voltando...)

Na noite anterior, a sensação tinha sido aquela. Mas fora muito repentino, porque, apesar do meu planejamento, não achei que fosse acontecer naquela hora. Então, depois de uma noite agonizando quanto ao significado daquele beijo — se Luca gostava de mim ou se só tinha se deixado levar pelo momento —, ficar de mãos dadas com ele agora gerava aquela mesma adrenalina que fazia meu coração bater à toda. Ficar de mãos dadas não era algo que se fazia no calor do momento, era algo que se fazia de caso pensado, de propósito. Era uma declaração pública do seu relacionamento com outra pessoa.

Já nos misturávamos à multidão quando eu disse:

— Então, hum, imagino que o alvo não seja este lugar. — O silêncio dele me fez parar na hora. — Luca?!

Ele apertou minha mão.

— Às vezes você é um alvo fácil demais. Que tipo de monstro acha que eu sou?

— Bom, você *de fato* vandaliza propriedade pública.

— Então sou um monstrinho?

— É, um monstrinho. — Meu sorriso se estendeu de um lado ao outro do rosto. Ele me levou para fora da missão, na direção da pitoresca estação de trem de San Juan Capistrano, até que chegamos a um portão coberto de primaveras de um rosa vívido.

— E se formos pegos? Você não está em condicional?

— Relaxa, esse lugar é bem escondido.

Ele abriu um trinco frágil e passou pelo portão, me levando consigo.

Senti e ouvi um estrondo vindo de não muito longe, e apertei a mão de Luca. Ou tentei, devo dizer, porque nossas mãos já estavam bem suadas àquela altura, para ser sincera.

— Ouvi um trem!

Luca inclinou a cabeça.

— É. Vamos por aqui — ele disse, já me puxando na direção dos trilhos.

Puxei a mão dele de volta, me mantendo imóvel.

— *Luca!*

Ele olhou para mim, genuinamente surpreso.

— O que foi?

— A gente não... a gente não pode atravessar os trilhos!

— Por que não?

Havia uma série de razões. Antes que eu pudesse responder, Luca soltou minha mão e pulou por cima dos trilhos em dois segundos. O estrondo ficou mais forte. Do outro lado, ele fazia sinal para que eu atravessasse.

Dane-se.

Corri e passei por cima dos trilhos com um salto ágil, aterrissando do outro lado, nos braços abertos de Luca. Ele me abraçou com força e eu me encaixei contra seu peito como se aquilo fosse a coisa mais natural do mundo.

— Oi.

A voz dele saiu baixa, mas eu sabia que estava sorrindo mesmo sem ver seu rosto.

Olhei para cima.

— Oi. Para um molenga, você não gosta de correr riscos.

O trem começou a passar depressa, soltando um pouco minha trança comprida e fazendo com que as mechas batessem no meu rosto e no dele. O chão vibrava abaixo de nós. Fiquei na ponta dos pés e rocei meus lábios nos dele. De um jeito suave e um pouco hesitante. Luca me beijou de volta com a mesma delicadeza, botando um pouco mais de pressão só no finzinho.

Quando o trem finalmente tinha passado, ficamos em meio ao silêncio completo.

Luca aproximou a testa da minha, e eu poderia jurar que não sentia meus próprios pés. Se é que tinha pés.

— Ééé... eu gosto de você — ele sussurrou.

Ouvi as palavras, mas não consegui registrá-las.

— Oi?

Minha voz saiu anormalmente baixa.

— Desi. Sua nerd fofa. Eu gosto de você.

Eu o empurrei, rindo.

— Que romântico.

Mas não conseguia parar de sorrir, então levei a mão à boca para esconder aquilo.

Luca puxou as alças da mochila, impaciente.

— Só isso?

— Como assim?

Ele me encarou.

Ah.

— Mas e aí, onde está o grafite por cima do qual a gente vai grafitar? — Fez-se mais silêncio enquanto eu seguia à frente dele, fingindo estar muito preocupada com encontrar o lugar. — É numa parede? Ou em equipamentos antigos da ferrovia...?

Deixei a voz morrer no ar. Eu ia tirar tudo o que podia daquilo.

Então senti algo bater nas minhas costas. Do nada, e com certo peso. Virei e dei de cara com Luca parado no mesmo lugar, segurando um abacate podre. Seus pés estavam cercados deles — todos molengas e meio nojentos depois de dias ao sol.

Abri a boca para falar, mas a fechei depressa. Problema dele. Voltei a virar, e senti outro baque na mesma hora, daquela vez na bunda.

— Eca! — gritei. — Vai manchar minha roupa!

Ele pegou outro abacate do chão e pôs o braço para trás, como se fosse jogá-lo. Gritei e saí correndo. Luca começou a me perseguir, e de vez em quando eu sentia um abacate batendo no meu braço ou nas minhas costas. Corri até um ponto coberto por trepadeiras de glória-da-manhã e alguns carvalhos perenes, me abrigando longe dos trilhos.

Eu estava escondida ali, recuperando o fôlego enquanto meus olhos procuravam se adaptar à escuridão, quando senti mãos me agarrando por trás.

— Eu disse que gosto de você.

A voz dele saiu abafada, porque seu rosto estava enfiado no meu cabelo.

Balancei a cabeça, sentindo que a esfregava no rosto dele.

— Também gosto de você.

E pronto. Aquelas simples palavras deram um fim a algumas semanas bem complicadas. Os passos do k-drama haviam funcionado. Me senti aliviada do peso de todas aquelas armações.

A voz de Luca interrompeu meus pensamentos.

— Lutei muito contra isso, sabia? Quando mudei pra cá, tudo o que eu queria era atravessar os próximos meses sem me conectar com ninguém. E definitivamente sem uma namorada — ele disse, e senti que sorria no meu cabelo.

Eu me virei e olhei para os contornos ensombrecidos de seu rosto.

— Namorada?

Embora estivesse escuro, pude ver sua expressão alegre se desfazer por um segundo.

— Ah, você... você não pode namorar? Ou...

Gritei tão alto em um megafone mental que o som reverberou pelo espaço, chegou a Plutão e depois voltou. Minha resposta muito articulada foi:

— Eu... não... tipo...

Como eu podia revelar a um cara daqueles que nunca havia tido um namorado? Ele devia ter começado a namorar aos três anos de idade. Devia ser o sr. Darcy da escolinha montessoriana.

Então pensei em como era fofo quando as heroínas de k-drama se revelavam inexperientes no amor, como Hang-Ah, de *Os 2 corações do rei*. Em como o príncipe adorava descobrir que aquela oficial forte e linda na verdade era muito inocente.

Engoli em seco.

— Pra ser sincera, nunca namorei.

E ali estava. A verdade, nua, crua e humilhante. Esperei que seu queixo caísse, que ele duvidasse, talvez desdenhasse. Mas Luca só mordeu o lábio inferior e olhou para mim, daquele seu jeito inescrutável.

— Sou seu primeiro namorado? — ele perguntou.

Eu nem conseguia... *namorado? Era inacreditável!*

— É — respondi apenas.

— E o Wes?

Vixi. Mantive o rosto sério.

— Ah, não era nada sério.

Ele fez uma pausa.

— Então… sou seu primeiro namorado.

— É.

Ele beijou minha testa.

— Nerd.

passo 16

escolher uma música romântica pra vocês e deixar tocando sem parar, no volume máximo!

Aquela noite, nem eu nem Luca dormimos.

Porque ficamos conversando. Pelo celular.

Dei uma olhada no relógio. Eram 4h34. O edredom se enrolou nas minhas pernas conforme afundei mais na cama. Posicionei a cabeça de um jeito que não pressionasse tanto o celular contra minha bochecha.

— E agora, o que está fazendo?

Dei uma risadinha.

— Hum, meio que a mesma coisa que estava fazendo da última vez que você perguntou.

Sua voz soava um pouco rouca do outro lado da linha.

— Sei lá, nesses quinze minutos você podia ter começado um projeto de plantar árvores pela cidade inteira…

— Verdade. E você, o que está fazendo?

Ouvi um som abafado do outro lado.

— Eu… acabei de vir pro chão.

— Por quê?

— Estava quente demais na cama.

A ideia de um Luca superaquecido na cama foi o bastante para me fazer chutar as cobertas para longe.

— Meu pai gosta de dormir no chão às vezes — eu disse.

— Por algum motivo, isso não me surpreende.

Sorri.

— Não é nada excêntrico. Ele cresceu dormindo no chão. Muitos coreanos dormem até hoje, não porque não podem comprar uma cama nem nada do tipo, mas porque acham mais confortável.

— Aposto que minha mãe ia gostar. Ela faz um negócio que chama "aterramento". Já ouviu falar?

Rolei para deitar de costas.

— Hum, sei o que significa aterramento na física, mas duvido que seja o que sua mãe faz.

— E o que significa na física?

— Bom, é um jeito de remover o excesso de carga de um objeto transferindo elétrons dele para outro objeto maior... — Comecei a ouvir os roncos dele, reais ou fingidos. — Ei! Acorda aí, meu filho.

Ele fingiu se assustar, como se eu tivesse acabado de acordá-lo.

— Ah, hum, o que você estava dizendo?

— *Voltando...* O que significa, no caso da sua mãe?

Ouvi um farfalhar do outro lado.

— É bem *incrível*. De um jeito que é claro que você vai tirar sarro. A ideia é que você tem que andar descalço algumas vezes por dia, literalmente tocando a terra. As pessoas acreditam que traz uma série de benefícios.

— Ah, me conta quais são, por favor.

Luca soltou aquela risada dele.

— Quase dá pra sentir sua animação do outro lado da linha. Bom, o principal benefício é que a energia elétrica das plantas passa para o solo e entra diretamente no seu corpo. — Ele fez uma pausa. — Entendeu? Tem uma série de benefícios médicos de receber a energia positiva e natural da terra entrando no seu corpo.

Tentei me controlar.

— Tá. Tipo quais?

—A circulação melhora, pra começar. E isso ajuda com fadiga, qualidade do sono e inflamações. E, hã, pode acabar com a diabetes.

Meu corpo inteiro começou a tremer de vontade de rir, mas mantive a mão firme sobre a boca. Ele percebeu.

—Você ainda está aí? Ou foi escrever a respeito para os principais periódicos médicos?

— Estou aqui. Uau. Aterramento. A gente aprende algo novo todo dia.

—Você deve achar minha mãe uma maluca.

Dei de ombros, muito embora ele não conseguisse me ver.

— Sei lá. Ela parece interessante.

Um ruído que pareceu bastante com o de um bocejo chegou até mim.

— Hum, ela é. A gente passou por bastante coisa junto. Em comparação com outras mães, ela deve parecer meio excêntrica. Mas sempre fomos só nós dois contra o mundo. — Ele parou por um momento, e fiquei ouvindo sua respiração. — Embora às vezes eu sinta que a gente se alterna no papel do responsável. Tipo, tomo conta da minha mãe tanto quanto ela toma conta de mim. Isso pinta uma imagem ruim dela?

Baixei a voz, embora fosse difícil que meu pai estivesse acordado àquela hora.

— Não, entendo total. Tipo, é claro que meu pai é que manda e sempre fez tudo por mim. Mas gosto de pensar que também venho tomando conta dele esses anos todos.

—Você toma. Quase tudo o que você faz é pensando no seu pai.

Agora eu tinha certeza de que ele havia bocejado.

Bocejei também, piscando e fechando os olhos.

— Como assim?

—Assim. Você é tipo um helicopterozinho sobrevoando seu pai. Existe isso? Filhas-helicóptero?

Mal registrei o que ele havia dito.

— Do que está falando, seu doido? — murmurei. — Acho que estamos meio... delirando.

—Você está, mas eu não. Estou mais acordado que... — ele bocejou com vontade — ... café.

— Mais acordado que café?

— É, você me ouviu.

Comecei a rir, então ouvi uma porta se abrindo no corredor. Congelei.

— Ah, não. Meu pai acordou. Acho que agora preciso desligar mesmo.

— Nããããão... Só finge que está dormindo.

Os passos pesados do meu pai se aproximaram da porta e pararam. Enfiei o celular debaixo do travesseiro, em um movimento rápido. A porta se abriu assim que fechei os olhos. A luz forte do corredor atravessou minhas pálpebras e deu origem a halos difusos, mas não movi um músculo até ouvir a porta voltar a ser fechada. Quando tinha certeza de que meu pai havia voltado ao quarto, peguei o celular.

— Luca? — sussurrei.

Não houve resposta.

— Luca?

Alguns segundos de silêncio se passaram, então eu ouvi. Uma respiração suave. Rítmica. Sorri e sussurrei:

— Bons sonhos.

E peguei no sono ao som de Luca respirando.

Recuei para admirar o trabalho de Luca.

Era o fim da tarde seguinte, e estávamos de volta aos trilhos do trem, perto da Missão — de alguma maneira, ainda de pé, apesar de ter dormido algumas poucas horas à noite. Luca ainda não tinha conseguido terminar o trabalho a hora que meu pai chegou para me buscar no dia anterior, de modo que eu concordara em voltar com ele no dia seguinte. A "tela" era a parede dilapidada de uma pequena cabana que Luca havia encontrado não sei como, em uma de suas expedições atrás de bons grafites. Ficava escondida dos trens que passavam pela cobertura dos carvalhos e dos eucaliptos. O outro lado da cabana dava para um enorme campo aberto, parte de uma reserva. O sol do fim do dia deixava o gramado dourado. A temperatura caiu de repente, e um cheiro levemente metálico pareceu tomar conta do ar.

Quando eu deparara com aquela parede no dia anterior, todos aqueles grafites antigos tinham me dado a sensação de uma obra-prima. Era como se todos os pichadores de Orange County tivessem visitado aquela cabana em algum momento. Havia camadas e camadas de cores: palavras, animaizinhos, símbolos. Tudo misturado e apertado naquele espaço reduzido.

Então Luca jogara tíner na parede, e eu quase tivera um ataque do coração. Mas havia mantido a boca fechada, olhando-o trabalhar de minha posição sentada. Os grafites começaram a manchar e escorrer, criando redemoinhos de cores.

Depois ele pegara uma lata de tinta spray e começara a cobrir a parede com faixas grossas e pretas — deixando o meio, uma forma circular, visível. Luca deixara alguns trechos em torno do círculo visíveis também, de modo que alguma cor se insinuasse através das formas borradas. Por fim, pegou tinta dourada e prateada e distribuiu toques e salpicos pela parte preta.

Quando ele terminou, eu encarava o universo.

Comentei aquilo, e ele me corrigiu:

— Uma nebulosa.

Ergui uma sobrancelha.

— Bem específico pra alguém das artes.

— Esse é um assunto sobre o qual você não tem como saber mais do que eu, nerdona.

— Qual?

— O espaço.

— Tipo, todo o espaço?

— É. Tipo tudo o que é externo a este planetinha insignificante. Tudo aquilo — ele disse, apontando para o céu. Com os olhos voltados para o alto, o rosto de Luca assumia uma expressão distante que eu reconhecia de quando meu pai falava sobre seu mais recente k-drama preferido. — O espaço é...

— A fronteira final?

Ele olhou para mim, com um sorriso enorme no rosto.

— Isso. Vida longa e próspera.

— Você queria ser astronauta quando pequeno?

Sua resposta foi imediata:

— Queria.

Imaginei um Lucazinho olhando para o espaço e quase morri com o excesso de fofura daquilo.

— E por que desistiu?

Ele hesitou levemente, então me puxou em um abraço.

— Descobri que era preciso ser bom em matemática.

Hum, matemática... braços... cheirinho de sabonete.

Olhei para ele.

— Espera aí. Até quando você tem pra se candidatar à bolsa de estudos? Imagino que vá incluir a coisa dos grafites.

Luca assentiu, com seus braços ainda nas minhas costas.

— Bom, o prazo na verdade era novembro, mas consegui incluir alguns grafites. Depois que Emily e eu terminamos, fiz *bastante* grafite. Então deu tempo de incluir os mais antigos no meu pedido de bolsa.

— E que bolsa é essa? Parece que bastante coisa depende dela.

Luca me soltou e deu um passo atrás para olhar com seriedade para a nebulosa na parede.

— E bastante coisa depende mesmo. É uma bolsa importante. Na verdade, a maior bolsa de belas-artes do país. Pagaria metade da mensalidade. Pra outra metade posso pegar um empréstimo.

Meu queixo caiu.

— Espera, é sério? *Tudo isso?*

— É, mas vou precisar manter a média alta. Quem banca é um doador anônimo super-rico.

— É muita coisa! — soltei. — Tem bolsas importantes na área das ciências também, claro, mas quem as oferece são farmacêuticas gigantescas ou, tipo, fabricantes de armas!

Luca riu.

— Bom, tem dinheiro na área de artes também, não sei se você sabe.

— Pelo visto tem mesmo!

Fiquei fazendo as contas, considerando quanto custava uma faculdade de artes particular, enquanto Luca tirava uma foto da parede.

— O mais maluco é que o resultado da bolsa vai sair no mesmo dia da exposição. É um alinhamento cósmico, né? — ele disse, guardando o celular.

Ajudei a guardar os materiais.

— Nossa, total. Está nervoso?

Ele pegou a mochila, com um sorriso no rosto.

— O que você acha?

Senti uma palpitação.

—Você vai conseguir — eu disse, firme. — Pode acreditar em mim.

Ele pegou minha mão.

— Muito obrigado, senhora confiante. Agora vamos dar uma volta de trem.

Pegamos o trem seguinte para San Diego, que ficava algumas estações ao sul, para ver um show lá. Quando o trem saiu, tive que agarrar a manga de Luca para não cair.

Ele olhou para mim.

— Tudo bem aí?

Aquela preocupação toda de namorado me fez corar, e segurei a mão dele enquanto avançávamos pelo corredor à procura de lugares.

Depois que sentamos, um silêncio confortável se instalou.

Fiquei olhando pela janela, por onde o mar e o mato passavam depressa. De repente, me dei conta do que veríamos logo mais. Chamei Luca com uma cotovelada.

— Ô pichador, dá só uma olhada.

— Pichador... — ele murmurou baixo, mas virou a cabeça para olhar mesmo assim.

Estávamos passando por um muro comprido de blocos de concreto. Depois de alguns segundos, cutuquei a janela e disse:

— Olha! Os três amigos!

Sobre uma sequência de coberturas de galerias pluviais, havia três caras de gato pintadas, coloridas e ligeiramente grotescas, com um sorriso cheio de dentes — uma usando óculos escuros, outra com uma pinta gigante e a última com os olhos fechados de alegria. Suspirei, olhando feliz para elas até que sumissem com a distância.

Quando finalmente virei para ver a reação de Luca, eu o encontrei com os cotovelos apoiados nos joelhos, me encarando com uma falsa admiração. O sorriso desapareceu do meu rosto.

— Quê? — perguntei.

— Acho que quem deve fazer as perguntas aqui sou eu. Com o que foi que você ficou tão animada? Com aqueles gatos?

— Claro! Eles mudam de vez em quando, mas sempre estiveram lá. Não são legais?

Ele tentou disfarçar um sorriso piedoso.

— São... Tão arrojados e diferentes!

Eu me recostei no assento e fiz questão de evitar seu olhar.

— Tanto faz sua opinião, eles são uma tradição. Quando eu era pequena e pegávamos a estrada para San Diego, eu ficava esperando ansiosa para vê-los.

Luca continuava sorrindo para mim.

— Que bonitinho.

Mudei de assunto abruptamente, porque não sabia outra maneira de fazer aquilo.

— Então, qual é o lance com Emily?

Ele fez uma careta e eu mordi o lábio, arrependida da maneira rude como aquilo havia saído.

Luca bateu com o dedão na palma da minha mão antes de responder.

— Eu... me envolvi bastante. Ela foi minha primeira namorada de verdade, e éramos uma boa dupla, em diferentes aspectos. Acho que o que nos juntou foram nossas famílias zoadas. E ficou bem claro que para a gente a arte era uma espécie de catarse da vida familiar medíocre que levávamos — ele disse, seco.

Se envolveu bastante. Primeira namorada. Humpf. Uma onda inesperada de ciúme me atravessou, mas apertei sua mão para encorajá-lo a continuar.

— Mas ela também era bem... arrogante. No começo, eu estava tão apaixonado que nem percebi, sabe? Mas dava pra notar um sinal aqui e ali. E era bem manipuladora, sempre conseguia o que queria com aquela historinha de menina rica problemática, ou simplesmente usando charme.

Manipuladora. Como se tivesse seguido um passo a passo para conseguir alguém como você? Perdi o ar por um segundo, e uma onda gelada percorreu meu corpo, desde o couro cabeludo até os dedos dos pés.

Mas não. Emily era diferente... Ela tinha magoado Luca. A coisa do k-drama fora só para nos colocar em pé de igualdade. Para que eu e Luca tivéssemos uma chance. E funcionara. Deixei o medo de lado e continuei ouvindo.

— No fim, fui só mais um dos muitos babacas que caíram no joguinho dela. Emily estava só me usando. Sabia que eu levaria a culpa por ela se fosse pega pichando. Sem mencionar que por causa minha ela recebeu bastante atenção na internet.

Dei um chutinho no pé dele, brincando.

— De acordo com Wes, você é uma celebridade do Tumblr.

Ele não pareceu ter vergonha daquilo.

— É. Nem sei como aconteceu. Bom, depois que fui preso, entendi tudo. Foi como se tirassem uma venda dos meus olhos. Emily era só uma oportunista, uma mentirosa. Depois disso, não consegui ter uma opinião muito positiva em relação a namoradas em geral.

De novo, afastei aquela sensação sombria de culpa.

— Você é bem duro, se bota a culpa de uma cretina duas-caras em todas as mulheres.

Ele se inclinou para mim, sua boca a centímetros da minha.

— Não em *todas*, acho.

— Boa — sussurrei, então voltei a me recostar no banco.

Olhei pela janela — o mato passando, acompanhado pela faixa onipresente de mar azul. Então me dei conta de que era a ocasião perfeita para o momento clássico do k-drama de pegar no sono no ombro de seu interesse amoroso. Visualizei um herói masculino de k-drama daquela vez: Jin-Gu, de *Plus Nine Boys*, que pega o ônibus de volta para casa e apoia a cabeça da garota de quem gosta em seu próprio ombro depois que ela dorme. Alguns minutos se passaram. Depois de uma respiração curta, criei coragem de deixar a cabeça cair no ombro de Luca.

Em determinado ponto, me mexi um pouco no banco e esfreguei a bochecha em seu ombro, de modo que meu cabelo caiu sobre o rosto e no braço dele. Então os fios começaram a fazer cócegas no meu nariz.

Tá. Só leva a mão ao rosto, como se estivesse dormindo e não se desse conta do que seu corpo faz, então tira casualmente a porcaria do cabelo do nariz... Minha mão já tinha iniciado seu longo caminho das minhas pernas até meu nariz quando outra mão tocou meu rosto.

Ela pegou a mecha de cabelo que caía sobre meus olhos e nariz e a tirou delicadamente da frente do meu rosto — suas unhas curtas roçando minhas bochechas no processo.

Uma mudança de trem — do vagão da Pacific Surfliner para o metrô de Seul. Conforme o trem adentra em uma das estações do coração da cidade, a câmera pega duas figuras a uma das janelas. Uma garota dormindo no ombro de um garoto. Ele olha para ela com sentimentos conflituosos expressos em seu rosto: ternura, irritação, compaixão e, por fim, sujeição.

Murmurei como quem dormia, me aproximei dele e puxei a perna direita para perto do tronco, de modo que meu corpo todo estava aninhado a seu lado. Então senti a respiração de Luca entrar em compasso com a minha, conforme avançávamos pela costa.

passo 17
esperar os mundos de vocês entrarem em choque como alívio cômico

A semana seguinte passou em um borrão. A única coisa que eu via totalmente em foco era o tempo que passava com Luca. Luca isso e Luca aquilo. Eu era a própria Bella Swan, totalmente obcecada pelo meu namorado.

E quer saber? A sensação era boa. Não acho que a vida de ninguém deva girar em torno de um cara, MAS — e é um grande MAS —, quando se passou quase dezoito anos neste planeta imaginando quem seria seu primeiro namorado e de repente, *pimba*, ele aparece, é algo bem maravilhoso.

Eis algumas coisas maravilhosas:

- Existir alguém que acha que seu planejamento baseado em cores para regar cada uma das plantas do jardim é fascinante. E esse alguém não ser seu pai.
- Apesar de ver seus poros de *muito* perto, ele ainda te olhar e comentar, maravilhado: *Tão linda*.
- Ter alguém para ajudar a carregar coisas pesadas, ainda que tecnicamente seja mais fraco que você.
- Ouvir música e de repente compreender o que significam *todos os sentimentos* de *todas as músicas*.
- Compartilhar todas as suas coisas favoritas com alguém novo — e ver tudo o que você ama assumir uma nova luz.

- Tudo te lembrar dele: lámen, lápis, camisetas, gelo, minha casa, um Buick, a cama, trens, glórias-da-manhã, o mar, respirar.
- Descobrir que seu corpo se encaixa perfeitamente no de outra pessoa.
- Se sentir o centro do mundo de alguém, como se a pessoa estivesse esperando você acordar para poder te mandar um bom-dia e um gif de gato engraçado.

E essa é só a ponta do iceberg, tenho certeza.

No sábado à noite, mandei uma mensagem para ele, nervosa: Já saiu?

Em segundos, veio a resposta: Saindo agora. Vai pondo a roupa. Ou não.

Dei uma risadinha. Eu vinha dando *muuuuuitas* risadinhas nos últimos tempos, tenho que confessar. Estava nervosa porque íamos a uma fogueira na praia com meus amigos. E, apesar de estarmos juntos há uma semana, era nossa primeira grande aparição em público como casal. Tinham nos visto de mãos dadas e trocando carinhos na escola, mas eu sentia que íamos "sair do armário" naquele evento, o que era meio estranho. E seria a primeira vez que ele passava um tempo com meus amigos. Todo mundo andava ocupado com suas coisas, e eu escapava para ficar sozinha com Luca no horário do almoço, e em qualquer outra oportunidade que tinha.

Para ser sincera, eu estava preocupada com o Grande Encontro. Meus melhores amigos… eram maravilhosos, mas podiam formar uma dupla bem crítica e desagradável. Wes chamava Luca de Artistinha Sofredor, e não parava de me provocar por causa dele. Fiona… bom, ela odiava todo mundo a princípio. Ambos tinham ficado felizes por mim ao descobrir sobre o beijo e os momentos melosos que se seguiram, mas mantinham um pé atrás, como se não acreditassem de fato que eu tivesse conseguido. E eu não podia culpá-los. Fora isso, já tinha avisado um bilhão de vezes para tomarem cuidado e não o chamarem de Won Bin sem querer.

Fui até a cozinha, onde meu pai limpava a geladeira. Eu mal conseguia ver a metade superior de seu corpo e sua cabeça enquanto resmungava, mexendo em tudo com um par de luvas de borracha cor-de-rosa.

— Quantas sobras de restaurante você vai trazer pra casa pra não comer depois? — ele perguntou, jogando uma embalagem de batatinhas mofadas em mim.

Eu a peguei, com destreza, e a joguei no saco de lixo que meu pai havia deixado a seus pés.

— Se tivéssemos uma cachorra, poderíamos dar a comida pra ela.

— Nada de cachorro!

Suspirei e fui até a despensa, resgatar a cesta de piquenique que mantínhamos ali. Depois que três hamsters meus morreram em sequência, tínhamos assumido uma política de nada de animais de estimação em casa. Mas, nos últimos meses, eu vinha insistindo com meu pai para que tivéssemos um cachorro, deixando-o muito confuso, tenho certeza. Mas eu odiava pensar que meu pai ficaria sozinho depois que eu fosse para a faculdade.

— Um cachorro manteria Señor longe daqui — insisti.

Señor era o gato dos vizinhos e arqui-inimigo do meu pai. Estava sempre fazendo cocô na horta e deixando ratos mortos na nossa porta. A expressão do meu pai indicou que estava de fato considerando a possibilidade por um momento.

Ele se endireitou e usou o antebraço para tirar uma mecha de cabelo dos olhos.

— Aonde vai agora?

Comecei a encher a cesta de provisões para a fogueira: salsicha, marshmallow, bolachas, chocolate e picles, pra completar.

— Pra praia. É noite de fogueira.

— Que praia?

— Vista Dunes — respondi, respeitosa. Vamos com Fiona, Wes e outras pessoas da escola. Liga pra polícia se eu não voltar até meia-noite.

— Assim tarde? — ele gritou de um jeito engraçado, enquanto esvaziava uma embalagem de leite coalhado na pia.

— É — respondi animada, enquanto colocava guardanapos na cesta.

Ele abriu a gaveta dos legumes e deu uma olhada no que tinha lá, hesitante.

— Tá — ele respondeu, bonzinho. — Luca vai com o carro do pai?

O carro de Luca ainda estava na oficina do meu pai. Aparentemente, tinha *muitos* problemas, e eu desconfiava que meu pai estava prolongando o conserto por puro hobby. Ele adorava Honda Civics daquela época.

— Vai. — Meu celular vibrou na mesma hora. — É ele. Já vou indo, *appa*. — Dei uma corridinha e bati com a cesta na bunda dele. — Não vai limpar os eletrodomésticos também, hein? Nada de farra esta noite!

Ele murmurou alguma coisa sobre eu ser uma pirralha e continuou jogando os hortifrútis podres no lixo.

Corri para fora e deparei com uma BMW pequena bem bonitinha me esperando. O vidro do motorista baixou e Luca colocou a cabeça para fora para gritar:

— E aí, gata, gostou da minha caranga?

— Você soa tão natural falando assim que até fico um pouco preocupada.

Entrei no banco do passageiro e coloquei a cesta aos meus pés.

Ele se inclinou para me beijar na mesma hora. Senti a pele formigando, cada parte do meu corpo alerta e viva.

— Oi — eu disse, incapaz de conter o sorriso.

Ele sorriu de volta.

— Oi.

Sério.

Dirigimos com Beach Boys tocando alto, sem sentir necessidade de falar. Mas pegando na mão um do outro constantemente, claro.

Paramos no estacionamento da praia, que estava bem iluminado e cheio. O contorno da costa estava no breu, a não ser pelas fogueiras brilhando. Parecia que toda a Escola Monte Vista se espremia na areia.

— Está pronto para ser oficialmente apresentado à libertinagem da Monte Vista?

Pontuei a pergunta com uma dancinha estranha, meus cotovelos dobrados como os de uma marionete.

Ele ergueu as mãos e balançou os dedos.

— Mal posso esperar, nerdona.

Fiona e Wes esperavam por nós sob um poste no estacionamento, com os braços cheios de compras, lenha e cobertores. Leslie não estava lá, já que, fiel à sua palavra, Fiona havia terminado com ela. Wes fez um *bow-chicka-bow-bow* de um jeito meio safado, conforme nos aproximávamos. Revirei os olhos.

— Só pra você saber, Wes é péssimo.

— Foi por isso que você passou sete minutos no paraíso com ele? — Luca perguntou com uma voz baixa e provocadora.

Mordi o lábio para não rir. Meu instinto foi de tranquilizá-lo balançando a cabeça e dizendo "Eca!", mas ser totalmente sincera com ele deixaria a noite toda sob suspeita. Então só dei de ombros.

— Já superamos esse obstáculo no nosso relacionamento. Pra mim, só existe você.

Seus lábios se retorceram.

—Você está sendo sarcástica?

Agarrei o braço dele.

— Sim e não.

E então lá estávamos nós, eu e Luca, diante de Fiona e Wes. Pigarreei.

— Oi, gente. Hum, esse é o Luca. Bom, vocês já se conheceram, mas...

Parei de falar e dei de ombros.

Luca ergueu uma mão.

— Oi.

Wes ergueu o queixo em resposta.

— E aí, cara? Então você e a Desi, hein?

Notei que Luca apertava um pouco os olhos.

Fiona deu uma cotovelada em Wes.

— Não seja ridículo. — Ela abriu um sorriso meio assustador para Luca. — Quais são suas intenções com a nossa Desi?

Engasguei sozinha, então Luca pegou minha mão muito casualmente, muito tranquilamente, e disse:

— Ser seu companheiro para a vida toda.

Wes olhou horrorizado, mas Fiona começou a rir.

— Beleza, boa. Prontos pra passar um tempo perto de uma fogueira gigantesca?

Fomos todos na direção da praia. Encontramos um buraco e o enchemos de lenha, depois a acendemos. Eu já estava tirando as coisas da cesta de piquenique quando notei Violet e Cassidy.

— Ih, olha quem veio... — sussurrei para Luca.

Ele olhou na direção delas e acenou.

— Eu que convidei. Tudo bem?

Oi?

— Claro... Tipo, você pode fazer o que quiser. Mas por que não me contou?

Ele olhou para mim, com um sorriso encabulado no rosto.

— Pra ser sincero, não queria ficar sozinho com seus amigos. Fiona me assusta um pouco.

Eu ia rebater aquilo, mas então a vi dando uma bronca em Wes por não colocar a salsicha direito no espeto e percebi que Luca tinha certa razão.

Violet e Cassidy se aproximaram, e por um momento ficamos todos de pé, olhando uns para os outros.

— Oi — eu finalmente disse, acenando.

Cassidy deu um oi animado, mas Violet se manteve meio afastada. Não tínhamos conversado desde aquela maluquice de termos ficado bisbilhotando de dentro do armário de materiais de arte. Anunciei que ia fazer *s'mores*. Fiona já tinha pegado as coisas que eu trouxera e ido na direção da fogueira designada para aquilo, um pouco mais adiante, então dei uma corridinha para alcançá-la, com os espetinhos na mão.

Colocamos marshmallow na ponta e seguramos os espetos sobre o fogo. Fiona me cutucou, o que fez um pouco do marshmallow derretido cair sobre as brasas.

— Ei, você conseguiu.

— Hum?

Eu estava de olho no meu marshmallow, porque não queria que pegasse fogo, como sempre acontecia com o de Fiona.

— Tipo, dá pra sacar que o que você e Luca têm é de verdade. Você arranjou um namorado.

Não consegui evitar sorrir como uma idiota.

— É…

— Então agora está por conta própria, né?

— Como assim?

— Não precisa mais seguir os passos de k-drama. Já está resolvido!

Senti certo alívio em seu tom de voz sussurrado.

Droga. Meu marshmallow pegou fogo. Assoprei depressa para apagá-lo.

— Não sei. Tipo, claro, estamos juntos. Mas é muito recente. Acabamos de começar a namorar! E sei lá. Saber que posso recorrer aos passos, sempre que precisar, meio que me deixa mais confiante.

— Mas que tipo de passo você precisaria seguir agora? Já não chegou ao final feliz?

Passei meu espeto a Fiona, peguei a carteira do bolso de trás e abri a lista.

— Acho que você está certa. Mas ainda não consigo deixar pra lá.

A ideia de abandonar os passos do k-drama por completo me deixava muito nervosa. Era como se eu despencasse do alto de repente, sem nada para me segurar.

Fiona pegou a lista e passou os olhos por ela, rapidamente.

— Des, os últimos passos são, tipo, péssimos. Só mal-entendidos e traições. Você não vai planejar que as coisas deem errado, né?

Embora estivéssemos longe de Luca e dos outros, mantive a voz baixa.

— Não, é claro que não! Esses outros passos eram só parte da fórmula dos k-dramas que eu queria documentar. Mas não sei...

De repente, Fiona aproximou a lista do fogo.

— Vamos nos livrar disso, de uma vez por todas.

Meu coração pulou do peito para a garganta. Reprimi um grito.

— Fiona! Não!

Sobre as chamas, a lista se agitava ao vento. Fiona manteve o olhar firme em mim.

— Por quê? Já está feito. Por que precisa dela?

Antes que eu pudesse responder, meu corpo agiu. Afastei Fiona da fogueira e arranquei a lista da mão dela. Um alívio me inundou quando a segurei contra o peito. Voltei a guardar a lista na carteira e olhei feio para Fiona.

— O que foi isso, Fi? A lista é minha, *eu* decido quando me livrar dela.

Ela balançou a cabeça e levantou as mãos, se rendendo.

— Tá bom, tá bom. Você é estranhamente apegada a esse troço. Mas depois não vai dizer que não avisei.

Terminamos de fazer os *s'mores* em silêncio e voltamos para o grupo. Passei um *s'more* a Luca, que o aceitou com reverência. Fiona se sentou ao lado de Wes, que devorava uma salsicha. Com a lista na segurança da minha carteira, meu coração voltou a bater em um ritmo normal.

Wes estalou os lábios e limpou a mostarda do canto da boca.

— Então, Luca, na sua terra natal vocês podiam comer carnes de primeira assadas na praia?

Violet deu uma risadinha, o que fez minhas sobrancelhas dispararem para o alto da testa. Virei para Cassidy, que parecia uma personagem de *Sailor Moon*, com coraçõezinhos nos olhos voltados para Wes. *Ai, meu Deus.*

Notando que eu levara meio segundo para devorar meu *s'more*, Luca dividiu o dele com todo o cuidado e me deu metade.

— Não — ele respondeu para Wes. — Infelizmente, a gente só come carne vegana em cabanas holísticas.

Todo mundo se matou de rir, e senti Luca relaxar ao meu lado. Ele olhou para os outros e perguntou:

— Quanto tempo faz que vocês e Desi se conhecem?

— Nossa, tipo, uma eternidade — Fiona respondeu.

— Não, falando sério — Luca insistiu, paciente.

— É sério. A gente se conheceu no segundo ano.

— E a gente se conheceu no sexto — Wes disse. — Na época em que ela insistia em usar bermuda jeans.

— Rá! Ganhei de vocês dois. A gente se conhece desde a pré-
-escola.

A cabeça de todo mundo virou na hora para Violet.

— *Sério?* — Wes perguntou, olhando curioso para ela.

Ela olhou de soslaio para ele, meio sabichona.

— Desi nunca falou das aulas de coreano?

— Aulas de coreano? Vocês aprendiam a fazer kimchi e tal? —
Wes se matou de rir.

Chutei areia na direção dele.

— É. Kimchi. A gente fazia um monte. Na pré-escola.

Violet deu de ombros, sem se incomodar. Ela olhou para Wes.

— A gente aprendia a ler, escrever e falar direito em coreano.
Aos *sábados*. Bom, hum, recentemente a gente se deu conta de que
se conhece desde essa época.

Ela deu um gole de cerveja e agradeci telepaticamente a ela por
não ter incluído os elementos mais dramáticos da história.

Luca abriu o refrigerante para mim — o que era totalmente desnecessário, mas uma daquelas pequenas coisas que os namorados faziam e que eu estava adorando. Ele insistia em carregar meus livros
na escola, embora desse para perceber que meio que se arrependia
sempre que meus livros gigantescos de física estavam no meio.

Fiona jogou um guardanapo sujo no fogo.

— Desi e eu nos conhecemos, tipo, da pior maneira.

Gemi.

— Afe, Fi, nãããão!

Luca olhou para nós duas.

— Como assim? Me conta!

Enterrei o rosto no ombro do colete acolchoado dele.

— Nãão.

Wes riu.

— Então eu conto.

Fiona pigarreou.

— Não, *eu* conto, já que fui a heroína do dia. — Ela assumiu uma posição confortável, se reclinando como uma rainha egípcia cercada de escravos. — Bom, um dia, no segundo ano, o pai de Desi mandou suco de caixinha pra ela. Desi tomou tudo depois do almoço, em cinco segundos, tipo, encolhida no canto, sugando pelo canudinho, cheia de gula. Tipo um trol.

Tive que rir.

— Cala a boca, Fi!

— Não, de verdade. Era, tipo, perturbador o quanto você precisava daquele suco. Bom, algumas horas depois, estávamos na sala, prestes a ser dispensados, e ela não parava de olhar para mim. E, só pra você saber, não éramos amigas ainda. Eu andava com as crianças descoladas que brincavam no parquinho a céu aberto, enquanto Desi gostava de mandar em todo mundo na minicozinha.

Franzi o nariz.

— As outras crianças faziam muita bagunça. Sempre guardavam as coisas no lugar errado.

Fiona revirou os olhos.

— Não vou nem comentar. Bom, ela estava sentada ali, toda inquieta. E notei aquilo porque em geral Desi era toda obediente e perfeitinha. Aí percebi que ela ficou totalmente imóvel. E arregalou os olhos. Então… notei os pingos.

Luca gemeu.

— Ah, não.

— Pois é. Ela estava fazendo xixi na calça.

Violet, Cassidy e Wes começaram a rir. Bufei.

— Não é tão engraçado assim.

Violet quase engasgou.

— É, sim!

Cassidy enxugou uma lágrima da bochecha.

— Desculpa, Desi... mas...

— Cara, você fez xixi na calça! — Wes gritou. — É nosso direito rir!

Fiona fez todo mundo ficar quieto.

— É, Desi fez xixi. E tinha uma poça ao pé da cadeira dela. Ela não falou nada. Achei aquilo tão nojento que quase levantei a mão pra contar tudo. — O sorriso enorme de Fiona vacilou um pouco quando ela olhou para mim. — Aí vi uma lágrima gigante escorrendo pelo rosto de Desi. E percebi que ela não queria que a professora soubesse. Mas como esconder aquilo?

Eu a interrompi.

— Então a Fiona de sete anos de idade fez algo que define a Fiona que conhecemos e amamos hoje. Enquanto a professora pegava algum material no armário, ela me fez levantar, limpou o xixi com o moletom dos Anaheim Ducks dela e me deu sua calça para que eu pudesse tirar a minha, molhada de xixi. Ficou só de calcinha e se meteu na maior encrenca por causa disso. — Todo mundo começou a rir. Eu sorri. — Ela criou uma distração maior, que desviou a atenção do fato de eu ter feito xixi na calça.

Violet começou a bater palma, devagar.

— Uau, isso é que é amiga de verdade.

Fiona deu de ombros.

— Bom, na real, ficar perambulando de calcinha não chegou a ser um sacrifício.

Balancei a cabeça.

— Foi, sim. Não vai tentar diminuir o que você fez agora — eu disse. — Esse foi o começo de uma linda e disfuncional amizade.

Sorri e olhei para Luca. Achei que ele ia ter amado a história, mas tinha uma expressão estranha no rosto.

— Vou molhar um pouco os pés — ele disse, se levantando e tirando a areia do jeans.

— Agora? — perguntei, incomodada com a mudança repentina de humor.

— É, já volto.

Luca saiu correndinho antes que qualquer um de nós pudesse se juntar a ele.

— Hum, já volto — eu disse.

Quando o alcancei, na beira da água, ele estava parado, uma figura escura na praia escura. As ondas batiam em seus pés, que continuavam dentro dos sapatos.

— O que aconteceu? — perguntei, sentindo o coração aos solavancos de nervoso. Eu tinha dito ou feito alguma coisa? Estava confiante demais, eu sabia... Tinha deixado a guarda baixa.

Como ele não respondeu, enfiei as mãos no bolso do moletom, tensa.

— Está tudo bem?

Ainda sem me olhar, ele deixou a cabeça cair e chutou a areia.

— Tudo bem. Desculpa, é que...

Ele deixou aquilo morrer no ar e ficou em silêncio.

Toquei seu ombro, de leve. Ele pegou minha mão e se virou ao mesmo tempo. Então olhou nos meus olhos e disse apenas:

— Foi uma história triste.

Franzi a sobrancelha e dei um sorrisinho.

— A do xixi? Como assim? É constrangedora, claro, mas também hilária!

Ele balançou a cabeça.

— Não. Foi no segundo ano, né? Foi depois que sua mãe morreu?

Eu continuava confusa.

— Hum, foi. Acho que sim. Por quê? Qual é o problema?

Ele hesitou antes de falar.

— Desculpa, não quero fazer muita onda em cima disso. Sei como você se sente quanto a falar a respeito. Mas é... *triste*, porque sua mãe tinha morrido. — Ele soltou minha mão e virou a cabeça, apertando os olhos com a parte inferior das palmas. — Acho *triste*.

Fiquei atordoada.

Porque finalmente via Luca como ele realmente era. Em meio ao encanto, à obsessão, aos esquemas... eu não percebera que *aquela* pessoa estivera o tempo todo na minha frente. Não só o artista rebelde e descolado. Mas o Luca bondoso, que sempre se colocava no lugar dos outros. O Luca que via uma história sobre uma menina que fez xixi nas calças no segundo ano mais como uma tragédia que como uma comédia.

E foi então que eu soube, que eu tive certeza, que era daquela pessoa que eu queria ser namorada. Foi então que eu finalmente percebi o que a palavra significava. Ia além de mãos dadas e beijos roubados. Era compartilhar quem você era com alguém que merecesse. O peso daquilo quase me fez perder o ar.

Pensei na mesma hora em uma das minhas cenas preferidas de k-drama: quando Young-Shin, de *Healer*, descobre o reduto secreto do misterioso Healer, e percebe que ele está doente e emocionalmente perturbado. Quando Healer tenta afastá-la, *ela* segura o braço *dele* e o abraça. Então Healer desmorona.

Então abracei Luca e encostei minha bochecha em seu peito. Ficamos ali por um bom tempo, nossa respiração e nossos pensamentos entrelaçados.

— Você tem razão. É triste — eu disse, contra a blusa dele.

— Tudo bem reconhecer que o fato de sua mãe ter morrido é triste, sabia?

Aquelas palavras simples, aquela mínima permissão, abriram algo dentro de mim. Era a primeira vez que alguém me dizia aquilo. Não consegui responder, sentia a garganta fechada. Em vez disso, eu o abracei com mais força, apertando bem os braços para manter aquela pessoa perto de mim.

—Tá — eu disse, em voz baixa.

—Você pode valorizar seu pai e ainda assim se sentir triste pela sua mãe.

Senti a visão embaçar enquanto assentia.

Quando voltei para casa aquela noite, fui espiar meu pai no quarto. Uma pequena fresta de luz do corredor entrando pela porta entreaberta recaiu sobre sua cama. Fiquei ali por um momento, vendo-o dormir — todo encolhido de um lado da cama, mesmo depois de dez anos dormindo sozinho. De repente, ele abriu um olho.

— Hum? É você, Desi?

— Sou eu. Desculpa, não queria te acordar — sussurrei. —Volta a dormir!

—Tudo bem?

—Tudo bem, sim. — Fechei a porta do quarto e ouvi um clique suave. — Como sempre esteve.

Já no meu quarto, peguei da mesa de cabeceira o caderno do k-drama que, àquela altura, estava cheio de anotações de tudo o que havia acontecido. Todos os meus planos e seus resultados fielmente documentados. Peguei a lista da carteira, abri e alisei as dobras.

— Então, lista, você foi boa pra mim e nunca vou te esquecer, mas é hora de te aposentar.

Eu não seria capaz de destruí-la, mas era hora de deixá-la de lado. Coloquei a lista dentro do caderno, fechei-o decidida e o devolvi à mesa de cabeceira.

Um coração desenhado se arrastou para fora das páginas e saiu flutuando, batendo as asas. Senti meu peito ficar mais leve e logo peguei no sono.

~~passo 18~~

~~conhecer e conquistar a família~~ ~~dele~~ capítulo 18

Assisti a vídeos do Bob Ross até meus olhos não aguentarem mais, e ainda assim não conseguia desenhar um plátano-da-califórnia que não parecesse um florete de brócolis.

Faltavam horas para a exposição beneficente para a Associação de Parques Estaduais da Califórnia, quando eu e todo o pessoal do clube de artes finalmente apresentaríamos nossos trabalhos. Eu estava terminando meu quadro no último minuto, o que não era nem um pouco a minha cara. Acrescentei um último toque de roxo a um dos galhos. Quando eu mostrara meu trabalho a Luca alguns dias antes, ele me explicara com toda a paciência que era possível ver cores inesperadas em tudo caso se bloqueasse as percepções literais do mundo à volta. Infelizmente, eu estava muito acostumada a ver as coisas em termos literais. A lei da gravidade, por exemplo, não se alterava de acordo com o momento do dia, como acontecia com as cores das folhas.

O alarme do meu celular disparou e **Exposição!** pulou na tela. Coloquei a tela diante de um ventilador, para ajudar a secar mais rápido, então corri para cima e considerei minhas opções de roupas, nervosa. Não só por causa da exposição, mas porque eu conheceria o pai e a madrasta de Luca aquela noite. Depois de algumas semanas de namoro, eu insistira em conhecer os dois — não só porque era a coisa apropriada, mas porque eu *queria*. Estava muito curiosa quanto ao misterioso pai babaca que Luca odiava.

Meu pai estava trabalhando, então eu tinha a casa só para mim antes que Luca viesse me buscar. Coloquei Beyoncé para tocar, e depois de trinta minutos enrolando o cabelo e depilando as pernas, já o esperava à porta. Avistei a BMW do pai dele e acenei, alisando com uma mão o vestidinho preto florido que eu estava usando (com Keds vermelho, para não parecer formal *demais*) enquanto com a outra segurava meu quadro.

— Que bonita — Luca disse, depois que eu tinha posto meu quadro em segurança no banco de trás e já me inclinava para beijá-lo, tirando uma mecha de cabelo enrolado da frente.

Eu ainda não estava acostumada com aqueles elogios de namorado, e fiquei vermelha.

— Obrigada. Não sabia o que usar.

Luca apontou para si mesmo, usando camisa de flanela azul e jeans preto.

— A recomendação é traje *chique*.

— Dá pra ver — eu disse, rindo e colocando o gorro dele. Luca pegou minha mão e a ficou segurando enquanto dirigia. Deixamos o quadro com o sr. Rosso na galeria, então fomos para a casa do pai de Luca.

A certa altura, passamos pelo estacionamento em que tínhamos dado nosso primeiro beijo (e só de vê-lo meus dedos das mãos e dos pés começaram a formigar). Subimos por um caminho de areia até chegar a uma entrada privativa.

— Gente... — sussurrei, quando a casa entrou no meu campo de visão.

Era ridícula, mas linda. Era uma mistura de arquitetura espanhola e americana. As janelas eram enormes, algumas com vitrais intricados, acabamento em madeira escura e uma profusão de primaveras rosa-choque se arrastando pelas paredes e por muitas das sacadas. Carvalhos antigos e oliveiras jovens cercavam a propriedade, enquanto suculentas e plantas do deserto variadas marcavam a paisagem, dando uma forte sensação da Califórnia de antigamente. Me veio à mente a casa do pai da versão original de *Operação Cupido*. Eu sonhava em morar em uma mansão daquele tipo, meio desconexa, desde que vira o filme.

— Lar, doce lar — Luca murmurou, parando o carro de qualquer jeito perto de um carvalho.

Apertei a mão dele.

— É lindo mesmo — eu disse, quase me desculpando.

Ele deu de ombros.

— Não tenho nada contra a casa. O problema é o dono dela.

Fomos na direção da porta, e me preparei para conhecer aquele babaca lendário, o Papai Drakos. Então as portas duplas e altas de madeira se abriram com tudo.

— Desi! Estou tão feliz em finalmente conhecer você, minha querida!

A pessoa que me cumprimentou não era nem um pouco como eu esperava. Em vez do homem desagradável e falso vestindo polo cor-de-rosa que eu tinha visualizado, fui recebida por... bom, por um nerd bonitão.

Ele era alto, ainda mais alto que Luca. Seu cabelo castanho curto e grosso era meio bagunçado, como o de uma criança, ou o do próprio filho. Ele usava óculos de armação preta em um rosto de estrutura óssea impecável — nariz reto, queixo forte, maçãs do rosto pronunciadas. Magro, mas com músculos definidos, tal qual um corredor de longa distância, e exalando uma espécie de energia cinética, o pai de Luca me envolveu em um abraço caloroso. Senti um toque de sândalo na camisa branca que ele usava com jeans.

Antes que eu pudesse me recuperar, uma mulher baixinha segurando dois labradores chocolate que não paravam de latir gritou:

— Oi, Desi!

Mesmo contendo aquelas duas feras simpáticas, ela parecia cheia de estilo, com o cabelo loiro, liso e curto, calça preta e regata cinza de cetim.

Assim que os cachorros se acalmaram, ela veio até a porta.

— Não mata o Luca de vergonha — ela disse ao Papai Drakos, revirando os olhos exageradamente. Então abriu um sorriso enorme para mim e estendeu a mão com unhas muito bem-feitas, de modo que suas pulseiras grossas ressoaram. — Sou a Lillian. Que bom finalmente conhecer você! Esses dois monstros são João e Maria.

Ela era a Lillian do www.dailylillian.com — eu a reconheci na hora do blog de moda que Luca havia me mostrado, tirando sarro.

— Entra! Vamos bater um papo e beber alguma coisa aqui primeiro, depois podemos ir juntos para a exposição — disse o Papai Drakos. — E pode me chamar de Ned, se quiser.

Durante toda aquela cena, eu só assentira, muda, mas então finalmente saí do transe.

— É ótimo conhecer vocês também! Obrigada por me receberem.

Ofereci uma suculenta que havia pegado do quintal de casa aquele dia e colocado em um vaso.

Os dois sorriram calorosamente em resposta, e Ned pegou a planta.

— Obrigado, Desi! Vai ser um ótimo acréscimo ao nosso jardinzinho desértico! Vamos nos esforçar para manter esse carinha vivo.

A educação deles era mesmo impecável.

Fomos entrando, Luca ainda segurando minha mão, quase imperceptivelmente com mais força. Eu não conseguia entender por quê — o pai dele tinha sido superagradável até então. Passamos por um saguão ladrilhado enorme, iluminado por um lustre rústico que parecia uma galhada e era maior que o meu quarto, então chegamos à casa em si, e meu queixo caiu.

Era ao mesmo tempo rústica e suntuosa — com janelas enormes e portas-balcão dando para o mar e o sol se pondo. Havia velas acesas por toda parte. Tapeçarias coloridas e tapetes macios de pele animal davam ênfase ao couro marrom dos móveis. Era luxuosa *e* aconchegante. Eu queria morar ali para todo o sempre.

— Nossa, que casa incrível! — exclamei.

— Obrigada! — Lillian exclamou também, igualmente entusiasmada. — Você devia ter visto este lugar antes da gente se casar. Era a própria toca de homem solteiro.

Sério? Tipo, como aquela casa tão linda podia ter sido uma *toca*?

— Antes de você vir morar aqui, você quer dizer — Luca disse, seco. — Vocês se casaram uns dois anos depois.

Olhei feio para ele, mas Lillian não se abalou. Ned lançou um olhar de alerta para o filho enquanto servia as bebidas, no bar da sala de estar.

— Sim, foi o que eu quis dizer — ela respondeu, tranquila.

Apertei suavemente a mão de Luca, tentando comunicar sem palavras: *Relaxa.* Ele pareceu ficar mais tranquilo, mas não dava para ter certeza, porque sua expressão estava rígida.

Ned me entregou um copo gelado com uma bebida vermelho-vivo.

— É um Shirley Temple, não se preocupe. — Ele passou uma lata de refrigerante para o filho. — É desse que você gosta, né?

Até eu sabia que Luca não gostava daquele refrigerante, e fazia só um mês que estávamos juntos. Torci para que não dissesse nada de antipático. Sua expressão não se alterou, e ele só apoiou a lata em uma mesinha.

—Tive que procurar você no Google, porque Luca estava cheio de mistério — Lillian disse, se acomodando no sofá, com uma taça de vinho branco na mão. — Fiquei impressionada. Seus pais devem ter muito orgulho de você.

Hum, *meus pais*. Parecia que Luca não contava muito a eles mesmo. Tomei um gole do meu Shirley Temple.

— Obrigada, mas somos só meu pai e eu. Minha mãe faleceu.

Lillian e Ned pareceram arrasados. A boca dele se abriu e fechou antes que finalmente dissesse:

— Sinto muito, Desi. Não sabíamos...

Ele deixou a frase morrer no ar, olhando para o filho de um jeito perplexo e decepcionado na mesma medida. De minha parte, o que me deixara surpresa não era que Luca não tivesse mencionado aquilo, e sim que eles soubessem da minha existência.

— Obrigada, mas está tudo bem, ela faleceu quando eu era pequena. Sou bem próxima do meu pai. Ele desempenhou o papel de pai e mãe superbem — eu disse. Como Lillian e Ned tinham sido muito abertos e receptivos até então, achei que deveria retribuir aquilo.

— Ele deve ser um ótimo pai — Lillian disse, com um sorriso simpático.

— E é — Luca confirmou. — Ele está consertando meu carro. É mecânico.

— É mesmo? Onde fica a oficina dele? — Ned perguntou.

— Saindo da Baker Road, perto da escola — eu disse. Seguimos bebendo e conversando tranquilamente sobre meu pai, a escola e uma centena de outros assuntos. Lillian e Ned queriam saber de tudo: que esportes eu praticava, o que eu queria estudar em Stanford, de que parte da Coreia meus pais eram.

— O que foi que fez você querer ser médica, Desi? — Ned perguntou, reabastecendo meu Shirley Temple.

— Obrigada — eu disse, pegando a bebida. — Minha mãe era médica, então sempre quis ser também. Ela era neurocirurgiã.

— Nossa! Que mulher impressionante — Ned disse, dando um gole em sua própria bebida.

— Ela com certeza era — eu disse, com uma risada.

— Desi também adora toda a parte nojenta da biologia envolvida na prática da medicina. Não é? — ele me perguntou, com um cutucão.

Mexi o gelo do copo com o canudinho.

— Adoro mesmo.

— É a maior nerd — Luca disse, com um sorriso orgulhoso.

— Acho que também gosto da ideia de, sei lá, *literalmente* salvar vidas — eu disse. — Sei que parece básico e, tipo, o que todo mundo diz. Mas sou uma pessoa impaciente. Gosto de ver os resultados daquilo que faço *na hora*. E, embora admire pessoas que não precisam que o que fazem seja reconhecido, eu nunca ficaria satisfeita com, tipo, um trabalho a longo prazo, sabe? Não sei se o que estou dizendo faz sentido...

Ned assentia em concordância desde o momento em que eu começara a falar.

— Faz *todo* o sentido, Desi. Foi o que me levou para a engenharia, e depois a trabalhar especificamente com equipamento médico. A impaciência da juventude de realizar algo.

— Exato! Luca me disse que você tem a patente do... bom, na verdade ele não lembrou o nome. É do massageador cardíaco?

— Ah, não. Do reanimador manual.

Estalei os dedos.

— Eu sabia! Foi meu primeiro palpite. Não foi, Luca?

Ele parecia estar se esforçando *muito* para fingir que aquela conversa toda não estava acontecendo. Mas estava, e eu queria que seu pai soubesse que Luca havia me falado a seu respeito.

— Bom, Luca me contou a respeito. Achei superlegal.

Ned ficou radiante, e Luca se encolheu. Pigarreei.

— Será que posso conhecer a casa?

Segurei o restinho do meu Shirley Temple enquanto Ned e Lillian me mostravam a casa. Pouco depois, fomos para a exposição, em um único carro. Era em uma galeria de arte chique do centro da cidade. Chegamos um pouco cedo, mas logo as pessoas começaram a aparecer, incluindo Fiona e Wes. Apresentei todo mundo. Foi tudo tranquilo, fácil e meio encantador.

Em certo ponto, Luca me puxou de lado enquanto os outros conversavam.

—Você lembra que quem for escolhido para a bolsa de estudos vai ser avisado hoje, né? Por e-mail.

Minha surpresa foi perceptível.

— Ai, meu Deus. Como pude esquecer?

Ele movimentou as sobrancelhas.

— Te mantive distraída.

Dei risada.

— É verdade. Bom, beleza, a que horas sai o resultado?

— Meia-noite.

— Que drama… — eu disse, revirando os olhos. Então me lembrei. — Ei, sua mãe vai vir hoje? — perguntei, tentando manter o tom leve, mas me sentindo meio apreensiva. A ideia de que ela aparecesse enquanto Ned e Lillian ainda estavam ali me deixava nervosa.

Luca balançou a cabeça.

— Não, ela está viajando a trabalho.

— Ah, que pena. Seria ótimo conhecer ela também — eu disse, com um sorriso amplo demais.

Então ouvi Wes perguntando, alto:

— Como é que uma pessoa acaba virando blogueira de moda?

Gemi.

—Vamos resgatar os dois.

Antes que o fizéssemos, no entanto, Violet entrou, com um casal que imaginei que fossem seus pais. Embora eu não estivesse muito certa de que agora éramos amigas, as hostilidades entre nós duas definitivamente tinham diminuído. Eu sabia que ela e Luca passavam algum tempo juntos, e tentava não me incomodar com aquilo. Desde que Violet não desse em cima dele, claro.

Inesperadamente, os pais de Violet vieram direto na minha direção, e eu morri de medo. Ai, meu Deus, pais coreanos. Eu ia ter que ser toda coreana.

— Desi! Nossa, olha só pra você! Está tão grande! — a mãe de Violet gritou enquanto puxava mais o lindo xale de caxemira que tinha nos ombros.

Cumprimentei os dois ao meu estilo coreano meio sem jeito, me curvando ligeiramente e dizendo *"Annyeonghaseyo"* depressa e baixo.

O pai de Violet deu uma batidinha desajeitada no meu braço, típica de pai coreano.

— Ah, educada e alta!

Soltei uma risada nervosa.

— Mas não tão alta quanto Violet!

Os dois jogaram a cabeça para trás e riram como se eu tivesse contado a piada mais engraçada do mundo. *De todos os tempos.*

— Ela é alta demais — a mãe dela disse, rindo e lançando um olhar reprovador na direção de Violet, que se encolhia toda e tentava se esconder atrás do próprio cabelo. Ah, o velho truque maligno dos coreanos de transformar um elogio a um filho em crítica.

—Violet disse que você vai fazer medicina em Stanford! — o pai dela gritou.

Escondi meu constrangimento com uma risada nervosa.

— Bom, ainda não sei, haha. Primeiro tenho que entrar.

A mãe dela menorizou o que eu disse com um gesto.

— Ah, vai entrar. Violet sempre comenta como você é inteligente.

Violet quase se desmanchou toda em uma pilha de cabelo e couro.

— *Eomma!* Não é nada disso. — Ela me lançou um olhar furioso. — Não vai achando que meus pais caducos estão dizendo a verdade.

A mãe empurrou o punho cerrado contra o braço dela e fez *tsc-tsc*.

Embora eu estivesse adorando ver Violet ser repreendida pela mãe, notei naquele momento que meu pai havia chegado. Ele entrava na galeria com uma blusa de frio verde-escura vestida de qualquer jeito sobre a camiseta e a calça cáqui manchadas de tinta. Tudo do bom e do melhor para a filha querida!

Pedi licença na mesma hora e corri até ele.

— Oi, *appa!*

Meu pai sorriu e deu uma olhada rápida na galeria.

— Oi, Desi. Cadê o seu?

— Escondido num cantinho escuro.

Apontei para o fim da galeria. Meu quadro era o último antes do corredor que levava ao banheiro. O que parecia apropriado.

— Vamos lá ver — ele disse, já me puxando naquela direção.

— Vamos, mas não quer conhecer o pai e a madrasta de Luca primeiro? — perguntei, com certa apreensão. Embora soubesse que eles provavelmente iam se dar bem, não queria presenciar nenhum desconforto. E não conseguia afastar uma sensação incômoda de que tudo aquilo poderia se desfazer ao mais leve puxão, a qualquer manobra mal calculada.

— Eles estão aqui? — meu pai perguntou, olhando em volta. Então localizou Luca e acenou para ele, erguendo totalmente o braço, em um movimento bastante expansivo.

Fomos até eles, e notei que Wes e Fiona já tinham se dispersado. Sorri para todos.

— Ned, Lillian, este é meu pai.

— Olá! O pai tem um nome? — Ned perguntou, com um sorriso simpático, já esticando o braço para apertar a mão do meu pai.

Meu pai riu.

— Não, pra Desi meu nome é Máquina de Comida.

Todos os adultos se acabaram de rir. De onde tinha saído aquele humor de pai da televisão? Empurrei meu pai de leve.

— Ha-ha.

— Meu nome é Jae-Won, mas pode me chamar de Jae! — ele disse, com a voz animada que usava quando conhecia Gente Branca que não conseguiria pronunciar seu nome.

— Muito prazer, Jae! Adoramos essa sua filha. Desi é ótima — Ned disse, com uma piscadela para mim. — Luca deu sorte de Desi dar bola pra ele!

Tantas piadas paternas. Fiz uma careta para Luca, que respondeu com um revirar de olhos.

Fomos todos dar uma volta pela galeria para dar uma olhada nos trabalhos. Alguns eram bons, como o de Violet, uma pintura abstrata sombria (mas que surpresa!) cheia de pingos de tinta e formas escuras. Dava até para imaginar aquilo na sala de estar de gente rica.

E então chegamos ao meu quadro.

— Tcharã! — fiz. — Apreciem o domínio rudimentar das habilidades de pintura!

Luca suspirou.

— Já vai começar a autodepreciação. — Ele olhou para os adultos. — Ela é boa! Só precisa treinar mais.

Assenti.

— Sim, e mal posso esperar por isso. Mas Luca me ajudou bastante com esse, ainda bem. Ou vocês estariam olhando para uma bolha verde-clara na ponta de uma reta marrom.

Meu pai olhou a pintura mais de perto.

— Está bem bom, Desi! Nunca te vi pintando, então bom trabalho!

Seguimos para o trabalho de Luca, que ficava numa salinha à parte da galeria. Tocava Beach Boys alto e estava escuro, mas as quatro paredes eram iluminadas por imagens projetadas, do grafite que Luca havia repintado. A coisa toda era feita de uma maneira que parecia que a pintura estava nas paredes. As fotos iam mudando a cada poucos segundos, para combinar com a batida da música onírica que tocava de fundo. Havia uma plaquinha à entrada explicando o conceito da obra.

— Nossa. — Lilian girava devagar na sala, parecendo maravilhada. — Isso é *incrível*.

Ned ficou em silêncio, absorvendo aquilo. Então olhou para Luca.

— Você andou *pichando*?

Ah, merda.

Luca deu de ombros.

— Mais ou menos. Os grafites já estavam lá, só trabalhei em cima deles.

A mandíbula de Ned ficou tensa.

— Primeiro você é preso. Depois o incidente no zoológico, e você ia acabar detido de novo se um policial, e não um segurança, tivesse te encontrado. Não aprendeu *nada* com isso? Você está em condicional, como pode ser tão descuidado?

Algo se alterou no rosto de Luca, agora transformado em uma máscara impassível que eu não via desde os primeiros dias dele na cidade. Uma máscara de tédio para a autopreservação.

Interferi.

— Hum, Ned, não é exatamente pichação. Como ele disse, os grafites já estavam lá. A ideia era justamente transformar vandalismo em *arte*.

Meu pai me olhou na mesma hora como quem diz: *É melhor não se envolver.*

Ned ficou quieto por um segundo antes de relaxar o rosto.

— Sim, acho que entendi o conceito. — Dava para ver por sua expressão controlada que se esforçava muito para não ficar bravo. — Não tenho que gostar da maneira *como* você chegou nisso...

— Sua opinião não importa! — Luca explodiu. Ned ficou vermelho, e vi Lillian congelar na hora. Então entendi a dinâmica familiar deles. Todo mundo cheio de dedos até que alguém estourasse. Ainda que as coisas entre os dois tivessem melhorado, seu histórico sempre operava por baixo, procurando motivos para vir à tona.

— *Luca* — Ned sussurrou, com firmeza. — Não é o momento.

— Não tem isso de *momento*, pai! Quando vai querer conversar? Em casa? A gente nunca conversa!

O rosto de Lillian ficou branco e ela olhou para mim; só olhei para ela de volta, sem ter o que fazer.

— Então é sempre culpa minha? Quando não vou mais precisar pagar pelo divórcio? Já faz cinco anos, Luca! — A voz de Ned reverberava pelas paredes, misturada ao som de Brian Wilson cantando "Don't Worry Baby". A cena toda era surreal.

— Esse é o problema, você acha que pode consertar tudo com dinheiro! Joga a pensão em cima da gente, como quem diz "Então pronto!" — Luca disse, fazendo uma vozinha baixa e meio babaca.

Ned jogou os braços para o alto.

— Está brincando comigo? Trazer você pra cá é jogar dinheiro em cima de você? Foi sua mãe que te manteve longe esse tempo todo!

Opa. Luca passou a mão pelo cabelo e soltou uma risada dura.

— Para com isso. Você não vai conseguir me convencer de que é tudo culpa da mamãe, de que *você* não a traiu.

Ai, merda. Mesmo no escuro, notei que o rosto de Lillian ficou vermelho. Meu pai veio até mim, devagar.

— Talvez a gente devesse ir lá para fora — ele disse, baixo. Mas não podíamos sair agora.

Ned ficou quieto, e Luca insistiu.

— E você só me trouxe pra cá pra poder me controlar.

— Não, não, é aí que você se engana. — A voz de Ned tinha voltado a um volume normal. — Quando você foi preso, achei mesmo que talvez você precisasse de mais supervisão. Mas... usei isso como desculpa. Eu vinha procurando uma oportunidade para tentar convencer sua mãe a deixar que viesse morar comigo, e foi com a prisão que finalmente consegui isso.

Luca soltou um ruído mal-educado, entre bufar e rir.

Ned o ignorou e seguiu em frente.

— Eu acho, sim, que você precisa de mais disciplina. Não sei se é tarde demais, talvez seja. Mas eu queria tentar te conhecer um pouco antes de você ir pra faculdade. Sabia que nunca mais conseguiria passar um tempo de verdade com você depois. — Sua voz falhou. — Não queria perder *tudo* de importante.

Todo mundo ficou em silêncio. Então meu pai pigarreou. Dei uma cotovelada nele.

Luca continuava olhando para o chão, com as mãos enfiadas nos bolsos. Embora meu coração estivesse com ele, resisti ao impulso de ir até onde estava.

— Luca, só quero dizer... que você está certo. — Ned abarcou as paredes em volta com um gesto. — Eu deveria me importar com isso, porque *você* se importa com isso. E é muito bom, estou impressionado. Fico feliz pela oportunidade de partilhar esse momento com você. Foi por isso que quis que viesse morar aqui. Para que eu pudesse te conhecer melhor. E tudo isso faz com que eu te entenda um pouco mais. Estou orgulhoso.

Prendi o fôlego. Luca continuou olhando para o chão.

— Mesmo que você talvez tenha infringido a lei.

O tom brincalhão de Ned pareceu derrubar alguma coisa em Luca, e ele finalmente levantou os olhos. Não chegou a sorrir, mas já não parecia tão bravo.

— Obrigado.

Aproveitando a deixa, "Good Vibrations" começou a soar dos alto-falantes e um grupo de pessoas entrou, conversando alto e soltando "aahs" e "oohs". Meu pai foi até Ned e Lillian, e Luca veio na minha direção.

Dei uma ombradinha nele. Luca me olhou, sem graça, e me deu uma ombradinha de volta.

— Ei.

Ele sorriu, um raiozinho de sol irrompendo por entre as nuvens.

— Ei. Desculpa por isso.

Depois de olhar em volta para garantir que meu pai não estava olhando, dei um beijo na bochecha dele.

— Esquece. Eu é que preciso pedir desculpas por termos ficado ali, totalmente desconfortáveis.

Ele riu e puxou uma mecha do meu cabelo.

— E aí? O que é que *você* acha do meu trabalho?

Olhei em volta, toda blasé.

— Legalzinho até.

— Ah, é?

— É. Talvez falte um pouco de… sei lá, *roxo*.

—Verdade.

— Não é como um plátano-da-califórnia, claro.

Ele beijou minha orelha.

— Não. Definitivamente não é uma árvore.

Olhei as horas.

Des, não coloque toda a sua ansiedade no futuro de Luca.

Tique-taque. Forcei meus olhos a deixarem o relógio e voltarem ao exemplar detonado de *Beowulf* que eu tentava ler. Me acomodei nos travesseiros e enterrei os dedões do pé na colcha. *Relaxa. Só lê. Luca vai te mandar uma mensagem assim que souber de alguma coisa.*

23h42.

23h43.

23h45.

Meu celular vibrou. Nem precisei pegá-lo, porque já estava com ele nos joelhos, atrás do livro. Joguei o livro na cama e li a mensagem de Luca. Tô aqui fora.

Me apressei até a janela e abri a cortina. Luca estava na frente da minha casa, apoiado no capô da BMW.

Meu pai estava dormindo, então passei pela porta do quarto dele na ponta dos pés e depois desci a escada, pegando uma manta do sofá para jogar sobre os ombros. Fechei a porta da frente com cuidado atrás de mim e saí na rua descalça e de pijama.

Repassei mentalmente minha lista da heroína fofa de k-drama. *Coque no cabelo: aceitável, mas não o ideal. Maquiagem removida, mas nada de creme antiacne no rosto. Dente recém-escovado, o que garantia um hálito fresco.* Se eu estivesse usando óculos enormes o visual estaria completo.

Luca estava olhando para o celular quando me aproximei.

— O que está fazendo aqui? — sussurrei.

— Queria estar com você quando descobrisse — ele sussurrou de volta. — Mas por que estamos sussurrando?

Pulei no capô ao lado de Luca, que chegou um pouco para o lado para me dar espaço.

— Não sei. É como se os vizinhos estivessem vendo e ouvindo tudo. Essas casas têm olhos.

Olhei em volta, as casas todas com as luzes apagadas, a rua assustadoramente vazia, em silêncio, acobertada por uma neblina vinda do mar, iluminada pelo ocasional poste.

Ele puxou uma ponta da manta e cobriu os próprios ombros também, me puxando para mais perto.

— Bom, os vizinhos vão ter o que falar quando eu não conseguir a bolsa e botar fogo no meu próprio corpo no meio da rua.

— Ha-ha. Nem brinca com isso. Vai dar azar.

—Você e suas superstições!

Olhei em volta.

— Não tem nem uma madeirinha pra bater três vezes! — Levei a mão à bunda e dei um beliscão. Luca me olhou, estranhando. — O que foi? Você tem que beliscar a própria bunda quando não tem madeira por perto.

— Não foi algum pervertido que te disse isso? — ele perguntou, com um sorriso enorme, os olhos brilhando daquele jeito de sempre que deparava com uma nova e bizarra faceta minha.

Me fiz de ofendida.

— Não, quem me ensinou foi minha amiga Amy Monroe, no sexto ano.

—Acho que Amy Monroe estava tirando uma com a sua cara.

— Bom, devo dizer que nada ruim nunca me aconteceu depois de beliscar a bunda, então...

— Deve funcionar. É ciência pura.

Luca balançou a cabeça, de um jeito sábio. Ri e bati com o meu joelho no dele.

Ficamos ambos em silêncio por um momento, deixando nossa expiração formar vapor ao sair na noite fria. Ambos muito conscientes dos minutos passando.

Então, um toque baixo no celular dele, e depois no meu. Luca olhou para mim. Dei de ombros.

— Coloquei um alarme também.

Luca sorriu por um segundo, depois baixou os olhos para o celular, nervoso.

— Hum.

Olhei para meu próprio celular, depois para ele.

— E aí? Luca! Entra no e-mail!

Ele piscou, com a mão imóvel, embalando o celular.

— Tá, então… Tudo depende disso. Tipo, esse momento vai determinar os próximos quatro anos da minha vida. Não é maluquice, quando se pensa a respeito?

Maluquice era o fato de Luca não ter olhado a porcaria do e-mail no mesmo instante. Procurei ser paciente.

— É, mas, tipo, é o que todos nós estamos esperando nesse momento! Uma carta, a admissão. Todo aluno de ensino médio passa por isso, Luca. Vai ficar tudo bem, independente do resultado.

Luca assentiu.

— É. É, tá bom. Tipo, é óbvio que eu sabia que tudo dependia disso. Mas agora que estou vivendo esse momento parece muito estranho. Meio surreal.

Resisti à vontade de arrancar o celular da mão dele.

— Tá, no pior dos casos você não vai conseguir a bolsa. Mas ainda vai poder se candidatar a outras de última hora, *ou* falar com seu pai a respeito.

— Argh. — Ele fez uma careta. — Mas quer saber? Depois da exposição hoje à noite, acho que ele pode ter mudado de ideia quanto à faculdade de artes.

— Opa, sério?

Luca deu de ombros.

— É, mas ainda quero a bolsa. Pra provar a mim mesmo que posso. Significaria muito.

Assenti.

— Eu entendo. — Olhei para o celular dele. — Agora por favor olha seu e-mail antes que eu faça xixi nas calças.

Luca se afastou um pouco, e agarrei seu braço. Ele respirou fundo e olhou para mim, todo olhos arregalados e incerteza. Apertei o braço dele e sorri, tentando transparecer confiança. Recorri ao meu cérebro, tentando produzir o resultado que eu queria. *Se concentra no que você quer.*

Com um toque pro lado, o celular destravou, e fiquei olhando enquanto ele clicava no ícone do e-mail na parte de baixo da tela. O aplicativo abriu, e no topo da lista havia um e-mail do Comitê da Califórnia de Bolsas de Estudos de Belas-Artes. Luca olhou para mim e ficamos nos encarando por um segundo antes que ele o abrisse.

No último segundo, desviei os olhos. Apesar de estar ali, aquele era um momento privado. Fora que eu achava mesmo que ia acabar fazendo xixi na calça. Fiquei olhando para a rua, e notei um gato laranja e branco entre os arbustos. Era Señor, sempre rondando à noite e se metendo em brigas com os guaxinins da vizinhança. E tenho que dizer que os guaxinins de lá eram barra-pesada. Señor devia ser um gato-ninja para...

— Des.

Meu devaneio envolvendo gatos se dissipou como uma nuvem de vapor.

— E aí?

Sua cabeça estava abaixada, de modo que eu não conseguia ver seu rosto, só seu gorro cinza.

— Consegui.

— Espera. Quê?

Eu não conseguia registrar a resposta sem ver sua cara.

Luca olhou para mim, com um sorriso enorme, o maior que eu já havia visto em seu rosto perfeito.

— Eu consegui.

Levei as mãos à boca e gritei nelas, chutando o ar com as duas pernas. Ele começou a rir, e eu joguei os braços a sua volta. A manta escorregou dos nossos ombros e caiu sobre o capô do carro.

— Ahhh! — Desci do carro e comecei a pular no lugar. — Eu sabia! Eu sabia!

Luca ainda estava rindo quando agarrei suas mãos e o puxei do carro para se juntar a mim na comemoração pululante, o que ele fez. Ficamos segurando as mãos um do outro, pulando na entrada da minha casa, à meia-noite.

Então, de repente, os pulos cessaram — e começaram os beijos. Ele me colocou sobre o capô do carro e enfiou as mãos no meu cabelo enquanto eu envolvia sua cintura com minhas pernas. Quando achei que estávamos prestes a incendiar aquela BMW, Luca se afastou e apoiou a testa na minha.

— Nossa — ele sussurrou.

— Hum-hum — fiz, piscando enquanto meus olhos se acostumavam com a luz do poste atrás de Luca. Inspirei fundo algumas vezes. — Então… Escola de Design de Rhode Island. Na Costa Leste.

Ele assentiu.

— É… Stanford. Na Costa Oeste.

— Poderíamos ser, tipo, rappers rivais.

— Total. Boinas contra béqueres — ele respondeu, então riu de sua própria piada daquele seu jeito.

Ficamos em silêncio por um segundo, dando a nossos corações tempo de voltar à programação normal. Então Luca voltou a me puxar para si e apoiou sua testa na minha.

— Mas sempre teremos nossas conversas por vídeo sem roupa.

— Ha-ha, vai sonhando — eu disse, batendo a testa levemente contra a dele. — Bom, a gente pode tentar um visitar o outro a cada dois meses ou coisa do tipo. Vai sair caro, mas espero conseguir trabalhar, e talvez meu pai tope pagar as passagens pra você vir visitar. Também podemos trocar mensagens todas as noites, mas deixando claro que ninguém é *obrigado*…

Luca tapou minha boca.

— Desi. Não vamos pensar nisso ainda.

Tirei a mão dele da frente.

— Ainda?! Não é tão cedo assim. O ano letivo está quase acabando!

— Estamos em fevereiro, Des. Temos *meses* para pensar nisso.

Havia tanta coisa a dizer, a planejar. Mas era um momento feliz para Luca, e eu não queria estragar tudo. Então dei um puxão no gorro dele.

— Está pronto para usar esse gorro por necessidade? Vai fazer frio lá.

Meus dedos passearam em seu cabelo grosso, maravilhados com a estranha possessividade que eu sentia em relação àquela cabeça. Tipo, "mundo, esse cabelo todo é *meu*".

Luca deu de ombros.

— Com toda a tensão em conseguir a bolsa, nem tive tempo de pensar no que ela significa, sabe? Tipo, mudar para o outro lado do país, onde… neva e tudo mais.

— Parece tudo o que você esteve esperando, não? — eu disse, um pouco mais otimista e animada do que realmente me sentia.

Ele pegou a manta e voltou a colocá-la sobre nossos ombros.

— É… Acho que sim. Mas agora…

Seus olhos foram da rua para mim, e um sorrisinho se insinuou em seus lábios.

Meu próprio sorriso era triste, marcado por tantas incertezas — algo com que eu não estava acostumada.

— Sei o que quer dizer.

Ficamos ali sentados por um bom tempo, nossas bundas gelando no capô do carro, enquanto observávamos a neblina se levantando devagar. E atingindo o céu, como era inevitável.

~~passo 19~~

~~fazer um sacrifício definitivo como prova de seu amor~~ capítulo 19

Ainda surfando na onda do resultado da bolsa de estudos na semana anterior, me preparei para minha entrevista em Stanford no modo Desi Lee de Intensidade Total. O que significou que nos dias que antecederam minha entrevista, no sábado, eu:

- Cortei o cabelo.
- Decorei a lista de "Perguntas mais comuns" no site www. soquerosaberdeivyleague.com (ainda que Stanford tecnicamente não fosse uma das universidades da Ivy League).
- Treinei a pronúncia de todos os nomes próprios relacionados a Stanford.
- Clareei os dentes.
- Peguei firme nos exercícios, passando a fazer prancha toda noite, porque corpo são, mente sã, como eu sempre dizia (na verdade não, mas parecia apropriado à ocasião).
- Reli tudo o que havia nos catálogos e no site de Stanford.
- Usei máscaras de hidratação facial coreanas todas as noites enquanto assistia a k-dramas com meu pai, o que sempre o assustava.
- Mandei lavar a seco todos os vestidos que eu tinha.

- Baixei áudios de meditação no celular porque diziam que era preciso estar relaxado para aquele tipo de coisa, mas ainda não havia ouvido nada.

Então, quando o grande dia chegou, Fiona e Wes foram à minha casa me ajudar a escolher uma roupa e oferecer seu apoio no último minuto. Meu pai estava trabalhando, mas voltaria mais cedo para me deixar na entrevista.

Peguei três roupas diferentes, ainda dentro do saco. Tirei todas e disse:

— Tá, estou considerando três opções. A primeira é um terninho sério.

Fiona fingiu que engasgava diante da calça e do blazer escuros. Joguei tudo na cama.

— *Tá*. A segunda é um visual menininha recatada.

Mostrei a blusa com gola Peter Pan, saia e casaquinho. Fiona só fez um X com os braços, enquanto Wes concordou com a cabeça e fez sinal de positivo. Separei aquilo como uma possibilidade. Então mostrei a última opção.

— A terceira é relaxada e casual, tipo, sou respeitosa, mas não vou plantar bananeira pra impressionar vocês — eu disse, segurando uma malha preta solta e uma calça com estampa pied-de-poule tipo skinny que deixava os tornozelos de fora.

Fiona assoviou.

— É essa aí, Desi.

Wes balançou a cabeça.

— Não, é muito… diferentona. Ela quer estudar *medicina*.

— E por acaso médicas se vestem que nem professoras do jardim de infância dos anos 1950? — Fiona zombou.

— Só porque você se veste como uma figurante em *Mad Max* não quer dizer que toda mulher deva fazer isso — Wes disse, olhando descaradamente para a camiseta branca e cheia de furos e a calça camuflada surrada e cheia de apliques em tons de neon de Fiona. — Mas, mudando de assunto, por que é que você não contou a Luca sobre a entrevista mesmo?

Revirei algumas meias na gaveta.

— Já falei... ele acabou de receber a bolsa, não quero roubar a cena.

Mostrei um par de meias verde-claro, e Fiona balançou a cabeça.

— Não pras meias e não pra história de roubar a cena. Luca é legal, não vai nem pensar nisso. Fala logo pra ele. É estranho você querer guardar segredo quanto a isso.

— Não estou guardando segredo! Só estou meganervosa e prefiro contar a ele depois de ter feito a entrevista, quando não estiver mais tão estressada.

A entrevista seria na casa de uma ex-aluna, ali perto, às cinco horas. Eu ia conhecer a família dela e ficar para o jantar. Quando ela sugerira aquilo, fiquei toda feliz, porque era ótima em jantares.

Wes e Fiona ainda pareciam duvidar, então mudei de assunto.

— E você, Fi, esperar a resposta de Berkeley está te deixando nervosa? — perguntei, depois de finalmente optar pela opção com a malha preta. Fiz Wes se virar e comecei a me trocar. Berkeley ia começar a mandar as cartas de admissão no começo de março, e era a primeira escolha de Fiona — que ainda não tinha decidido o que exatamente queria estudar. Eu não tinha a menor dúvida de que ela ia entrar.

Fiona deu de ombros.

— Não estou nervosa, embora precise de uma bolsa. Espero que minha redação dê conta do recado.

Dei uma piscadela.

—Você tem que capitalizar em cima da sua saída do armário.

A redação de Fiona era sobre quando ela contara à família

que era lésbica, dois anos antes. Sua avó tinha desmaiado, e quando seu pai fora socorrê-la ele tropeçara em uma cadeira, caíra e quebrara a perna. Eu estava lá, com a ideia de dar apoio moral, mas acabara tendo que cuidar dos dois enquanto esperávamos pela ambulância. Por sorte, todos ficaram bem, ou mais ou menos bem. A família acabou se recuperando, embora ainda não ficasse exatamente empolgada com o nível de atividade da vida amorosa de Fiona. Mas tenho quase certeza de que seria igual se Fiona namorasse garotos.

— O que é que vocês duas vão fazer sem mim? — Wes perguntou olhando para a parede, porque ainda estava de costas para mim. A primeira escolha dele era Princeton. Como Fiona, ele ainda não havia escolhido o que queria estudar, uma vez que não sabia se queria ser o próximo Mark Zuckerberg ou o próximo Stephen Hawking. O que era típico de Wes. Ele protestou quando Fiona o abraçou, o derrubou na cama e bagunçou seu cabelo.

—Vamos te obrigar a visitar o norte da Califórnia sempre que possível — eu disse, já um pouco triste com aquela perspectiva. — Será que a gente vai ficar igual ao pessoal do norte da Califórnia, aliás? Credo.

— Total, é melhor não começarem a falar que nem eles, senão vou ter que dar um pé na bunda de vocês —Wes disse, ainda deitado na cama, mas com a cabeça pendendo para fora, perto da minha mesa de cabeceira. Ele virou o pescoço e olhou para algo no meio dos livros. — Cara, esse é o caderno com as anotações do k-drama?

Wes se virou e o pegou.

Dei uma olhada.

— Ah, é. Eu queria jogar fora, mas meio que me apeguei a ele. Fora que é legal reler. Parece um estudo antropológico.

Wes passou por algumas páginas.

—Você foi bem detalhista nas anotações — ele disse, ainda folheando. — Eu queimaria —Wes concluiu, olhando para mim. No mesmo instante, seu celular vibrou.

— Ixi, é a Violet. Estamos atrasados, Fi.

— Aonde vocês vão? — perguntei, voltando a guardar as roupas rejeitadas no armário.

—Ver o novo filme do Homem-Aranha.Vou pra ficar de olho nos dois — Fiona disse, movimentando as sobrancelhas.

Pois é.Violet e Wes tinham se visto bastante desde a noite da fogueira. O amor florescia diante dos nossos olhos — ou, pelo menos, a pegação.

Wes me puxou para um abraço forte que quase me sufocou.

— Boa sorte, Des. Detona.

Fiona também se aproximou e me deu um abraço, depois apertou minhas bochechas ao se afastar.

—Você vai conseguir, Desi!

Fiquei vendo os dois se afastarem no carro de Fiona, que deu duas buzinadinhas em despedida. Ainda faltavam algumas horas para a entrevista, então liguei o notebook e abri o arquivo de texto com algumas perguntas preparatórias.

Meu celular vibrou sobre a cama. Eu o peguei e vi que era uma mensagem de Luca. **Cadê você??**

Em casa, respondi.

Ele me ligou na hora, com a voz trêmula.

— Des, estou ficando maluco… Minha mãe está num hospital em Los Angeles.Você pode ir comigo?

Franzi a testa, confusa.

— Nossa! Ela está bem? O que aconteceu?

— Não sei direito, só que ela estava visitando Los Angeles com alguns amigos quando aconteceu. A pessoa que me ligou do hospital não me disse nada. Só que era uma emergência e que minha mãe pediu pra ligarem pra mim. Vou pra lá ver o que aconteceu. Você vai comigo, por favor?

Ah, não. Eu não podia perder a entrevista.

— E o seu pai?

— Saiu com Lillian. Fora que minha mãe não ia querer ver meu pai. Por favor, Des. Estou com medo. Preciso de você — ele falou baixinho, quase sussurrando.

Eu não estava pensando direito quando respondi:

— Claro. Estou pronta quando você estiver.

Ele disse que já ia passar para me pegar.

Verifiquei as horas no celular. Tá, eu tinha duas horas e meia. Dava para chegar a Los Angeles em quarenta e cinco minutos. Eu podia dar uma passada para garantir que tudo estava bem e pegar um táxi de volta em seguida. Ia dar certo. Minhas mãos tremiam quando fechei o notebook. Dei uma olhada na minha roupa. Pelo menos eu não estava tão arrumada que Luca fosse estranhar.

Quando ele chegou, entrei no carro e fui puxada no mesmo instante para um abraço. Acariciei suas costas.

—Você está bem?

— Não... não estou. Queria saber o que está acontecendo!

Sua voz saía rouca, e seus olhos estavam vermelhos de preocupação.

—Tenho certeza de que ela está bem — eu disse, calma, embora não tivesse certeza nenhuma. — Quer que eu dirija?

As mãos dele tremiam mais que as minhas. Notei que seus olhos escuros estavam quase pretos conforme olhavam em volta no carro, incapazes de focar.

Luca hesitou por um segundo, então assentiu, quase imperceptivelmente. Trocamos de banco, ele ligou o GPS e seguimos na direção da estrada. Luca esticou o braço para prender uma mecha de cabelo atrás da minha orelha.

— Obrigado por ter vindo, Des. Achei que fosse pirar aquela hora...

Havia um toque de vergonha em sua voz.

Peguei sua mão, como ele havia feito tantas vezes comigo enquanto dirigia.

— Imagina.

Embora a ansiedade de Luca me absorvesse, eu ainda estava de olho nos minutos passando no relógio do painel do carro. No pior dos casos, eu poderia me atrasar um pouco. Mas tinha certeza de que entenderiam que era uma emergência. E ver Luca tão aflito me deixava inquieta.

Não conversamos muito durante a viagem. Luca ficou encolhido perto da janela, olhando para fora em silêncio. Mesmo música parecia inapropriado, então desliguei o rádio. Depois de cerca de meia hora de estrada, meu celular vibrou no bolso do casaco. Ignorei, porque estava dirigindo, mas ele voltou a vibrar outras cinco vezes.

Luca olhou para mim.

— É o seu celular?

— Hum, é, mas tudo bem.

— Quer que eu veja pra você?

Ele esticou o braço na direção do meu bolso

— Não! Não deve ser nada, só Fiona falando sobre o Homem-Aranha e como a Mary Jane é linda.

Aquilo fez Luca sorrir.

— Total.

Dei risada e apertei a mão dele com um pouco mais de força do que pretendia. Ele a puxou, franzindo a testa, e voltou a olhar pela janela. Aproveitei a oportunidade para tirar o celular do bolso e dar uma olhada rápida.

Meu pai. Merda.

— Tenho que ir ao banheiro, podemos dar uma paradinha? — perguntei, já pegando uma saída para um posto de gasolina.

— Claro.

Estacionei e corri para o banheiro, gritando:

— Já volto!

Entrei, peguei o celular e vi um monte de mensagens do meu pai, perguntando onde eu estava. Escrevi de volta: A mãe do Luca está no hospital, vim junto com ele. Vou voltar a tempo, não se preocupa!

Meu pai ligou imediatamente. Droga.

— Oi, *appa*.

— Luca está bem? O que aconteceu?

— Não sei, um hospital em Los Angeles ligou, mas ninguém explicou qual é o problema.

— Los Angeles? Mas... Ele não podia ter ido sozinho ou com o pai? Por que ligou pra você, com a entrevista?

Meu pai estava confuso, não bravo. Ainda.

Apoiei a cabeça na parede de azulejo daquele banheiro nojento.

— Luca não sabia que a entrevista era hoje, e eu não quis contar. Ele queria que *eu* viesse com ele, e não o pai. E não estava em condições de dirigir. Luca precisava de *mim*.

— *Desi*.

— Eu sei, não fica bravo. Talvez eu ainda consiga chegar a tempo — eu disse, sabendo que não soara convincente, nem mesmo para mim.

Ouvi um suspiro como nunca havia ouvido antes do outro lado da linha. Um suspiro de decepção.

— É um grande erro, Desi. Se Luca sabe, não vai querer que faça isso. E se você chegar atrasada e não for aceita por causa disso?

Minhas palmas estavam suadas. Ele estava certo, e eu sabia.

— Bom, agora é tarde, né? Estamos quase chegando, e não posso deixar Luca sozinho — insisti, em um tom de voz que beirava a histeria.

Ele não escondeu a decepção.

— Estou muito... Você fez uma coisa muito, *muito* idiota.

Lágrimas fizeram meus olhos arder. O arrependimento me inundou e se acomodou como uma pedra no meu peito, pesada e rígida. A decepção do meu pai foi esmagadora. Eu tinha me esforçado muito, todos os dias da minha vida, para nunca ter que ouvir aquele tom em sua voz. Eu mesma me odiava naquele momento. Mas que opção tinha? Já estava feito. Luca estava no carro, esperando por mim, morrendo de preocupação por causa da mãe.

Meu pai ficou em silêncio por um segundo. Então uma voz exausta chegou a mim.

— Vai ajudar Luca. Esquece Stanford enquanto dirige. Mas me liga *assim que souber*. Tá?

Assenti, as lágrimas ainda à beira de rolar.

— Obrigada, *appa*.

— Amo você.

— Também amo você.

Assim que ele desligou, respirei fundo algumas vezes e fui até a pia, jogar uma água no rosto. O reflexo que me olhava de volta enquanto eu pegava o papel para me secar parecia tão cético quanto eu me sentia.

Pegamos trânsito. Sempre tinha trânsito naquela estrada. No que eu estava pensando?

Se realmente estivéssemos em um k-drama, eu poderia dirigir desenfreadamente mesmo sendo a hora do rush, cantando pneu e fazendo manobras insanas, sem me importar com o rastro de acidentes que deixava para trás.

Infelizmente, aquilo eu não podia fazer, não importava o quanto me esforçasse para ser uma heroína de k-drama. Eu tinha vontade de gritar.

Quando finalmente chegamos ao hospital, eram quatro e quinze — o que me deixava com exatos quarenta e cinco minutos para chegar em Monte Vista. O que não era suficiente — eu já tinha visto o tráfego que me esperava na direção contrária. Luca pegou minha mão assim que saí do carro, e eu soube que era tarde demais. Stanford sumia à distância, depois de todo aquele trânsito.

Corremos hospital adentro, de mãos dadas. Cenas de k-drama se sucederam na minha mente — porque não havia *uma* novela coreana em todo o universo que não tivesse pelo menos uma cena de hospital. Quando chegamos à recepção, estávamos sem fôlego.

— Oi. Minha mãe está aqui. Rebecca Jennings. Pode me dizer o que aconteceu com ela, por favor? — Luca perguntou ao jovem enfermeiro do outro lado do balcão.

Seus olhos eram azuis e calorosos, e seu sorriso era solidário.

— Desculpe, mas não posso dar esse tipo de informação sem autorização dela.

— Quê? Mas ela deu autorização — Luca soltou.

Dava para ver pela expressão de Luca que ele estava prestes a perder a paciência com o enfermeiro. Levei uma mão ao seu braço. Antes de falar, vi o nome do enfermeiro na identificação dele.

— Oi, Benjamin. Recebemos uma ligação do hospital pra vir pra cá, então imagino que alguma autorização tenha sido dada, senão como teriam ligado para ele?

Benjamin pareceu cético. Ele apertou algumas teclas, conferiu algo no computador e perguntou:

— Qual é o seu nome?

— Luca Drakos.

— Desculpe. Ela deu seu nome mesmo e autorizou que passássemos informações a você. Eu estava esperando alguém mais velho. — Ele deu uma lida no que aparecia na tela. — Bom, ela teve uma crise de apendicite aguda, mas os médicos conseguiram operar

a tempo. — Luca soltou um suspiro aliviado. Benjamin prosseguiu.
— Sim, ela vai ficar bem, mas o médico pode lhe dar mais informações. Vou chamá-lo. Esperem ali.

O enfermeiro apontou para algumas cadeiras verde-escuras na área de espera.

Foi então que caí na real. Apendicite aguda. *Ai, meu Deus, foi por isso que perdi minha entrevista? Tentei não desmaiar enquanto seguíamos até a área de espera.*

Luca esfregou o rosto.

— Apendicite aguda. Não é muito grave, é?

Assenti, incapaz de falar naquele momento. Depois de alguns segundos, pigarreei.

— É bem comum. Eles já devem ter feito um bilhão de cirurgias assim aqui.

O alívio de Luca era palpável, e o invejei por aquilo.

Meu celular vibrou de novo. Luca estava perdido em pensamentos, então o peguei.

Já chegaram?

Chegamos. Foi apendicite aguda, mas ela está bem. Já saiu da cirurgia. Estamos esperando o médico.

O balãozinho com três pontos permaneceu na tela por um longo momento antes que a mensagem de meu pai chegasse.

Que bom que ela está bem. Mas acho que você vai perder a entrevista. Mesmo se sair agora.

Tive que sentar para responder, porque minhas pernas corriam o risco de fraquejar.

Eu sei. Vou ligar pra entrevistadora e dizer que tive uma emergência.

Não, você não está bem. Fica com Luca. Eu ligo e vejo se dá pra remarcar.

Mandei a ele o contato da entrevistadora.

Obrigada. Eu ligo quando estiver saindo.

Manda um abraço pro Luca. Tchau.

Guardei o celular e vi um médico negro de meia-idade com roupa de cirurgião se aproximando. Luca levantou, nervoso, e eu fiz o mesmo, para segurar sua mão.

— Você é o filho da sra. Jennings? — o médico perguntou, olhando para Luca. Ele assentiu, e senti sua pulsação acelerada através da palma da mão. O homem ofereceu a mão a Luca. — Sou o dr. Swift. Sua mãe passou por uma cirurgia de retirada do apêndice. Ela está se recuperando bem. — Ele abriu um sorriso simpático para Luca, que relaxou visivelmente. — Mas o apêndice estava rompido, o que é sempre sério. Quando isso acontece, contaminação passa para a cavidade abdominal, então ela está tomando antibióticos fortes. — Eu escutava com atenção, e assenti. — Ela provavelmente já vai poder se levantar e movimentar um pouco amanhã. E deve ir para casa em alguns dias.

Luca olhou para mim.

— Parece bom — esclareci.

O dr. Swift sorriu para nós dois.

— Ela está fraca no momento, mas consciente, então vocês podem vê-la. Quarto 1004. Passo mais tarde para discutir os detalhes.

Luca fez que sim com a cabeça e disse:

— Muito obrigado, dr. Swift.

O médico só assentiu em resposta e foi embora. Luca e eu olhamos um para o outro.

— Obrigado, mocinha — ele disse, sorrindo.

Peguei sua mão.

— Imagina. Ei, não é melhor você ligar pro seu pai e avisar do que aconteceu?

Ele franziu a testa.

— Por quê? Já estamos aqui.

— Bom, ela é sua mãe, e os dois já foram casados. Não acha que ele gostaria de saber?

— Duvido que ele vá se importar.

— Luca… é claro que vai.

Ele ficou em silêncio por um segundo.

— Tá bom. Mas antes vamos ver minha mãe.

— Hum, nós dois? Eu… pensei em ficar por aqui, deixar vocês dois à vontade — gaguejei. — Posso conhecer sua mãe outro dia, quando ela estiver se sentindo melhor.

Luca me deu um abraço apertado e falou no meu cabelo:

— Nada a ver. Quero que ela te conheça. Você foi a heroína do dia.

Ai, meu Deus.

— Tá, então, hum, por que você não entra primeiro e vê se tudo bem por ela? Eu posso ligar pro seu pai enquanto isso. Se você ainda quiser que eu entre, me chama depois.

Luca deu um beijo na minha testa.

— Tá bom então. Obrigado.

— De nada — eu disse, no pescoço dele.

Peguei sua mão e a apertei de novo. Luca abriu um sorriso largo e se afastou, quase saltitante.

Minhas mãos tremiam enquanto eu ligava para o pai dele.

~~passo~~ 20
~~não ser feliz até o último minuto possível~~ capítulo 20

Nunca alguém havia dado tanto trabalho depois de uma operação de retirada do apêndice quanto a mãe de Luca.

—Vem aqui, querida. Quero ver melhor quem foi que roubou Luca de mim.

Hum, e não parecia que ela estava brincando. Eu me aproximei da cama de hospital, com o hidratante de mão que ela havia pedido. Havia tido que ir a três farmácias diferentes para encontrar.

— Que pena que é assim que estamos nos conhecendo — eu disse, com um sorriso. — Como está se sentindo?

Seus olhos brilharam.

—Tão bem quanto possível, imagino — ela disse, com uma risada fraca. Coloquei o hidratante orgânico sem parabenos sobre a mesa de cabeceira. Luca estava sentado aos pés da cama, segurando a mão da mãe.

Ela era linda, o que não me surpreendia. Seu cabelo grosso e escuro caía sobre os ombros, seus olhos eram azuis e penetrantes e sua boca larga lembrava a da Julia Roberts. Mesmo depois de um órgão seu ter se rompido, tinha boa aparência.

Ela também era meio irritante. Além daquela história estranha do hidratante, ela pedira a Luca para conseguir mudá-la de quarto porque o feng shui daquele não era bom. Depois reclamara de como os lençóis do hospital eram *simplesmente péssimos.* Provavelmente cheios de *produtos químicos.* (Mas, na verdade, com poucos fios.)

— Luca me contou tudo sobre você, Desi. Como alguém pode ser tão perfeita?

Cada palavra que saía da boca daquela mulher disfarçada de elogio na verdade era o oposto. Olhei para Luca, mas ele só sorria, sem perceber nada. O tom de voz dela era simpático, mas seus olhos frios e duros me avaliavam.

Eu nem sabia como responder àquilo.

— Ah, bom, acho que ele deu uma exagerada nos elogios.

Luca revirou os olhos.

— Ah, é, Des. Ela vai ser oradora da turma e vai estudar em Stanford, mãe. — Senti um aperto no coração. — Quem poderia imaginar que eu ia acabar ficando com uma nerd dessas?

O escrutínio dos olhos da mãe de Luca me pareceu mais cuidadoso que nunca.

— O que seu pai faz mesmo? É encanador?

Embora eu não estivesse mais seguindo seus passos, foi ao meu catálogo mental de k-dramas que recorri atrás de forças. Pensei em Ji-Eun, de *Casa cheia,* e em como cantara uma música encantadora para a família toda tensa de Young-Jae, quebrando o gelo e conquistando a todos. *Só aguenta, Des. Não se deixa atingir.*

Sorri, animada e sempre agradável.

— Não, ele é mecânico.

— Que legal. — A voz de Rebecca indicava tudo menos aquilo. Ela voltou a mexer nas cobertas, então Luca levantou e as arrumou. Independente de eu estar me comportando como uma heroína angelical de k-drama, só queria dar um soco na cara dela.

Uma leve batida à porta interrompeu meus pensamentos. Era Ned. Praticamente corri para ele, aliviada. Dei-lhe um abraço e sussurrei:

— Ainda bem que você chegou.

Ned sussurrou de volta:

— Eu sei, querida.

— Ned? — Rebecca disse, com a voz cortante. — O que é que está fazendo aqui?

Ele foi até ela e colocou um buquê de peônias rosa-choque na mesa de cabeceira.

— Fico feliz em ver que continua a mesma, Becca — ele disse, seco.

Ela franziu a testa e olhou para Luca.

—Você ligou pra ele?

Luca olhou para mim, nervoso.

— Desi achou que a gente devia avisar, mas eu não sabia que ele ia vir.

Ele sorriu muito levemente para o pai, mas eu percebi, e Ned também.

Rebecca começou a reclamar. Ned tirou os óculos e esfregou os olhos.

Eu me afastei e tentei fazer contato visual com Luca, que assomava sobre a mãe, todo protetor. Tentei comunicar a ele telepaticamente: *vamos dar uma saída*. Luca entendeu a ideia.

—Vamos comprar alguma coisa pra comer enquanto vocês gritam um com o outro ou sei lá o quê — ele disse, já indo para a porta comigo.

Saí rapidinho de lá, com Luca no meu encalço. Quando já não podiam nos ouvir, Luca soltou um suspiro enorme, como se tivesse prendido o ar todo aquele tempo.

— Eu sei que foi bom meu pai ter vindo, mas... é um saco quando os dois se encontram.

Eu nem imaginava como era ter um pai e uma mãe que se odiavam tão abertamente.

— Desculpa, eu também não sabia que ele ia vir. É mais um estresse, em meio a tantos outros.

Ele passou o braço sobre meus ombros.

— Não, na verdade fiquei feliz que ele veio. E fico feliz que você esteja aqui — Luca disse. Alguns segundos se passaram antes que ele acrescentasse: — Odeio hospitais.

— Me deixa adivinhar, você acha que vai pegar tudo o que as outras pessoas aqui têm? — provoquei. Quanto mais conhecia Luca, mais suas sutis neuroses se revelavam.

Ele franziu o nariz.

— Meio que sim. Aliás, você acha que isso aqui é alergia?

Ele levantou a manga, sério, e me mostrou um trecho de pele normal que tinha acabado de ser coçado.

Afastei o braço dele.

— Para com isso. Você é, tipo, o pior pesadelo de um médico.

— Acho que vou ter que me acostumar com hospitais, considerando que minha namorada um dia vai ser médica.

Normalmente, eu ficaria radiante de ouvir aquilo — todo o planejamento futuro que o comentário implicava. Em vez disso, minha garganta fechou. Stanford pairava no ar, e a cada segundo que passava o que eu havia feito pesava mais sobre meus ombros. *Talvez Stanford não me conceda outra entrevista.* Dezoito anos de esforço ininterrupto. Não só meu, mas do meu pai também. Ele me levava comida de madrugada quando eu virava a noite estudando, me dava carona para as aulas preparatórias para o vestibular, costurava o bico das minhas chuteiras quando estourava.

Eu precisava tirar Stanford da cabeça, então entrei em território perigoso.

— Então... sua mãe...

Chegamos ao elevador. Luca olhou para mim, com cautela, e apertou o botão para descer.

— Eu sei. Ela é irritante.

Quase tropecei ao entrar.

— Sério? Mas você é tão próximo dela!

Ele deu de ombros.

— Eu nunca disse que ela era perfeita. Mas é minha mãe, e sou leal a ela.

Eu tinha um milhão de coisas para dizer, tipo "Ela não merece sua lealdade!", mas mantive a boca fechada, porque cada família tinha sua própria dinâmica. Quem era eu para julgar?

Quando chegamos ao restaurante, meu celular vibrou. Era uma mensagem do meu pai: Falei com ela. É pra você ligar para o departamento de admissões segunda logo cedo.

Acordei gritando na segunda-feira — com um esguicho de água fria na cara.

— Bom dia!

— *Appa!* — eu gritei, usando o lençol para enxugar o rosto. Meu pai estava de pé ao lado da cama, com um spray que ele usava para refrescar as plantas.

— Quê? São quase sete. Você precisa ligar para Stanford assim que abrir, às oito e meia.

— Falta uma hora e meia, *appa*!

— E você não quer estar preparada?

Boa, *appa*. Ele estava certo, mas eu não estava gostando daquele tom.

Quando meu pai ligara para a entrevistadora no sábado, ela dissera que eu precisava conferir com Stanford se era possível remarcar. Apesar do medo que me assombrava desde que meu pai havia dito aquilo, eu estava otimista: achava que tudo ia dar certo. Tinha passado o resto do fim de semana limpando a casa de cabo a rabo para me distrair. As calhas estavam oficialmente prontas para chuvas torrenciais e as ferramentas do meu pai tinham sido organizadas por tamanho, cor e função.

— Depois me fala como foi — meu pai disse, severo. Bom, tão severo quanto possível para alguém usando uma camiseta do Mickey e uma bermuda esportiva. Depois saiu do meu quarto, me deixando preocupada.

Às oito e meia, eu já estava na primeira aula, de cálculo. Quando o celular vibrou, com o alarme que eu havia programado, levantei a mão no meio da explicação do sr. Farhadi sobre derivadas.

— Posso ir ao banheiro?

Ele assentiu. Peguei meu celular e corri para fora da sala. Notei que Fiona me olhava, com cara de interrogação. Fora Luca quem me dera carona para a escola, então eu ainda não havia contado a ela sobre a entrevista.

Saí para o pátio. O dia estava nublado e meio frio. Eu já tinha o número do departamento de admissões, e cliquei nele enquanto caminhava pelo caminho de cascalho, entre as folhas roxas e verdes (de festuca, uma gramínea nativa resistente à seca que eu havia convencido a escola a plantar quando tinham renovado o paisagismo no ano anterior).

Ouvi o celular chamando até que alguém atendesse. Depois de ser transferida algumas vezes, finalmente estava falando com a pessoa certa.

— Bom dia, sr. Lipman. Aqui é Desi Lee. Eu tinha uma entrevista marcada com Sandra Muñoz no sábado, mas tive uma urgência e precisei cancelar. Ela me disse para ligar para vocês para remarcar.

Mantive a animação na voz, enquanto mantinha o celular entre a orelha e o ombro e as mãos na cintura, em uma pose que fazia com que me sentisse a Mulher-Maravilha. Eu havia lido uma vez que aquela postura era de fato chamada de Mulher-Maravilha e fazia a pessoa se sentir confiante mesmo que não estivesse nem um pouco.

— Ah, sim, srta. Lee. Está tudo bem? A sra. Muñoz mandou um e-mail dizendo que foi uma emergência.

— Está tudo bem, obrigada. A mãe do meu namorado fez uma cirurgia de emergência e tive que levá-lo para Los Angeles. — Ah, droga, a palavra "namorado" tinha escapado antes que eu conseguisse me segurar. Vinda da boca de uma adolescente, parecia tão frágil, tão condenável. Fez-se silêncio por um momento, e eu me apressei a rompê-lo. — Ela está bem agora. Podemos remarcar a entrevista.

De novo, silêncio.

— Sinto muito, srta. Lee, mas isso não é possível.

Meu coração parou. Simplesmente.

— Como sabe, realizamos entrevistas durante um mês inteiro, e você ficou com uma das últimas vagas. Na verdade, sábado era o último dia de entrevistas. Sinto muito.

Balancei a cabeça, com o celular preso à orelha.

— Mas posso fazer hoje mesmo! Ela mora a quinze minutos daqui, posso simplesmente ligar para ela e…

— Srta. Lee… o prazo expirou. Mais uma vez, sinto muito. Mas entrevistas não são obrigatórias, como você deve saber.

Eu não conseguia mais entender as palavras que me chegavam pelo celular. Desfiz a pose da Mulher-Maravilha e me agachei no cascalho.

Foi difícil responder.

— Hum… mas isso vai diminuir minhas chances?

Outro momento de silêncio.

— Bom, sua inscrição ainda vai ser considerada — o sr. Lipman disse, tentando ser otimista.

Soltei uma risada dura e um pouco assustadora.

— Ah, que alívio!

Toda a educação desaparecera agora que eu sabia que tinha perdido pontos com Stanford.

O tom de voz do sr. Lipman passou de compreensivo a seco.

— Não sei o que mais posso fazer para ajudá-la.

— Posso falar com seu supervisor, por favor? — pedi, me esforçando para manter a voz calma.

— Não acho que vá fazer diferença — ele disse, com dureza na voz.

— Por favor, transfira a ligação para seu supervisor.

— Está bem.

Ouvi um clique quando a ligação foi transferida para outro ramal. Ficou chamando até cair na caixa de mensagens. *Droga.* Deixei uma mensagem breve e insistente e desliguei.

Eu estava olhando para a grama do pátio em silêncio quando trovejou, audivelmente. Olhei para as nuvens e uma gota caiu no meu rosto. O peso da umidade e da decepção preencheu meus pulmões.

~~passo 21~~
~~hora da traição: um de vocês meio que trai o outro, mas não trai~~
capítulo 21

É uma sensação estranha quando seu futuro inteiro é apagado em segundos. Lembra o espaço — um monte de nada. Depois da negação e da vontade de contra-atacar, não há nada. Porque, ao fim de tudo, há um buraco negro no lugar do seu futuro.

—Você não acha que está exagerando? — Fiona perguntou alguns dias depois, enquanto eu me remoía por dentro no carro, a caminho da escola.

Olhei feio para ela, de um jeito quase tão potente quanto as olhadas feias da própria Fiona.

— Exagerando? Se eu não entrar em Stanford, estou totalmente ferrada. Falando sério. E é tudo culpa minha.

— Olha aí o exagero, Desi Lee. Por que exatamente você estaria ferrada? Você vai entrar em alguma das outras faculdades em que se inscreveu e vai ser médica mesmo assim.

— Porque eu sempre quis estudar em Stanford, Fi!

Ela desviou o carro de maneira dramática, e os pneus cantaram até parar. Ela virou na minha direção com uma expressão séria que não era típica dela.

— Desi. Aí é que está. *Por que* é tão importante estudar em Stanford? Sei que foi onde sua mãe estudou, mas isso não é...

Fiona deixou a frase morrer no ar, incerta quanto a como dizer o que queria dizer.

— Não é o quê? Importante? — exigi saber. — Não é motivo?

Fiona deu de ombros, ficando vermelha.

— É. Tipo, não quero ser dura, mas estudar em Stanford não vai trazer sua mãe de volta.

Eu me encolhi. Fiona estava certa. Aquilo não ia trazer minha mãe de volta. Eu me recostei no assento e fiquei olhando para o teto.

— Eu sei. Mas esse não é o ponto. Quero que meu pai saiba que posso ser a melhor, como minha mãe era. Stanford é...

Fiona também se recostou no assento.

— Um símbolo — ela concluiu para mim.

— É. Um símbolo.

— De que seu pai criou você bem.

Assenti.

— Desi, todo mundo sabe que seu pai fez um excelente trabalho. Incluindo ele — ela disse, com a voz mais suave.

A solidariedade da minha melhor amiga girou uma chave dentro de mim. As lágrimas fizeram meus olhos arderem.

— Eu só... quero que ele tenha orgulho de mim. E que nunca se preocupe.

Ela deu uma risada carinhosa.

— Des, pais estão sempre preocupados, independente de qualquer coisa. Você não pode proteger seu pai pra sempre, por mais perfeita que tente ser.

Enxuguei as lágrimas.

— Eu sei. Mas sempre tento me convencer do contrário.

— E qual foi a reação dele? Conhecendo *appa*, ele não deve ter te deixado de castigo, apesar de tudo.

Consegui rir, apesar de tudo.

— Não, é claro que não. Ele ficou chateado a princípio, mas logo depois já tentou me animar, dizendo que não era nada de mais e que eu ainda tinha grandes chances de passar. E aí fizemos uma maratona de k-drama.

Fiona voltou a andar com o carro.

— Tá vendo? Não se preocupa. A questão com *appa* está resolvida. Agora, quando é que você vai contar a Luca essa história toda? — ela perguntou.

Luca. Fazia alguns dias que eu vinha usando coisas relacionadas ao conselho estudantil para evitá-lo. Não queria que ele me visse chateada, e não estava pronta para contar sobre Stanford. Sabia que Luca ia se sentir culpado, e não queria dar início a uma nova onda de emoções. Tampouco queria que ele se sentisse culpado por causa da minha decisão idiota.

— Não sei. Mas logo.

Ela olhou para mim enquanto entrava no estacionamento da escola, parecendo não estar convencida.

— Conta logo mesmo — Fiona disse, firme.

Quando cheguei ao meu armário, Luca estava lá. Recostado como um namorado galã dos anos 1950.

— Oi, sumida — ele disse, com um sorriso.

Eu o abracei antes de dizer:

— Eu sei, mas é que as coisas andam meio malucas. Desculpa.

Ele recuou para que eu pudesse abrir meu armário, então deu de ombros.

— Tudo bem. Quer fazer alguma coisa hoje à noite?

Meu primeiro instinto foi continuar evitando Luca, mas eu sabia que Fiona estava certa. Precisava contar logo a ele.

— Claro! — Peguei meus livros e fechei o armário bem quando o sinal tocou. — Tenho reunião do clube de francês no almoço e futebol depois da aula. A gente se fala mais tarde?

Ele me deu um beijo na testa.

— A gente se fala mais tarde.

Quando Luca me mandou mensagem aquela noite, eu estava no modo preguiça. Meu pai tinha saído para jantar com amigos, então eu estava sozinha em casa, assistindo a *Mate-me, cure-me*. Tinha perdido toda a motivação de fazer o que quer que fosse.

Vamos no Boba Palace?, ele tinha escrito.

Eu estava usando legging e uma camisa velha de basquete do meu pai, e meu cabelo estava um horror. Teria que me arrumar para sair. Pela primeira vez desde que tínhamos começado a namorar, eu não estava a fim de fazer um esforço. De sorrir e aguentar. Ou de fazer o que quer que fosse esperado de mim. Só queria ficar na sofrência.

Então escrevi de volta. Desculpa, Luca, mas acho que não estou a fim de ver metade da população de Monte Vista hoje 😕.

Tá tudo bem?

A culpa tomou conta de mim. Mas, pela primeira vez em muito tempo, eu realmente queria ficar sem fazer nada. Desculpa, tá sim. Só tô meio blé. Assim que mandei a mensagem, me arrependi. Droga. Ninguém quer namorar uma pessoa deprê.

Ele respondeu: Poxa 🙁 Precisa de alguma coisa?

Eu não ia conseguir esconder como estava pra baixo se ele viesse, então mandei uma mensagem que era *garantido* que ia mantê-lo afastado.

Tô tomando um monte de antiácido, acho que não estou boa da barriga. Acho que é melhor vc não vir 🤢

Como previsto, houve uma longa pausa antes de Luca responder:

Ixi, então tá, melhoras. Saudades. Bjs

Fiquei aliviada, mas um pouco decepcionada comigo mesma. Eu não estava pronta para contar. Meu pai me mandou uma mensagem pouco depois para dizer que ainda ia demorar um pouco para voltar, de modo que eu tinha uma noite inteira pela frente só curtindo a fossa.

Fui para o quarto e fiquei olhando com cara de enterro para o moletom e a camiseta de Stanford. Botei ambos em um saco para doar depois. Todos os meus folhetos relacionados à universidade foram para o lixo reciclável.

Comi um vidro inteiro de picles.

Voltei a assistir a *Mate-me, cure-me*, mas no meio do episódio final a campainha tocou. Quem poderia ser? Decidi ignorar, já que eu não só me sentia o caos, como estava o caos.

A campainha tocou de novo. Em seguida, alguém bateu à porta, hesitante. Argh.

Eu me arrastei para fora do sofá e espiei pelo olho mágico. *Ah!* Era Luca! *Nããão.*

Por que ele tinha vindo? Eu não tinha tempo de me trocar ou arrumar o cabelo, o rosto, tudo. Com um suspiro gigante, abri a porta.

Luca trazia um cacho de bananas e um monte de iogurtes.

— Trouxe um pouco do remédio salvador do Luca para problemas intestinais!

Apesar de irritada, não pude evitar rir.

— Banana e iogurte?

Ele ergueu as sobrancelhas.

— Banana para impedir *você sabe o quê*. E, de acordo com uma pesquisa meio nojenta no Google, iogurte ajuda a recompor a flora intestinal.

Flora intestinal.

E, simples assim, me dei conta: podia ser eu mesma com Luca.

Luca, que sabia que eu estava me sentindo mal e precisava de companhia. Luca, que tinha vindo porque achava que eu estava doente. Luca, que odiava ver gente doente. Luca, que *se importava* comigo.

Semanas e meses de ansiedade se desfizeram, camada após camada.

Ele gostava de mim de verdade. Estava mesmo resolvido.

Aquela revelação pareceu libertar algo dentro de mim. Eu o segui até a cozinha praticamente flutuando no ar. Fiquei olhando enquanto Luca colocava iogurte em uma tigela e cortava a banana em fatias. Ele se recusou a me deixar ajudar, fazendo questão de que eu esperasse sentada na bancada.

— Você tem mel? — ele perguntou, enquanto juntava a banana ao iogurte.

Tentei parecer normal, e não uma pessoa que tinha acabado de ter uma revelação emocional de proporções épicas.

— Tenho. — Fiz menção de ir pegar no armário, mas Luca me impediu.

— Nada disso. A paciente tem que descansar. Me diz onde fica.

Ficando perfeita e até comicamente imóvel, eu disse, mal movendo os lábios.

— No armário de cima, à direita.

Ele pegou a garrafa de plástico em formato de urso e deu uma bela apertada. Arregalei os olhos.

— Uau, isso é bastante mel, dr. Drakos.

— Doce para o meu docinho — ele disse, animado. Ri e peguei a tigela que Luca oferecia com um floreio. Ele se sentou na outra bancada. Eu ofereci uma colherada de iogurte.

— Não quer vir se sentar aqui e comer comigo? — brinquei.

Ele fez uma careta.

— Hum, sei que você é minha namorada e tal, mas não me parece muito romântico passarmos a noite lado a lado no banheiro.

Balancei a cabeça.

— Quem diria que eu acabaria com alguém com pavor de germes?

A resposta dele foi se inclinar para trás, todo confortável, e abrir aquele seu sorriso convencido. Como sempre era o caso, não consegui evitar sorrir também. Era como meu corpo respondia sempre que ele me olhava daquele jeito. Depois do lanchinho, eu contaria sobre Stanford. De novo, o alívio percorreu meu corpo, e me senti cada vez mais leve a cada minuto que passava.

Depois de terminar o iogurte (eu não disse a ele que a maior parte dos iogurtes não tinha bactérias o suficiente para recompor a flora intestinal), desci da bancada para lavar a louça. Luca veio correndo e virou a torneira articulada para longe de mim.

— Não! Estou aqui para atender a todas as suas necessidades, mocinha.

Aquilo estava ficando ridículo. Eu nem estava doente!

— Luca, deixa comigo. Você já fez demais. Foi o namorado perfeito, aliás.

Ele deu risada.

— Hum, o namorado perfeito.

Puxei a torneira de volta.

— É um título de prestígio! Agora me deixa…

De repente, a torneira virou e borrifei água sem querer em Luca. Recuei na hora e cobri a boca com as duas mãos, tentando reprimir uma risada.

Ele levantou os olhos para mim devagar, me encarando através das mechas de cabelo pingando.

— Você está ferrada.

Luca agarrou a torneira, abriu-a com tudo e me molhou. Dei um grito e corri para o outro lado da cozinha.

— Estou doente!

Houve um momento de hesitação antes que um jato de água atingisse minha bunda.

— Ah, não! — gritei, antes de sair correndo na direção dele para me vingar. Luca soltou a torneira e se apressou para fora da cozinha, se matando de rir.

— Mesmo doente sou mais rápida que você — gritei, seguindo-o escada acima.

Luca correu para o meu quarto e bateu a porta ao entrar. Tentei girar a maçaneta, mas ele tinha se trancado lá dentro.

— Luca!

— Você só vai poder entrar depois de declarada trégua! — ele gritou, do outro lado da porta.

— *Trégua?!* Eu te molhei uma vez sem querer. Aí você me molhou umas três vezes. Se praticasse algum esporte, ia saber que isso é muita sacanagem.

Silêncio. Bati na porta.

— O que está fazendo aí?

Ouvi o som nítido de um corpo se jogando na cama.

— Só estou ficando à vontade — ele gritou de volta.

Minha cama estava desarrumada, e os lençóis provavelmente precisavam ser lavados. *Ai, meu Deus.*

— Luca! Anda, me deixa entrar!

— Tudo em sua devida hora — ele disse. Então o ouvi andando pelo quarto. — Primeiro, vou dar uma olhada nas suas calcinhas. Estou louco pra fazer isso desde o dia em que você tirou a calça na minha frente.

— Como assim? Foi um acidente!

— Ah, é. — Ouvi um farfalhar, como se ele estivesse passando por papéis e livros. Argh, eu esperava que ele não tivesse descoberto meu catálogo de árvores, ou nunca ia me deixar em paz.

— Se você está olhando meu catálogo, espero que pelo menos tome cuidado de não deixar as folhas secas caírem! — Esperei por uma resposta espertinha que não veio. — Luca?

Mais barulho de páginas virando.

— O que é k-drama?

Como? Meu corpo congelou inteirinho — cada fio de cabelo, órgão ou centímetro de pele. Sacudi a maçaneta de novo.

— Luca, me deixa entrar!

— São aquelas novelas coreanas que você e seu pai veem o tempo todo? Você estuda aquilo também? Des, sua nerdice não tem limites.

Não, não, NÃO. Continuei sacudindo a maçaneta, como se pudesse de fato abrir a porta daquele jeito.

— Estou falando sério, Luca. Me deixa entrar, por favor. E para de ler isso, é particular!

Ele não respondeu. A cada segundo de silêncio que passava, eu sentia que morria um pouco. De repente, a porta se abriu com tudo, e eu caí para a frente.

Quando levantei a cabeça, Luca estava com o caderno dos passos do k-drama nas mãos, me encarando com uma expressão que me fez perder o ar.

Tentei pegar o caderno, mas ele foi mais rápido e o tirou do meu alcance, então o levou até o rosto e começou a ler em voz alta.

— "Ir com Wes à festa de Gwen Parker para deixar Won Bin com ciúme…"

Luca estava lendo minhas anotações relativas ao passo 8: *Entrar em um triângulo amoroso claramente desequilibrado.* Ele continuou a ler, com a voz trêmula:

— "Pedir para Won Bin me dar uma carona até em casa e causar um acidente de carro leve."

— Luca…

Ele ficou ali, olhando para minhas anotações em silêncio pelo que pareceu uma eternidade.

— Me deixa adivinhar… Won Bin sou eu.

Fiz força para respirar.

— Não! Bom, sim, mas…

Ele começou a andar pelo quarto enquanto lia. Cada palavra era uma adaga diminuta no meu coração.

— "Provar que sou diferente de todas as outras mulheres no mundo. Observação: você é a única pessoa que pode provar que as ideias fixas dele relacionadas a amor e relacionamento estão erradas. Você, pura de coração e alma, é a única exceção à regra de que todas as mulheres são criaturas detestáveis e indignas de confiança." — Luca bufou em escárnio, então voltou a andar, lendo e murmurando. Depois de acabar, ele me encarou. — Quem é você?

— Luca, por favor, para de ler isso. É idiota, e não importa mais…

Ele parou na hora, sacudindo o caderno com violência.

— Ah, não. Importa, sim. Importa muito. Você planejou tudo isso.

Sua voz estava trêmula, seu corpo estava tenso e não restava nenhum vestígio de sua autoconfiança habitual. Fiquei me sentindo terrivelmente culpada ao vê-lo tão abalado, tão fora de si.

Balancei a cabeça.

— Não, espera. Você não está entendendo. Fiz tudo isso porque gostava de você…

Então, tudo mudou. Ele que antes estivera agitado, perambulando pelo quarto, ficou totalmente imóvel.

— Então você seguiu esses passos para conseguir um namorado? Você fez isso de verdade?

Eu continuava balançando a cabeça, incapaz de fazer qualquer outra coisa com o corpo.

— Não, não. Não um namorado. *Você*. Luca, fiz tudo isso por você.

A risada dura e zombeteira que ele soltou foi como um tapa na cara. Não tinha nada a ver com sua risada grasnida, aquela que envolvia todo o seu corpo, aquela de quando eu revisara a ortografia do cardápio do restaurante japonês, ou de quando eu o fizera estacionar em outro lugar porque um centímetro do carro tinha ficado em local proibido. Não, era uma risada diferente.

—Você fez tudo isso por mim? Cara, acho que já ouvi essa porra antes.

Emily. Ai, meu Deus, ele estava me comparando a Emily.

— Não! Não, Luca, por favor, me ouve. Sei que parece maluquice…

Ele apontou para mim.

— *Parece* maluquice? É maluquice, Desi. É *mais* que maluquice. Eu sabia que você era um pouco entusiasmada demais, mas sempre achei que de um jeito inofensivo. Até fofo. Não de um jeito manipulador, maquiavélico… como Emily. — Seus olhos brilharam quando tudo pareceu se encaixar. — Você é igualzinha a ela.

Meu peito doeu, meu rosto doeu. Tudo doeu.

Ele se endireitou, se segurando com uma precisão tensa que me deixou mais em pânico que gritos. Quando falou, sua voz voltou a sair tranquila, controlada.

— Mas na verdade você não é igual a ela. É pior.

Meus olhos se encheram de lágrimas, e reprimi um soluço de choro.

Luca ficou me vendo chorar com aquela expressão impassível que eu havia visto em seu rosto quando falava com o pai. Então ele se virou devagar para a estante do quarto.

— Sabe por que você é pior? Porque, pra você, eu não passo de outro troféu nessa prateleira, de outra conquista que você pode riscar da lista. *Nada* foi real.

Tentei dizer alguma coisa entre os soluços.

— Não, Luca. O que eu sentia por você, o que ainda sinto, é real. Por favor, acredita em mim!

— Você é uma mentirosa. Todo mundo a minha volta é. Meu pai, que traiu minha mãe. Minha ex-namorada, que me manipulava. E você… você é igual.

Ele deixou o caderno cair no chão.

Aquele era o momento, o momento que eu precisava para explicar tudo.

Só que não consegui. Fiquei paralisada, tendo um pesadelo acordada. Tudo — Luca, Stanford — se desfazia diante dos meus olhos.

Fui até ele e segurei sua manga.

— Luca, por favor.

Ele me empurrou para longe. *Empurrou* mesmo.

— Não.

Então saiu pela porta. Desceu a escada. E foi embora da minha casa.

Eu só fiquei ali. Com os pedaços do meu coração partido aos meus pés.

~~passo 22~~
~~estar no fundo do poço e ver a vida como uma série de montagens de flashback dos bons tempos~~ capítulo 22

O mês seguinte da minha vida foram as páginas em branco de *A história de Desi Lee*. Mas, infelizmente, diferente da Bella Swan da saga Crepúsculo, eu não podia ficar sentada em uma cadeira por meses, olhando pela janela. Ainda precisava ir para a escola e seguir o fluxo. Embora eu usasse uma máscara de normalidade bastante convincente com meu pai, eu a tirava imediatamente quando chegava à escola.

Os últimos dias de fevereiro se arrastaram. Eu me alternava entre chorar e a ilusão de que Luca ia me perdoar. Então março deu lugar a abril e passei de triste a furiosa. Eu odiava todo mundo. Me recusava a assistir a k-dramas e a agitação do fim do ano letivo batia e voltava no meu campo de força de energia negativa. Naquele período, Wes se referia a mim como Desi Vader. Então a raiva foi passando e dando lugar ao entorpecimento — me deixando com uma visão niilista que fazia com que eu fosse uma companhia muito divertida.

Eu estava com um humor assim agradável quando saí para almoçar no pátio. O sol estava claro demais e o ar estava frio demais. Coloquei os óculos escuros e puxei o capuz do moletom.

Identifiquei Wes e Fiona na nossa mesa de sempre, mas não fui me juntar a eles — segui para pegar pizza. Eles me viram, e sua expressão preocupada me deu vontade de gritar. Nas primeiras semanas, os dois tinham insistido que ia passar, que Luca ia me perdoar. Fiona disse que, se ele não o fizesse, ela ficaria feliz em capá-lo. Mas agora até os dois tinham chegado à conclusão de que o término era para valer.

Era incrivelmente fácil evitar Luca. Nunca nos víamos. Depois que saí do clube de artes (foi a primeira vez na vida que larguei no meio o que quer que fosse), não corria risco de deparar com ele. Até onde eu sabia, Luca estava morto. (Brincadeira, mas a sensação era aquela.)

Eu equilibrava três pedaços gigantes de pizza engordurada no meu prato, e ainda tinha colocado por cima alguns biscoitos de manteiga de amendoim. Sabe aquelas pessoas que perdem o apetite quando terminam um relacionamento? NÃO SOU UMA DELAS! Eu ansiava por calorias, e quanto menos saudáveis melhor. Mais gordura e manteiga, por favor. E uma montanha de açúcar para completar.

Quando finalmente cheguei à nossa mesa, notei que Violet e Leslie também estavam ali. Wes e Violet tinham começado a namorar oficialmente, algo que eu tinha reparado mesmo enquanto encenava minha produção solo de *Os miseráveis*. E não foi nenhuma surpresa quando Leslie e Fi voltaram. De modo que eu estava cercada de casais felizes. Êêêê.

Todo mundo me cumprimentou. Eu podia *sentir* a preocupação no ar, e estava cansada daquilo. Resmunguei em resposta e me sentei com meu almoço indutor de ataque cardíaco.

Wes rompeu o silêncio desconfortável.

— O que acham de fechar nosso último ano no maior estilo e alugar uma limusine da Hummer para o baile?

— Está falando sério? — Fiona perguntou, com os lábios franzidos. — Prefiro pagar um boquete.

Violet engasgou com a comida de tanto rir.

O baile. Argh. Na minha infelicidade, tinha esquecido completamente disso. Muito tempo antes, havíamos feito planos de ir juntos, como um grupo — incluindo Luca, claro. A mera ideia de ir ao baile agora me deixava enjoada.

— Hum, pode me deixar fora dessa — resmunguei, mordendo uma fatia de pizza.

— Ah, Des, você tem que ir! — Wes choramingou, enquanto Violet dava uma olhada discreta no meu prato. Provavelmente continha mais calorias do que ela comia no mês inteiro.

Fiona puxou uma perna para junto do peito e descansou o queixo no joelho.

— Normalmente eu seria a favor de você se rebelar, mas seria estranho não ter você com a gente, Des. Você é a cara da turma do último ano. Não seria certo.

Mantive os olhos na comida e não respondi. Wes jogou uma bola de futebol americano no ar e a pegou. Depois a jogou de novo para pegar. Fiz um esforço.

— Não, vão vocês e se divirtam — eu disse, tentando sorrir.

— Você vai se arrepender — Wes disse, voltando a jogar a bola no ar. Ele se atrapalhou na hora de pegar e ela caiu no meu prato, derrubando alguns cookies na mesa e um pedaço de pizza na grama. Todo mundo ficou em silêncio na hora.

Wes correu para recolher minha comida.

— Desculpa, Des — ele disse depressa, devolvendo a fatia suja de grama ao meu prato, meio sem jeito.

Meu primeiro instinto foi ser legal, não deixar minha irritação transparecer, mas pensei imediatamente nas heroínas de k-drama e em como elas viviam sob uma nuvem carregada de chuva e tristeza quando estavam com o coração partido. Especificamente as protagonistas de série *Four Seasons* quando estavam morrendo (todas elas estavam morrendo em algum momento).

Então ofereci um sorriso sem emoção a Wes e disse:

— Tá.

Senti que todos eles trocavam olhares desconfortáveis. Tirei os óculos escuros e olhei em volta.

— Tá, eu amo vocês, mas no momento não aguento esses olhares de pena.

Levantei, joguei meu prato no lixo e fui embora.

Ouvi Fiona gritar:

— Des!

Mas continuei andando.

Quando cheguei em casa naquele dia, fui direto para o quarto. Joguei a mochila no chão e me atirei na cama. A força do impacto fez algo cair na escrivaninha. Olhei e notei que meu retrato de família estava virado para baixo. O que parecia apropriado. O porta-retratos caíra bem em cima do rascunho do meu discurso para a formatura, que estava ali, acumulando pó, desde toda a confusão Luca/Stanford.

Stanford. Eu receberia a resposta deles em algumas semanas. Estava nervosa, claro, mas algo interessante havia acontecido no mês anterior: eu ainda me importava, mas menos. Tinha certeza de que parte do motivo era meu estado atual de entorpecimento, mas também parecia que era apenas *uma* parte da minha vida. Uma parte do todo. Fora que eu já havia entrado na Universidade de Boston e na Cornell, ambas melhores ranqueadas em medicina do que Stanford, diga-se de passagem. O fato de que eu não me importava era surpreendente e um pouco assustador. Mas, de certa maneira, também era libertador.

Olhei para o rascunho do discurso e me senti culpada por meio segundo antes de fechar os olhos para tirar uma soneca.

Antes que eu estivesse totalmente acomodada, a porta se abriu e meu pai entrou com tudo.

— *Appa!* — gritei. — Como assim, você nem bate mais?

— *Appa* nunca bateu.

Era verdade.

Ele se aproximou, me pegou pelo braço e me arrastou para fora da cama. Tentei me soltar.

— O que está fazendo? — gritei.

— *Appa* está cansado de você fazendo *nada*. Levanta e me ajuda lá fora.

Gemi.

— Não quero...

Ele parou e me encarou.

— Como?

Meu corpo se endireitou na mesma hora. Eu sabia que só podia ir até certo ponto com meu pai.

— Esquece — resmunguei, e segui lá para fora. A porta da garagem estava aberta. Havia um carro ali, erguido por alguns macacos. E não era qualquer carro: era o carro de Luca. Como assim? Olhei feio para o meu pai. Ele deu de ombros.

— Tenho que consertar, e achei que era melhor em casa.

Ele se acomodou no carro-esteira, aquela maca com rodinhas dos mecânicos, e rolou para baixo do Civic.

— Tá, coloca uma lanterna de cabeça, vai no outro carrinho e mantém a caixa de ferramentas por perto.

Soltei um suspiro pesado e arrastei a caixa de ferramentas gigante do meu pai até o carro. Deitei no outro carro-esteira e usei os pés descalços para me empurrar pelo chão da garagem até debaixo do carro.

Liguei a lanterna para olhar o chassi do Honda. Meu pai apontou e explicou a situação.

— Os filtros de óleo e de combustível e as velas de ignição estão velhos, não prestam mais. Precisam ser trocados, ou o carro não vai passar na inspeção. Você vai me ajudar a trocar, tá?

Eu sabia mais ou menos como fazer aquilo, e comecei a soltar o escudo térmico com uma chave catraca. Enquanto fazia aquilo, meu pai observava, sempre atento. Depois de alguns segundos, ele perguntou:

— Então, *appa* sempre quis saber, como funcionam as velas? São só peças de metal!

Eu estava trabalhando no filtro, concentrada para me certificar de que não ia acabar fazendo tudo aquilo explodir.

— Bom, acho que a eletricidade produz uma faísca na ponta da vela, fazendo a gasolina entrar em combustão.

Meu pai pareceu pensar a respeito.

— Hum, tá. Faz sentido. — Aquela era a resposta educada dele sempre que não fazia ideia do que eu estava falando. — Me passa a catraca maior agora.

Rolei para fora do carro e vasculhei a caixa de ferramentas até encontrá-la. Passei-a a ele, e fiquei sentada ali, deixando que meu pai assumisse.

— Então... o que é que você vai fazer com o Luca?

Fui pega de surpresa.

— Como assim? A gente terminou.

Embora tentasse demonstrar o mínimo possível de tristeza quando estava com meu pai, eu tinha contado a ele sobre o término, porque não havia outra maneira de justificar o fato de Luca nunca mais aparecer.

Meu pai grunhiu.

— Você não era de desistir.

— Às vezes a pessoa tem que aceitar quando dá merda na vida dela.

As palavras marcadas pela pena de mim mesma saíram pela minha boca antes de que eu me desse conta de com quem estava falando.

— Eu sei disso. Sei muito bem disso, tá?

Ele rolou para fora do carro, limpando as mãos no pano que tinha consigo.

— Eu sei que você sabe — disse, baixo.

Meu pai se sentou e tomou um gole de uma garrafinha de água, depois olhou para mim.

—Vai finalmente me contar o que aconteceu?

Eu vinha evitando entrar em detalhes com meu pai. A coisa toda me deixava muito constrangida. Mas agora estava pronta. E contei tudo para ele.

Meu pai ficou em silêncio por um segundo.

— Então... é por isso que você tem visto tanta TV comigo ultimamente.

Eu ri, pela primeira vez em semanas.

— É, mas agora estou gostando também.

— Luca deve achar que você é muito louca.

— Eu sei.

— Porque o que você fez foi muito louco, mais ou menos.

Mais ou menos muito louco. Meu pai resumira tudo perfeitamente, como sempre.

— É.

— E por que você fez isso então? Por que não fez Luca gostar de você do jeito normal?

Ficamos sentados lado a lado, cada um no seu carrinho, sem dizer nada por um minuto. Meu pai mantinha a paciência de sempre enquanto eu pensava no que diria a ele — todos os fracassos e inseguranças devidos ao fato de que eu sentia que não tinha o menor controle sobre aquela única área da minha vida.

Mas, apesar de tudo, mesmo de uma vida toda confiando os mínimos detalhes de tudo ao meu pai, não consegui contar. Eu não podia dizer que, apesar de todo o seu trabalho, amor e carinho, eu era profundamente insegura quando se tratava de relacionamentos amorosos.

—Você me conhece, *appa*. Tenho que seguir uma programação para me sentir confortável.

— Rá. Igualzinho sua mãe.

Ah, é. Hã-hã. Eu duvidava que minha mãe tivesse precisado de listas na vida.

Meu pai pigarreou.

— Sabe, se não fosse pelo *appa*, você não teria nascido.

Eu me encolhi, recordando quando ele havia falado sobre sexo comigo, anos antes.

— Porque sua mãe, ela vivia desistindo da gente. Tive que lutar um monte de vezes para ela não jogar o lenço.

— A toalha.

— É, foi o que eu disse. Bom, ela quase desistiu várias vezes. Na escola, quando os pais dela me odiavam, sua mãe disse que a gente tinha que parar de se amar. — Sorri diante da escolha de palavras do meu pai. — Quando ela soube que ia mudar pra cá, estava pronta pra se despedir. Eu tive que provar que ia dar certo, vim pra cá sem saber nada de inglês, fomos muito pobres. Sua mãe chorou muitas vezes, disse que era uma péssima ideia. Mas nunca desisti.

Ele se aproximou e pôs as mãos nas minhas bochechas, com delicadeza.

— Você não controla quem ama, Desi, mas pode controlar o quanto luta pela pessoa. — Ele sorriu, e inúmeras rugas se formaram em volta dos seus olhos. — Tá, você fez uma coisa ruim, mas não *tão* ruim que não possa explicar e que ele possa perdoar.

Esfreguei os olhos com as mangas da blusa.

— *Appa*, confia em mim. Ainda tenho algum orgulho, sabe? Ele nem responde minhas mensagens. Não tenho como me explicar!

—Você precisa achar um jeito de Luca te ouvir.

Aquelas palavras continuaram reverberando na minha mente por horas, mesmo enquanto eu estava estirada na cama, tentando ler *Um homem para a eternidade.*

Como eu podia me fazer ouvir?

Joguei o livro sobre uma pilha de coisas ao lado da cama, e o caderno do k-drama chamou minha atenção. Argh, por que eu ainda não havia destruído aquilo? Eu o peguei com a intenção de queimá-lo em alguma espécie de ritual. Então me lembrei de um dos passos. Fui para a lista e passei os olhos por ela até o número 23.

23. Tomar medidas drásticas para encontrar seu final feliz

Algo épico e dramático precisa acontecer para juntar vocês dois. Quando ambos estiverem tentando seguir em frente, você vai se dar conta de que precisam ficar juntos, contra todas as probabilidades, e de que foram FEITOS UM PARA O OUTRO. Prove isso. De novo, correr risco de vida é sempre a melhor opção. Tipo fugindo de uma avalanche.

Medidas drásticas.

Pensei na primeira vez em que havia segurado a mão dele para em seguida correr em meu vestido vermelho de renda. Pensei em Luca vestindo seu gorro em mim. Em seu braço me protegendo durante o acidente de carro. Em suas mãos quentes em meu pescoço durante nosso primeiro beijo. Em suas costas curvadas enquanto ele olhava para o mar, triste por mim.

Eu estava *literalmente* passando pelo momento da montagem de cenas românticas dos k-dramas.

Então senti um frenesi familiar tomar conta de mim — a determinação que me ajudava a conquistar tudo na vida, aquilo que nunca me deixava aceitar um "não" como resposta. O que havia me convencido quando criança de que eu era capaz de mover uma lapiseira com a força da mente.

E tudo aquilo ainda era impactado por Luca. Suas mãos, seu sorriso quando me olhava de lado, o modo como puxava o gorro. O modo como sempre me ajudara quando eu precisara.

Eu não podia prever o que ia acontecer com Stanford, mas podia fazer algo a respeito de Luca. Não estava tudo perdido. Ainda. Os passos do k-drama já haviam me trazido Luca uma vez; eu precisava tentar de novo.

Puxei meu caderno de inglês da pilha. Passei os dedos pelo desenho do dia em que nos conhecemos: eu de vestido preto. Peguei o celular e mandei uma mensagem para a madrasta de Luca.

Oi, Lillian, acha que dá tempo de fazer um vestido pro baile de formatura em duas semanas?

Recebi a resposta na mesma hora: E como, meu bem.

~~capítulo~~ passo 23
tomar medidas drásticas para encontrar seu final feliz

— Se não der certo com ele, você sempre tem aquele cara do nono ano como segunda opção — Wes comentou, tentando ajudar, do lado de Violet. Gemi e me recostei no banco de couro da limusine.

Fiona deixou seu par, Leslie, e veio cambaleando de salto alto pela limusine em movimento e se agachou a minha frente.

— Olha, é só ser sincera, tá? Ele vai perdoar você.

Agarrei as mãos delas e fiquei olhando para baixo, nervosa. Nas unhas de uma mão estava escrito FIONA e nas da outra LESLI, em rosa-choque.

— Afe, está todo mundo amando — resmunguei. Fiona deu de ombros.

— Hum, quem foi que falou em amor? — Violet disse, se afastando um pouco de Wes. Ele a pegou rapidinho e a puxou para seu colo. Fiona deu um tapa nele, mas não estava enganando ninguém.

— Violet, tem *certeza* de que Luca vai estar lá? — perguntei, pela bilionésima vez.

Ela revirou os olhos.

— Quantas vezes vai me perguntar isso, Hye-Jin? Cassidy garantiu que vai.

Tínhamos convencido Cassidy a convidar Luca para o baile, ainda que aquilo a tivesse deixado um pouco nervosa. Embora a ideia de que ele fosse com outra pessoa me fazia querer arrancar os olhos, eu confiava em Cassidy e era grata por sua ajuda. Só que não dava para não desconfiar que ela tivesse gostado *pelo menos um pouco* daquilo.

Finalmente chegamos ao hotel onde o baile estava acontecendo — uma construção que mais parecia um castelo no topo de uma colina e com vista para o mar, todo iluminado por luzinhas. Saímos da limusine, e já dava para ouvir a música antes mesmo de entrar no lugar. O baile era no terraço, uma área linda e bem cuidada, com gazebos e uma piscina gigante.

Estávamos prestes a entrar quando parei.

— Espera! — gritei, em pânico. Todo mundo se virou para me olhar.

— Como... como eu estou?

O desespero na minha voz não me favorecia.

Durante o segundo em que eles levaram para me avaliar, senti meu estômago se retorcendo.

— Sexy — disse Wes.

— Melhor que normalmente — disse Violet.

— Digna de amor — disse Fiona.

Dei risada e cobri o rosto para esconder o fato de que estava ficando vermelha. Quando vi meu reflexo no espelho do saguão, torci para que não estivessem só sendo bonzinhos.

O vestido tinha ficado perfeito. Lillian fora uma verdadeira fada-madrinha moderna: usara sua rede de contatos no mundo da moda para que meu vestido fosse feito em tempo recorde. Ele me servira como uma luva. Era de renda preta, tomara que caia e curto na frente, enquanto atrás a saia era comprida e armada, coberta de penas pretas.

A escova do meu cabelo estava maravilhosa, e eu parecia uma supermodelo (Fiona precisara de uma massagem depois de terminar, porque meu cabelo grosso não era fácil). Eu o tinha deixado de lado, para mostrar minha orelha cravejada de brincos de prata que iam até o ombro (alguns de pressão, porque eu não estava a fim de fazer mais furos na orelha, nem mesmo por Luca). O toque final eram luvas pretas de renda e sapatos de salto alto pretos de tira, lindos de morrer.

Era como se o desenho de Luca tivesse ganhado vida.

Na vida real, era um figurino meio maluco.

Mas eu esperava, e torcia, para que ele o reconhecesse. Era o primeiro passo. Luca o reconhecer e aliviar um pouco, me dando a chance de falar com ele. Para que eu mostrasse com *ações* o quanto significava para mim. E se não funcionasse... bom, eu pensaria depois.

Um grupo de animadoras de torcida logo se apossou de Leslie. Fiona fez uma cara feia e me pegou pelo cotovelo.

—Vamos comer, estou morrendo de fome — ela disse, me levando para o bufê.

Dei uma olhada em volta, procurando Luca, mas não havia sinal dele. Fi apertou meu braço.

— Ele vai vir.

Relaxei e reparei nela, só então registrando como minha melhor amiga estava linda aquela noite. Seu cabelo estava tingido em um degradê multicolorido, suas raízes naturalmente pretas se transformando em tons de índigo, azul-escuro, turquesa e verde-claro nas pontas. Ele caía em ondas em torno de seu rosto e sobre suas costas. E combinava com seu vestido azul-claro todo elaborado, com decote ombro a ombro e se agarrando a cada curva de seu belo corpo. Ela parecia uma sereia durona.

— Eu te disse recentemente que te amo? — perguntei, dando um abraço nela.

Fiona fez cara feia, mas me abraçou de volta.

— Tá, não vamos nos deixar levar pelo momento.

— *Selfie!* — Wes gritou, chegando com Violet e tirando uma foto de nós todos com o celular. Fiz um sinal de paz e amor.

A noite começou agradável — era ótimo ver todo mundo feliz e animado. Eu nem conseguia acreditar que aquele grupo de pessoas, com muitas das quais eu convivera por treze anos da minha vida, logo ia se desfazer. Cada um seguiria seu caminho. E, independente de aonde o meu me levaria, fosse ou não Stanford, eu sabia que poderia ser feliz lá. Isso depois que eu resolvesse meus assuntos pendentes com Luca.

Todo mundo estava em um clima meloso e nostálgico. As pessoas vinham falar comigo e faziam comentários emocionantes. Embora fosse um pouco demais, era também emocionante, não havia como negar. Até Helen Carter, a capitã do time de futebol a quem eu sempre me referira como "aquela tem uma única expressão facial", começou a chorar enquanto dançávamos Rihanna.

A noite estava tão boa que quase me esqueci de Luca. Quase.

Então eu o vi do outro lado da pista de dança, rindo de algo que um cara do clube de artes havia dito. Parei na hora. Cassidy estava ao seu lado, e quando me viu ela arregalou os olhos. *Uau*, fez com a boca, me olhando de alto a baixo. Sorri e fiz sinal de positivo para ela.

E então… Luca virou a cabeça ligeiramente e nossos olhares se cruzaram. Ele usava terno azul-marinho e camisa branca sem gravata, e estava tão devastador que quase corri em sua direção. Ficar ali parada, sem me mexer, parecia a coisa menos natural do mundo.

Mas fiquei congelada enquanto seu rosto absorvia minha visão. Seus olhos me escrutinaram, dos pés ao alto da cabeça. Ele pressionou os lábios um contra o outro e um lampejo de emoção passou por seus olhos. Prendi o ar, à espera.

Então Luca me deu as costas e foi embora.

Minhas pernas quase cederam. Cassidy me lançou um olhar desamparado antes de correr atrás dele. Wes cruzou a pista de dança e veio falar comigo.

—Você está bem?

Balancei a cabeça.

— Não.

— Esse cara é teimoso — ele resmungou.

Fiona chegou logo atrás dele, parecendo determinada.

— Não se preocupa, Des. Dá um tempo pro cara. Ele tem que absorver o vestido e como você fica demais nele, depois...

— Está tudo bem. — Respirei fundo. —Tenho um plano B.

Eles trocaram olhares.

— Como assim? — Fiona perguntou, com a voz um pouco tensa.

A ideia era bancar um tipo bem diferente de heroína de k-drama. A donzela em apuros e totalmente indefesa. Seguindo os passos da maior golpista de todas, Jan-di, de *Garotos em vez de flores*, em sua última tentativa desesperada na festa do episódio final.

—Vocês vão ver.

Olhei em volta até localizá-lo sentado a uma mesa com Cassidy. Ela fazia gestos amplos ao falar com ele, que parecia *puto*.

Luca não estava muito longe. No sentido físico, pelo menos. Fui até a extremidade da piscina e olhei para a água. Era hora. Oscilei nos calcanhares e soltei um gritinho.

Um pequeno deslize, uma queda desajeitada, água pra todo lado — era bem fácil.

A saia rodada do meu vestido preto flutuava a minha volta. Vi de relance a estampa de sushi da minha calcinha. Droga, não tinha pensado naquilo quando estava me arrumando. Bom, não dá para ser sedutora o tempo todo.

Esperei um pouco, dando até um giro na água antes de começar a nadar rumo à superfície. Conforme me aproximava, meus movimentos ficavam mais erráticos. Eu dava chutes espasmódicos e balançava os braços, criando uma agitação na água acima de mim.

Quando vim à tona, a música dançante era carregada pelo ar da noite, junto com o som de risadas. Abri os olhos, pingando, e vi algumas pessoas apontando para mim. Mas e *ele*, tinha visto? Olhei para a mesa e ali estava Luca, olhando na minha direção, embora parecesse que ainda nem soubesse direito o que estava vendo.

Era agora ou nunca. Provavelmente nunca. Joguei os braços para cima e gritei:

— Socorro!

Houve um momento de silêncio. Se o silêncio pudesse ser algo dúbio, aquele seria o silêncio mais dúbio que já se havia feito no mundo. Deixei a cabeça afundar na água por um segundo, engolindo um pouco daquela água cheia de cloro antes de vir à tona de novo e cuspi-la antes de gritar, engasgada:

— Socorro! Por favor!

Enquanto afundava na água, eu o vi.

Ele avançava pela multidão. Correndo.

Mergulhei a cabeça para esconder um sorriso, enquanto esperava que ele pulasse na água, heroicamente. Em vez disso, ele correu até a parede que acompanhava a piscina e pegou a peneira de limpeza que estava apoiada ali e tinha uma haste longa.

Por que aquilo?

Luca correu até a beirada da piscina, se ajoelhou e esticou a peneira na minha direção.

— Pega! — ele gritou, com a redinha a poucos centímetros de mim.

Pelo amor de Deus.

Atirei um pouco mais de água, com menos vontade daquela vez, e estiquei o braço para pegar a peneira. Então decidi fazer um pouco mais de drama, jogando o corpo para trás e mergulhando minha cabeça na água de novo. Só que, sem perceber, puxei forte demais a peneira e ouvi um "tchibum" alto.

Ixi.

Abri os olhos de baixo da água e vi o corpo de Luca afundando. Tá, não era exatamente o que eu havia visualizado, mas agora pelo menos ele podia me tirar dali.

Então notei algo. Algo estranho, algo erado.

Minha mãe do céu.

Luca não sabia nadar.

passo 24
ser feliz para sempre

Como Luca podia não saber nadar? O pai dele tinha um barco, pelo amor!

Ele seguia rapidamente para o fundo da piscina, então nadei até ele, meus braços cortando a água com destreza, minhas pernas perfeitamente retas apesar do peso do vestido enrolado nelas.

Luca se debatia quando o alcancei. Tentei segurá-lo, mas ele me puxou para baixo também. Seus olhos estavam arregalados, e imaginei que em meio ao pânico ele já devia ter engolido uma boa quantidade de água.

Merda, merda, *merda*. Eu precisava de ar, então nadei até a superfície e inspirei fundo. Por um breve segundo, ouvi gritos e vi algumas pessoas — incluindo Wes, pelo que parecia — pulando na água. Voltei a mergulhar e agarrei os braços de Luca, então percebi, alarmada, que ele não estava mais se mexendo. Seus olhos estavam fechados. *Não*.

Com ele imóvel, foi mais fácil arrastá-lo até um ponto mais raso da piscina, e viemos ambos à tona. Fomos cercados imediatamente, e Luca foi tirado dos meus braços e puxado para fora da água. Wes e Fiona já estavam ao meu lado.

—Você está bem? — Fiona perguntou, com água pingando do rosto.

— Estou! Tenho que ajudar Luca!

Meu vestido parecia uma armadura de ferro me puxando para baixo na água. Wes e Fiona tiveram que me empurrar com tudo para que eu conseguisse sair da piscina, com o vestido agarrado ao meu corpo. Violet e Cassidy tinham ficado esperando na beirada para me puxar.

— Ele está ali! — Violet apontou para o gramado ao lado da piscina. Algumas pessoas se debruçavam sobre o corpo de Luca. Eu as tirei da frente e me ajoelhei ao lado dele.

— Luca! — chamei, enquanto procurava sua pulsação. Franzi a testa ao sentir seu ritmo fraco sob os dedos.

Violet correu até nós.

— Você sabe fazer reanimação? — ela perguntou, retorcendo as mãos.

Desde o jardim de infância. Coloquei a palma da mão esquerda no meio do peito dele e depois a direita por cima. Apliquei pressão sobre seu peito, repetindo o movimento a cada poucos segundos. Mas ele não acordava, e comecei a entrar em pânico. Merda, eu tinha matado Luca. Tinha matado meu ex-namorado.

Eu estava prestes a inclinar a cabeça dele para fazer respiração boca a boca quando ele começou a piscar e cuspir água.

A multidão comemorou. Luca virou de lado imediatamente e mais água voltou. A animação das pessoas vacilou um pouco.

— Eca — alguém fez.

— Você está bem? — perguntei, batendo gentilmente em suas costas enquanto ele cuspia o resto da água.

Quando terminou de tossir, Luca olhou para mim.

— O que... o que aconteceu?

— Você quase se afogou! — alguém gritou.

Ele olhou para a piscina e pareceu se lembrar de tudo. Ele se virou depressa, segurou meus braços e escrutinou meu rosto.

—Você está bem? Alguém te ajudou a sair?

Houve um silêncio desconfortável, enquanto todo mundo se dava conta do que tinha acontecido. Assenti, com as lágrimas já se acumulando nos olhos.

— Estou. E você?

— Estou bem... acho...

Ele ainda tentava entender o que tinha se passado.

— Desi salvou você — alguém gritou. — Ela parecia uma salva-vidas treinada.

Filho da...

Ouvi Fiona gemer atrás de mim.

— Como assim? — ele olhou para mim, com o cabelo baixo, água ainda pingando dos olhos. —Você caiu e estava se afogando.

Fiquei em silêncio. A confusão dele foi substituída por pura fúria.

— *Você está brincando comigo? Foi tudo fingimento?*

O espaço oco onde meu coração costumava ficar se encolheu.

— Eu... eu não tinha ideia de que você não sabia nadar!

Um murmúrio percorreu a multidão. Luca se levantou e agarrou o próprio cabelo com as duas mãos, como um personagem de Shakespeare sofrendo.

— *Você está brincando comigo?* — ele voltou a gritar. —Você fingiu!

E ali estava. A raiva. Em toda a sua glória.

Fiquei de pé também, e as emoções das semanas anteriores tomaram conta de mim.

— Que tipo de pessoa não sabe nadar? Você é da *Califórnia!*

— Eu *odeio* água.

— Seu pai tem um barco...

— *Você já me viu perto da água? Por que acha que odeio tanto a porcaria daquele barco?*

— Achei que era só por causa dos problemas com seu pai!

Ele apontou para mim.

— Xiu! Fica quieta! Que tipo de ser humano perturbado faz esse tipo de coisa? Você não aprendeu *nada*? Qual é o seu problema?

Não consegui respirar, e senti dois corpos vindo se colocar ao meu lado, em minha defesa. Luca olhou feio para eles.

— E vocês dois permitem isso. Por acaso ajudaram também?

Wes pigarreou.

— Hum, na verdade, a gente não tinha a menor ideia de que isso ia acontecer. Se tivesse...

Fiona o interrompeu.

— *Se tivesse*, a gente teria ajudado, seu ingrato.

Então senti a perda de verdade. Um vazio que nem mesmo meus amigos podiam preencher. Falei por mim mesma, fraca e derrotada:

— Valeu, mas... tudo bem, galera. Fui eu que fiz tudo. Desde o começo.

Luca se endireitou e olhou pra mim, com os olhos em chamas.

— Então eu repito: que tipo de pessoa manipuladora e insana faz esse tipo de coisa? *Por quê?*

— Porque, seu idiota, de alguma maneira eu consigo gabaritar uma prova de olhos fechados, mas não consigo falar com um cara sem que minhas calças caiam!

Ouvi algumas risadinhas a minha volta. Olhei feio para todo mundo.

— Ah, calem a boca. Como se vocês fossem perfeitos. — Voltei a olhar para Luca. — Não consegue ver que, se eu não tivesse seguido o passo a passo, se não fizesse coisas absurdas assim, você não teria gostado de mim? Eu... eu sabia que, se pudesse controlar *como* fazer você gostar de mim, não ia estragar tudo.

Ele ficou me encarando, com a impressão incrédula.

— Está falando sério? Acha que eu gosto de você porque forçou um *acidente de carro*?

Foi então que me dei totalmente conta de *tooooodas* as pessoas a nossa volta. Ai, meu Deus. Eu não só tinha aberto o coração para Luca como o havia feito diante de todo o último ano da escola. Um calor percorreu meu corpo da cabeça aos pés, ainda que eu estivesse ensopada. De repente, meu vestido preto mágico me pareceu uma fantasia barata de bruxa. Além de molhada. A insanidade daquela última investida me atingiu como uma tonelada de tijolos. Eu queria me derreter em uma poça e morrer.

Então o DJ, que tinha o pior timing do mundo, trocou a música animada por uma romântica. A multidão começou a se dispersar, aparentemente entediada com a nossa história, e voltou devagar para a pista. Mas lá ficamos nós, Luca e eu, olhando um para o outro, cercados de casais dançando enquanto Adele cantava seus lamentos apaixonados.

Traição e mágoa lampejaram uma última vez nos olhos de Luca antes que ele se virasse e começasse a correr para longe.

— Luca!

Ele seguiu em frente, até ser apenas um vulto à distância. Luca, que nunca corria.

Afundei devagar na grama, com meu vestido esparramado a minha volta como se fosse líquido. Eu tinha uma noção das vozes dos meus amigos, mas elas me pareciam indecifráveis.

O que eu havia feito?

Fechei os olhos e comecei a sentir que agora era definitivo. Eu sentia o cansaço em cada osso do meu corpo. Estava pronta para desistir.

Então ouvi aquela voz que tinha me ajudado a vida inteira. *Você pode controlar o quanto luta.*

Meus olhos se abriram, alertas. Levantei, agarrei a saia encharcada do meu vestido e corri. Fiona e Wes começaram a me seguir, mas eu gritei:

— Deixa comigo!

Eles ficaram para trás enquanto eu corria pelo gramado verde e imaculado, com o mar brilhando à frente. Ouvi Wes gritar:

— *Hwai-ting!*

Não parei de correr até encontrar Luca sentado a umas pedras escuras em uma escarpa que dava para o mar. Segui devagar até ele, tentando recuperar o fôlego.

— Quer pegar uma pneumonia bacteriana?

Ele se assustou e virou na minha direção.

— Desi?

Meu coração batia acelerado, abafando o barulho do mar.

—Você me ouviu. Já é todo delicado…

Luca se levantou e passou a mão pelo cabelo molhado.

— O que está fazendo aqui?

Levei as mãos à cintura. Assumindo a postura da Mulher-Maravilha.

—Vim me explicar, de uma vez por todas. Sem plateia.

Sua raiva havia dado lugar à exaustão. Luca pareceu esgotado.

— Acho que não vou conseguir acreditar em mais nada que você disser, Desi.

Minhas pernas tremeram, mas mantive a postura.

— Eu sei. E entendo. Desculpa por ter quase te matado esta noite. De verdade. Mas não estou aqui porque ter um namorado me valida de alguma maneira, porque assim eu resolvo mais um item da minha listinha perfeita ou coisa do tipo. — Eu não conseguia decifrar a expressão dele, mas segui em frente. — Eu vim porque… *gosto* de você, isso é uma parte de quem sou agora, é algo além do meu controle. Mas escolhi estar aqui mesmo sabendo que você pode me rejeitar, que pode partir meu coração de novo. É algo que… que me foge ao controle. E eu aceito isso. De bom grado.

Algo se alterou na expressão de Luca. Uma suavidade tomou conta de seu rosto quase imediatamente.

— Por quê?

Ergui as mãos, frustrada, desistindo da postura da Mulher-Maravilha.

— Porque eu te amo!

Deixei que as palavras pairassem entre nós dois — aquilo que havia me deixado maluca nos últimos meses.

Luca ficou olhando para mim, se movendo apenas para enxugar a água que ainda pingava do rosto. Parecia que nossos olhos ficariam fixos uns nos outros para sempre. Minhas pernas tremiam tanto que eu não sabia quanto tempo mais aguentaria ficar ali.

E então...

Ele veio até mim, me pegou em seus braços e me beijou. Não foi um beijo delicado e doce — foi um beijo cheio de urgência. Joguei o corpo contra o dele e retribuí, enfiando as mãos em seu cabelo molhado. Eu o beijei com todo o meu remorso e a promessa de me comportar melhor.

Quando finalmente nos afastamos, meu coração voltou para casa — batendo furiosamente.

Ele pegou meu rosto nas mãos.

— Eu também te amo.

As nuvenzinhas do meu coração partido se dissiparam e me senti quentinha pela primeira vez em semanas.

— Sério?

— Por que é tão difícil acreditar? Acha mesmo que foram aquelas armações de k-drama que me fizeram gostar de você?

Assenti. Ele balançou a cabeça negativamente.

— Pra ser sincero, aquelas coisas sempre me pareceram esquisitas demais. Mas achei que você só fosse *muito* azarada.

Minha risada se misturou a algumas fungadas.

— Eu *era* azarada demais. Com garotos, pelo menos. Aí você apareceu e eu não queria mais que fosse assim. — Balancei a cabeça. — Mas sei que tudo foi pura maluquice, e sinto muito, *muito* mesmo. Principalmente por ter colocado sua vida em risco. — Parei um segundo. — Três vezes.

Luca riu, e foi daquele jeito grasnido dele, que eu tanto amava.

— Mas o fato é que eu queria fazer a gente acontecer independente de quão maluco fosse o plano necessário. Eu queria fazer a gente acontecer desde o momento em que você desenhou este vestido.

Ele ergueu uma sobrancelha.

— Não vou nem falar desse vestido.

— Foi Lillian quem me ajudou, sabia?

Ele suspirou.

— Não me surpreende. — Então Luca ficou muito sério. — Não teve nada a ver com as novelas coreanas, e sim com você. Como pode não enxergar isso? Sua mente brilhante. Sua dedicação a tudo. Suas bufadas hilárias. Sua relação com seu pai... Você até me fez gostar do *meu* pai, não sei como.

Ele tirou uma mecha do meu cabelo da frente. Eu me sentia incapaz de responder, mas cada partezinha minha se aqueceu com as palavras que saíam de sua boca.

—Você é tão forte, tão determinada a não ficar triste pelo bem do seu pai. A não magoar o cara. Isso é... demais. Especial. Você não precisa de Stanford, Des, eles é que precisam de *você*. Você é única.

Todo o meu corpo formigava, dos cílios às unhas dos dedos dos pés. Sorri, mas com pesar.

—Vou receber a resposta de Stanford na semana que vem.

Ele balançou a cabeça.

— Falando nisso, por que não me contou que perdeu a entrevista? Por que não me contou naquele dia?

— Quem contou? — perguntei a ele, surpresa.

— Seu pai. Fui buscar o carro hoje de manhã.

Que coisa! Meu pai não havia me dito nada. Mas, sabendo que ele era um romântico de coração mole, não fiquei surpresa. Baixei os olhos.

— Não queria que você se sentisse culpado. A decisão foi minha.

— Eu não teria deixado você fazer isso.

— Eu sei. Mas eu queria.

A admiração no rosto dele derreteu qualquer insegurança que restava, e eu me senti purificada. Renascida. Ele me puxou em um abraço tão forte que não consegui respirar.

—Vamos embora daqui — Luca sussurrou.

Sorri no pescoço dele.

— Tá bom.

Luca segurou minha mão com força e começamos a andar na direção do hotel. Parei pouco depois, e ele virou para mim.

— Luca. Não consigo encarar as pessoas agora.

Ele assentiu.

—Tá. Vou buscar o carro e te pego.

Concordei com a cabeça e ficamos de mãos dadas até o último segundo, relutantes em desembaraçar nossos dedos. Fiquei olhando Luca caminhar em direção ao hotel e suspirei, levando a mão ao peito. Então senti algo preso ao meu sutiã tomara que caia.

Ah, é. Puxei a lista do k-drama, que àquela altura estava ensopada, surrada e com a tinta manchada.

Eu queria fazer pedacinhos dela, enfiá-la na boca e engoli-la. Só que, quanto mais olhava para a lista, com seus passos e regras ridículos, mais me dava conta de por que adorava aqueles programas. Não porque fossem úteis, não porque fossem uma ferramenta para alcançar meus objetivos.

Eu gostava deles porque eram histórias de amor sem arrependimentos.

Sim, as tramas mirabolantes eram divertidas, os clichês eram exaustivos e o drama era meio exagerado. Mas, no fim, os programas eram sobre pessoas ficando juntas apesar de todas as dificuldades, mesmo sem saber se vai dar certo. E o amor verdadeiro era mesmo uma questão de se arriscar e ter fé. Não havia garantias.

Luca parou o carro ali perto e meu coração se aqueceu ao ver o Honda Civic carinhosamente restaurado, a quem meu pai dera uma segunda chance. Amassei a lista e voltei a enfiá-la dentro do vestido.

Então entrei no carro e olhei para meu namorado.

— Aonde vamos?

Luca deu de ombros.

— Não sei.

E, pela primeira vez na vida, eu não fazia questão de saber.

epílogo

— Tira o cabeção da frente.

— *Oi?*

Meu pai mastigou o picles antes de responder.

— Você me ouviu. Não consigo ver a TV.

— Você acha que *eu* tenho um cabeção? — chiei, sentada no chão, virando para olhar feio para meu pai. — O tamanho da minha cabeça é perfeitamente normal, porque puxei à mamãe, e não a você.

Mesmo assim, ajeitei a almofada entre mim e a mesa de centro e aproximei o queixo do peito, escorregando um pouco mais o corpo.

— Fala pra ela, Luca. Você sabe a verdade.

Meu pai, que estava na poltrona reclinável, esticou uma perna atrás de nós para cutucar as costas de Luca com o pé coberto por uma meia branca.

Ao meu lado, os ombros de Luca começaram a sacudir com uma risada silenciosa, e fiz cara feia para ele.

— Fica quieto — avisei.

— Não deixa ela mandar em você! — meu pai gritou.

— Não manda o Luca não deixar eu mandar nele! — gritei de volta.

Luca se aproximou e deu um peteleco digno de k-drama na minha testa.

— Não grita com seu pai.

Levei a mão à testa, enquanto meu pai ria alto ao fundo. Um latidinho o acompanhava. Virei e apontei para a bola de pelo marrom sobre as pernas dele.

— Fica fora disso, Pipoca!

A cachorrinha do meu pai bocejou em resposta, então rolou de costas para que meu pai pudesse coçar sua barriguinha.

— Podem parar de me irritar pra gente poder assistir ao episódio? — reclamei, já apertando o play no controle remoto. A abertura de *Descendentes do sol* começou a passar.

Luca chegou mais perto de mim, e eu me aninhei nele. Senti um cutucão nas costas.

— *Appa!*

Ele me cutucou de novo.

— *Ya*. O que é isso na frente do *appa*?

Luca me soltou na mesma hora e se afastou. Mas pegou minha mão por debaixo da manta que compartilhávamos e entrelaçamos os dedos.

Ele sussurrou:

— Você acha que o capitão Yoo vai finalmente confessar seus sentimentos nesse episódio? Ou outro desastre natural vai interromper o cara? Juro que mato alguém se eles não se beijarem nesse capítulo.

Balancei a cabeça, decepcionada.

— Você acha que ele já vai se confessar? Só nos seus sonhos. Ainda não fomos torturados o suficiente.

Luca puxou o gorro sobre os olhos e jogou a cabeça para trás.

— Ah, não. Se em vez disso eu tiver que assistir ao capitão salvando a vida de outro órfão…

— Quietos! — meu pai gritou.

— É só a abertura! — retruquei.

Meu pai mordeu outro picles.

— E daí? E nada de responder pra mim. É seu castigo por não ter passado em Stanford.

Humpf. A carta de rejeição tinha chegado dois dias depois do baile. Embora tivesse sido um belo golpe, eu meio que já estava preparada para aquilo. Agora, três meses depois da formatura, era só um leve incômodo.

Depois de subir no palanque, quando já estava prestes a começar meu discurso como oradora, eu olhara bem para a multidão de becas e capelos de poliéster baratos, apesar do sol me cegando. Um vento forte varrera o palco naquele exato momento, e eu precisara levantar a mão para segurar o capelo.

— Coisas inesperadas acontecem — eu havia dito ao microfone. — Mas é como reagimos a elas, como aprendemos com elas e como nos fazem evoluir, que faz de nós quem realmente somos.

Depois que eu já terminara meu discurso e tínhamos todos jogado os capelos para o alto e celebrado aos gritos, olhei para a minha turma com um sorriso enorme no rosto. A carta de rejeição de Stanford estava na minha escrivaninha, emoldurada, para me lembrar daquilo que eu havia dito. Foi no que pensei segurando as lágrimas enquanto ajudava Wes a encaixotar suas histórias em quadrinhos antes que ele fosse para Nova Jersey. Foi o que pensei ao correr ao lado do carro de Fiona quando ela ia para Berkeley, com caixas preenchendo cada centímetro de Penny. Seria o que eu pensaria nos meus primeiros dias na Universidade de Boston, enquanto ainda me acomodava ao dormitório.

E foi o que pensei enquanto passava os últimos dias de verão com Luca e meu pai. A tristeza esmagadora que tomava conta de mim sempre que eu pensava em deixar meu pai era compensada pela consciência de que eu estaria a uma hora de trem de Luca. (Eu tinha criado uma programação para todo o ano letivo, de modo que pudéssemos nos ver pelo menos duas vezes ao mês.) Quanto a deixar meu pai sozinho… bom, Pipoca e sua recusa a fazer cocô no lugar certo iam mantê-lo bem ocupado. Fora o perfil que eu havia feito para ele em um aplicativo de relacionamentos (medo!).

O programa começou. O capitão Yoo, com cara de menino, e a dra. Kang, com cara de boneca, se embebedaram juntos na cozinha, sozinhos. Uma música romântica tocava alto. Os dois se olharam, depois começaram a se aproximar, centímetro a centímetro. Então o beijo! E aí… ela sai correndo.

Luca arrancou a manta de cima de nós e gritou:

— Está de brincadeira comigo?

Meu pai e eu demos risada. Adorávamos torturar Luca com os k-dramas. Aquele era o terceiro que ele via conosco aquele verão.

— Não se preocupa, um deles vai se machucar feio logo mais, e aí eles vão ter que admitir que gostam um do outro. Espero que seja em outro campo minado — eu disse, animada.

— Adoro esses campos minados em todo canto da base militar. Do nada. E não sabia que precisavam da Marinha sul-coreana no Mediterrâneo — Luca zombou.

Tirei uma mecha de cabelo dos olhos dele e ajeitei seu gorro.

— Quando a pessoa começa a questionar tudo, está perdida para sempre — eu disse. — Então senta e relaxa, é bem mais divertido assim.

o guia definitivo de k-drama para iniciantes
Trazido a você por Desi e Dramabeans!

Não tema, novato que não tem ideia de por onde começar! Há um k-drama neste mundo para cada um de nós. A única exigência deste guia em particular é que você goste de romance.

Então vamos começar! Primeira coisa: você quer **romance na veia** ou uma **comédia romântica**?

ROMANCE NA VEIA

Certo, mas **histórico** ou **contemporâneo**?

Histórico!

Dê uma olhada em *The Princess's Man*. **Tem algum romance histórico que subverta os papéis de gênero?** Claro! *Sungkyunkwan Scandal* é exatamente o que está procurando.

E com elementos fantásticos? Veja *A lua que abraça o sol*. **E especificamente de viagem no tempo?** *Faith* é o que você procura.

Contemporâneo!

Nossa, por onde começar?

Que tal com um pouco de ação? Tem muita coisa boa. Se você gosta de heróis disfarçados, veja *City Hunter* ou *Healer.* **E ação com armas e tanques?** Assista a *Descendentes do sol.* **Também gosto de realidades alternativas.** Então o que você quer é *Os 2 corações do rei.*

Que se passe na escola. Ai, meu Deus, por quê? Mas se você insiste... veja *Herdeiros.* **E na faculdade?** Vá de *Feeling*, um clássico.

Algo mais adulto, talvez uma saga política de proporções épicas. Aí só tem um: o grande *Sandglass.*

E quanto a uma história de Cinderela? O clássico mais recente é *Star in My Heart.*

Amigos que se apaixonam? *Propose* e *O produtor.*

Hum, troca de corpos! Tem o *Jardim secreto.*

E quanto à coisa mais romântica do mundo: melodrama de doença terminal? Prepare os lenços de papel para ver a série *Four Seasons*: *Autumn in My Heart, Winter Sonata, Summer Scent* e *Spring Waltz.*

HORA DA COMÉDIA ROMÂNTICA!

De primeira, experimenta ver *I Need Romance.* **Tá, mas também gosto de k-pop.** Então confira *Você é linda* e *Sonhe alto (#1).* **E de escola?** O mais absurdo é *Garotos em vez de flores*, mas, do outro lado do espectro, totalmente pé no chão, tem *Responde, 1997* e suas sequências, *Responde, 1994* e *Responde, 1988.*

Vamos para a fantasia. Fico muito feliz em indicar *Eu ouço a sua voz*, *Minha namorada é uma gumiho* e *Meu amor das estrelas*. **Algum com espíritos baixando?** Claro! *Oh My Ghost*.

E algo menos radical, e que subverta os papéis de gênero? Prepare-se para não parar de assistir *Príncipe do café (#1)*.

Tem alguma comédia romântica de moda? Sim! A original é *Jealousy*.

Aposto que você não consegue citar uma de personalidade múltipla. Rá, até parece. Veja *Mate-me, cure-me*.

E quanto àquela velha história de contratos de relacionamento? Ganha uma nova perspectiva em *Casa cheia* e *Meu nome é Kim Sam-Soon*.

Agora mergulhe no k-drama! E, se esta lista não foi o suficiente para você, acesse dramabeans.com. ☺

Beijos,

Desi, javabeans e girlfriday

o guia definitivo de k-drama para iniciantes

Dicas novas!

Desde que *Isso que a gente chama de amor* foi publicado nos Estados Unidos em 2017, assisti a *muitos* k-dramas novos. Por isso, reuni mais dicas especialmente para esta edição, mantendo algumas categorias e adicionando outras! Aproveite!

Certo, você prefere um drama **histórico** ou **contemporâneo**?

Histórico!

Se quiser um **drama épico**, que se passa na virada do século XIX para o XX, dê uma olhada em *Mr. Sunshine — Um raio de sol*. Quer uma **fantasia histórica?** Tem o *Livro da família Gu*. E uma com elementos **sobrenaturais** é *Chicago Typewriter*. E que tal uns **zumbis**? Prepare-se para *Kingdom*.

Contemporâneo!

Se quiser **dramas aconchegantes**, que se passam no **ambiente de trabalho**, comece com *Hospital Playlist* e *Romance Is a Bonus Book*. Está a fim de algo com mais **ação** e **mistério**? Veja *Signal* e *Minha linda noiva*.

Ou que tal algo **comovente** com um **toque sobrenatural**? Chore vendo *Uma segunda chance*.

Agora vamos para o ROMANCE.

Dá para encontrar romance com **ação romântica** em *The K2, Pousando no amor* e *Memórias de Alhambra*.

Histórias de **realidade alternativa** também estão em alta, com romances arrebatadores como *O rei eterno* e *W — Dois mundos*. Se você está procurando uma **fantasia romântica**, precisa conferir o incrível *Goblin*.

Além disso, boas séries que se passam na **faculdade** são *Cheese in the Trap* e *Primeira vez amor*. E de uma categoria que eu batizaria de **gótico psicológico**, *Tudo bem não ser normal*.

HORA DA COMÉDIA ROMÂNTICA!

Você quer um **romance** sobre carreira profissional? Assista a *Itaewon Class, Encarnação da inveja* e *Pasta*.

Que tal romances fofos com **elementos fantásticos**? *Mulher forte, Do Bong-Soon* e *A lenda do mar azul*. E com **esportes**? *A fada do levantamento de peso, Kim Bok-Joo*

E por último, mas não menos importante, personagens que estão em busca da **realização de um sonho** podem ser encontrados em *Her Private Life* e *Passarela de sonhos*.

Agora você tem muitas horas de maratona pela frente! Espero que goste! 😊

Beijos,
Maurene

agradecimentos

A jornada de escrita deste livro foi apropriadamente longa e dramática (infelizmente, faltaram pulsos sendo agarrados e perseguições de carro). Muitas horas de trabalho de outras pessoas foram necessárias para fazer este meu livrinho.

Em primeiro lugar, agradeço a Judy Hansen, a melhor e mais durona de todos.

Agradeço a minha encantadora editora, Margaret Ferguson, por sua sabedoria, sua paciência e por fazer com que eu refletisse *muito*. E por me lembrar de dar um cachorro a *appa*! A Jasmine Ye, por seus conhecimentos de k-drama e seus comentários cuidadosos. Muito obrigada a Elizabeth Clark (aquela saia!), Melissa Warten, Chandra Wohleber e Andrea Nelkin.

Como meu pai diria, "acredite ou não", tive que fazer muitas pesquisas aleatórias para escrever este livro. Muito obrigada a Chris Ban pelo papo sobre tênis (que ficou de fora). A Toby Cheng, por fazer de Desi uma nerd dos carros bastante precisa. A Emma Goo, por tudo relacionado a aulas de arte. A Sharon Kim, pelo apoio quando o assunto era polícia. A Desi Stewart, por seu nome e por responder a perguntas sobre avós e comida. A David Zorn, por me dar uma aula sobre barcos. A Susie Ghahremani, por me apresentar ao pessoal simpático da Escola de Design de Rhode Island — Robert Brinkerhoff, Lucy King e Bonnie Wojcik.

Agradeço à Found, à Dinosaur e à Semi-Tropic por me oferecer espaço, cafeína e boas vibrações.

고맙습니다, melhores escritores de romance do mundo todo, os roteiristas de k-drama. À trilha sonora de *Healer*. E a Healer. ♥

Às minhas *eonnies*: Lydia Kang, pelas conversas que me mantiveram sã e por bancar a dra. Lydia; Ellen Oh, pelo apoio inabalável e pelo *We Need Diverse Books* (WNDB).

Agradeço aos maravilhosos primeiros leitores deste livro, que muito me apoiaram: Natalie Afshar, Alison Cherry, Maya Elson, Cindy Hu, Nicole McInnes, Kara Thomas e Amy Tintera. Obrigada aos Lucky 13s, que estiveram comigo desde o começo dessa coisa toda de escritora. Ao Bog, 🍷 🔪. Obrigada a Celeste Pewter e Kaila Waybright por manter esta escritora funcionando.

Agradecimentos infinitos a Sarah Chung (javabeans) e Jennifer Chung (girlfriday), do *Dramabeans*, por fornecer os mais especializados conselhos em k-drama e por criar o melhor site e a melhor comunidade sobre o assunto.

Às minhas escritoras de Los Angeles, que foram mais essenciais que a cafeína: Robin Benway, Brandy Colbert, Kristen Kittscher, Amy Spalding e Elissa Sussman. Escrevemos tanto, trocamos tantas fotos de animais de estimação e tomamos tanto vinho. Eu ♥ vocês além da conta, muito obrigada. A Amy Kim Kibuishi, minha eterna primeira leitora. A minhas esposas escritoras, Sarah Enni e Kirsten Hubbard, por chegarem a Los Angeles bem a tempo. ♥

A Oliver, a melhor companhia de escrita. E a Poppy, que manteve as coisas esquisitas.

Aos Appelhans, Appelwat e Peterhan por serem minha segunda família e transformarem esta menina da cidade em alguém obcecado por árvores. A todos os membros das famílias Goo-Lee-Chun e Choi--Hong-Han-Seo-Kim, por serem sempre verdadeiros e coreanos.

A Halmeoni, que me ensinou a ser uma mulher independente, bem-educada e com as unhas sempre feitas. Sinto muito sua falta.

A minha irmã, Christine, por todas as coisas de irmã (como me encontrar no Panda Express quando necessário e permitir que eu fizesse compras pela internet para aliviar o estresse). Aos meus pais, por tudo, mas principalmente por me apresentarem ao k-drama tantos anos atrás — quem imaginaria que aquelas visitas entediantes à videolocadora valeriam a pena? Obrigada por sempre rirem dos meus comentários sem fim.

E, finalmente, ao meu marido, Chris Appelhans. Pelas muitas noites fazendo brainstorming até tarde, por insistir em uma história romântica de verdade, por me incentivar a sempre melhorar e por ser quem mais acredita em mim. Muito obrigada, sr. artista original.

ESTA OBRA FOI COMPOSTA POR OSMANE GARCIA FILHO EM BEMBO
E IMPRESSA PELA GRÁFICA SANTA MARTA EM OFSETE SOBRE PAPEL PÓLEN SOFT
DA SUZANO S.A. PARA A EDITORA SCHWARCZ EM FEVEREIRO DE 2021

A marca FSC® é a garantia de que a madeira utilizada na fabricação do papel deste livro provém de florestas que foram gerenciadas de maneira ambientalmente correta, socialmente justa e economicamente viável, além de outras fontes de origem controlada.